치즈 마이 라이프

치즈 마이 라이프

아티장 푸드의 본질을 찾아서

초판 1쇄 2024년 1월 22일 발행

지은이 조장현
펴낸이 김성실
책임편집 김성은
일러스트 조장현
사진 한혜선
표지 디자인 정승현
제작 한영문화사

펴낸곳 시대의창   **등록** 제10 - 1756호(1999. 5. 11)
주소 03985 서울시 마포구 연희로 19 - 1
전화 02)335 - 6121   **팩스** 02)325 - 5607
전자우편 sidaebooks@daum.net
페이스북 www.facebook.com/sidaebooks
트위터 @sidaebooks

ISBN 978 - 89 - 5940 - 835 - 1 (03810)

치즈 마이 라이프

아티장 푸드의 본질을 찾아서

조장현 지음

시대의창

일러두기

1. 책은 《》, 영화와 TV 프로그램은 〈 〉로 표시하였습니다.
2. 치즈와 살루미의 이름은 외래어 표기법에 따랐으나 일부는 업계의 용어를 사용하였습니다.
3. 각주는 치즈와 살루미를 제외한 음식 및 주방 용어입니다.
4. 소의 젖은 우유, 염소의 젖은 염소유 혹은 산양유, 양의 젖은 양유로 표기하였고 필요에 따라 염
   소젖, 양젖을 혼용하였습니다.

아내와 딸이 오랜 숙원이던 유럽 여행을 떠난 지 보름이 지난다. 나는 항구에 정박한 배의 닻처럼 비슷한 일상을 살아가고 있다. 두 사람이 없는 집안은 빠져나간 존재의 무게만큼 낯설고 조용하게 가라앉은 느낌이다. 아들은 입대 전 인턴을 시작하여 늦게 출근해서 밤늦게 돌아오는 나와는 다른 패턴으로 생활하고 있다. 두 남자는 냉장고 속 음식 들을 하나씩 비워가며 구조대가 오기를 기다리는 난파선의 선원처럼 외롭기만 하다.

　오늘은 모처럼 이른 퇴근을 하면서 아들에게 동네 치킨 집 치맥을 제안한다. 친구처럼 함께한 아내 대신 오랜만에 아들과 대화를 나눈다. 여자 친구 문제, 군대 문제, 건축가로서의 길 등 어려움에 대해 설교하는 자신을 발견하고 '내가 하려던 말은 이게 아닌데…' 후회한다. 아들은 꼰대같이 설교를 잔뜩 늘어놓는 나에게 "아빠, 건축학과 졸업하고 받는 월급이 적다는 것도 알고 쓸 만한 건축가가 되는 길이 어렵고 힘들다는 것도 알아요. 하지만 그게 두렵다고 도전도 해보지 않고 피하는 것은 아닌 것 같아요. 차라리 저에게 용기가 되는 말을 해 주세요"라고 한다.

2001년, 무더웠던 여름밤의 일기를 떠올린다.

새벽이 되도록 잠을 이루지 못하고 뒤척이다 벌떡 일어나 음악을 듣는다. 울음을 잃어버린 새, 짖지 못하는 개, 퇴화된 날개, 그 날개로 사냥개와 경주하는 새, 길들여진 맹수, 공격을 당하고도 싸울 줄 모르는 사자… 자신의 고유한 본질을 잃어버리거나 세상과 타인에 길들여진 모습 속에 변치 않는 한 가지 진리, 자신에게 솔직하고 자신이 되는 것, 내부의 목소리에 귀 기울이는 것….

목적지를 향해 철길을 달리듯 살아온 나는 관성처럼 생의 바퀴를 돌리지만 지나버린 시간은 허전함만 남기고, 알지 못할 꿈에 대한 그리움은 피곤한 잠과 무더운 어둠조차 환하게 밝히고야 만다. 10여 년의 직장 생활 동안 수면 깊이 잠들어 있던 그리움이 다시 떠오른다. 도둑맞은 듯한 시간의 억울함을 추스를 틈도 없이 무서운 현실과 나이 들어감에 대한 조급함이 나를 깨운다.

내가 그리워하고 꿈꾸는 대상은 시간의 흐름에 따라 퇴색할 수도 있겠지만 분명 가치 있을 것이다. 있는 그대로의 내가 되어 진실하고 현명하게 그리고 절실하게 미친 듯 추구할 값어치가 있는 그 무엇일 게다. 사람은 무엇엔가 미쳐서 살 때 지극한 행복감을 느낄 수 있다. 맨정신으로 몰입하지 못하는 삶은 공허하다. 취해야 한다. 마지막 남은 재까지 하얗게 다 태우고 정신없이 곯아 떨어져 악몽이든 몽정이든 꿈을 꾸어야 한다. 인생은 그렇게 흘러가고 사랑과 꿈도 잠 못 이루던 열정과 함께 나의 곁을 장식하며 그렇게 늙어갈 것이다. 밤새 뒤척이며 연인에게 쓴 편지처럼 아침이 되면 출근 준비와 함께 간밤의 생각은 밝은 햇빛에 부끄러운 듯 정신없는 일상에 묻히고 나는 또 습관처럼 넋 나간 껍네기의 생을 살아간다. 내일이 되면 용감하게 나의 진실된 마음을 하얀 종이에 적어 새벽이 밝기 전에 부쳐야겠다.

시간이 흐르고 서울에 업장까지 차려 꿈을 이룬 줄 알았는데 끝이 아니었다. 또 다른 어려움과 고민과 걱정으로 시간을 채우고 끝도 없는 시련이 나를 단련시켰다. 비로소 세상을 정면으로 마주하고 환상과 껍데기를 걷어낸 것 같았다. 계속되는 환경의 변화와 시련에 삶은 지쳐갔고 그 속에서 본래의 열정과 목표를 위한 헌신적인 노력을 꾸준히 유지하는 것은 꿈의 첫발자국보다 더 힘들고 중요한 일이었다. 학교나 회사에서 배우고 경험한 것과는 달리 지금 내가 겪으면서 해결할 일이 광범위해졌고 더 배우고 생각할 것도 많아졌다. 불우한 환경의 직원을 바라보는 관심, 자본과 노동의 가치에 대한 근본적인 물음, 다음 먹거리 사업의 아이템 고민, 성장과 유지의 딜레마, 두 개 이상의 업장을 운영하기 위한 시스템 구축, 성장 동력을 해치지 않을 정도의 분배 문제, 좋은 사람을 뽑고 동기 부여를 통해 성장 동력으로 만들어 가는 방법.

단순히 요리만 열심히 하고 음식만 잘 만드는 것으로는 부족했다. 리더로서 직원 들을 끌고 갈 비전과 때로는 세상과 타협하지 않는 확고한 가치관과 철학이 있어야 했다. 그리고 그다지 이룬 것도 없이 오십을 바라보는 중년이 되었다.

인생의 갈림길과 고민 속에 놓인 아들에게 해줄 수 있는 말은 무엇일까? 오래전에 본 영화 〈벤자민 버튼의 시간은 거꾸로 간다〉의 대사를 옮겨 본다.

가치 있는 일이라면 언제든 늦은 것이 아니란다. 네가 되고픈 사람이 되렴. 시간 제한 따위는 없단다. 언제든 네가 원할 때 시작하렴. 너는 변화를 선택할 수도 있고 그대로 머무는 것을 선택할 수도 있단다. 변화나 머무르는 것을 선택하는 데에 규칙은 없기 때문이지. 우리는 그 과정에서 최고를 만들어 낼 수도 있고 최악을 만들어 낼 수도 있지만 네가 최고의 결과를 만들어 내기를 희망한다. 너를 놀라게 할 수 있는 것들을 보기 바라고 네가 한 번도 느껴보지 못한 것을 느껴보기 바란다. 같은 것을 봐도 너와는 다르게 생각하는 사람을 만나기 바라며 너 자신에게 자랑스러운 인생을 살면 좋겠다.

만약 네가 가고 있는 길이 스스로에게 자랑스러운 길이 아니라고 판단된다면 모든 것을 새로 시작할 수 있는 용기를 가지면 좋겠구나.

경험하고 여전히 현재 진행형으로 길을 찾아 나가는 나 자신을 되돌아보면서 아들만은 좀 더 쉬운 길로 가기를 원하는 것은 아닐까? 척박하기 이를 데 없던 그 길을 다시 걸어 보라고 한다면 다시는 겪고 싶지 않은 힘들고 위태로운 순간들을 생각하면서 아들에게는 뻔한 얘기만 하고 있는 건 아닐까? 나 자신과 아들에 대한 이율배반적인 태도는 나약함일까? 세상에 맞서야 하는 아들에게 나는 말 속에 용기를 담아 벤자민과 같이 말할 수 있을까?

아들에세 눈자를 보낸다.
'영호야, 무슨 일을 하든 아빠가 영호를 믿고 항상 응원할게.'

-2015년 1월 어느 날의 일기

차 례

~~~~~~~~~~

~~~~~~~~

2부 오롯이 잘 만들고 싶습니다

1부

하고 싶은 걸 해보려고요

1장

눈먼 요리사의 아티장 푸드 여정

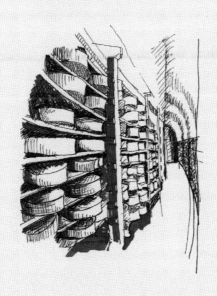

샐러리맨에서 셰프로

1997년 11월, 바람마저 쌀쌀한 아침.

역사책의 한 챕터가 끝나버린 듯 눈을 뜨니 난데없이 다음 페이지
로 넘어가 있었다.

하루아침에 전 국민을 공포와 절망으로 몰아넣은 IMF 사태는 부
도와 파산의 도미노가 되어 지난 시간 쫓아온 많은 가치와 노력을 허상
으로 바꾸어 놓았다. 연공서열, 정년퇴직, 종신 고용과 같은 단어는 온
데간데없고 사오정, 계약직 외주 사원, 각자도생과 같은 단어가 등장했
다. 근검절약하며 성실하게 살아온 국민으로서 운전대를 잡은 정부에
대한 불안감이 엄습했다. 장거리 고속버스 운전 기사에게 다가가 10분
에 한 번씩 "졸리지 않으세요?"라고 묻고 확인해야만 목적지까지 안심
하고 갈 것 같은 극도의 불안과 각성 상태였다.

'무조건 회사에 충성하면 나의 미래 정도는 어떻게 되겠지.'

현실의 가장자리로 떠밀리듯 해고 당하는 동료들을 보면서 회사에 대한 막연한 믿음은 깨지기 시작했다. 주인의식과 충성을 강조하던 회사는 외부의 충격으로부터 살아남기 위해 구조 조정이라는 극단의 방법을 택한 것이다.

"A씨, 미안하지만 지난번 고과가 가장 낮아서 이번에 해고 대상이 되었어."

"부장님, 저는 입사한 지 일 년밖에 되지 않았는데요."

해고를 통보하는 부장도 난감하다.

"B씨, 자네는 지난해 업무 실수로 경위서를 쓴 적이 있어서 해고 대상이 되었네. 미안하군."

어제까지 함께 식사하고 담배를 피우던 동료들도 '나'는 아니어서 다행이지만 딱하고 난처하다. 막다른 골목에 들어서자 회사는 가장 약한 희생양부터 찾기 시작했다. 온갖 흉흉한 소문은 겨우내 사무실 구석구석에 똬리를 틀었고 직원들은 삼삼오오 정보를 교환하기에 바빴다. 매출이 큰 사업 부문을 팔아서 작더라도 미래 성장을 위한 부문에 재투자하는 등 회사는 힘든 구조 조정을 단행했다.

나는 고대하던 지역 전문가에 선발되어 후임에게 업무 인수인계를 마치고 헝가리로 나가기 위한 오리엔테이션을 앞두고 있었다. 미국, 영국, 프랑스 등 선진국은 이미 앞 기수들이 다녀왔고 그나마 남은 지역이 동유럽이나 남미였다. 하지만 해외에 나가 있던 지역 전문가나 주재

원도 조기 귀국시키는 등 급박하게 돌아가는 상황에 설레던 기회는 위기가 되고 모든 것이 뒤죽박죽 되어버렸다.

지각 변동이 단층을 만들고 흔적을 남기듯 이날의 변화 역시 사람들의 삶과 기억에 선명하게 각인되었다. 미래의 불확실성에 눈을 뜬 나는 생존 본능이 발동했다. CPA 자격증, MBA 졸업장 등 이른바 스펙을 쌓아두는 것이 미래의 생존에 도움이 되리라. 회사에 다니면서 자격증 준비까지 분주하게 이중생활을 하던 중 '과연 자격증이나 졸업장이 근본적인 해결책일까? 아무리 잘 나가도 어차피 회사원일 텐데…'라는 생각에 이르렀다. '그래, 원점으로 돌아가 근본적인 해결책을 찾자. 나의 본질, 내가 좋아하고 잘할 수 있는 것, 그것을 찾자.'

어려서부터 그림 그리기나 만들기를 좋아하고 잘했던 나는 연관성이 있는 직업을 나열해 보았다. 이 나이에 이런 고민을 하다니 조금은 어이없지만 늦었다고 생각할 때가 가장 빠르다는 격언을 되새기면서 맹목적인 주입식 교육으로 커온 지난날을 아쉬워하며 후회했다. 두 아이와 아내를 둔 삼십대 중반의 가장으로 선택할 수 있는 새로운 꿈의 직업은 거의 없었다. 당시 《스스로를 고용하라》, 《가슴 뛰는 삶을 살아라》, 《몰입의 즐거움》 등 시대를 반영하던 책을 찾아 읽었고 미국 모던 요리의 선구자인 셰프 찰리 트로터Charlie Trotter의 자서전을 검색해 보고 '요리사가 되면 어떨까?' 책임지지 않아도 되는 상상을 하며 시간을 보냈다. 상상과 현실의 거리가 얼마나 먼지 제대로 가늠하지 못했던 나는 달콤한 낙관으로 생각을 굳히기 시작했다. '5년만 고생해서 자리 잡고 가족을 먹여 살릴 수 있으면 되지 않겠어?'

"여보, 나 회사 그만두고 요리를 배우려고 하는데 어떻게 생각해?"

갑작스런 제안에 말문이 막힌 아내는 걱정스러운 표정으로 왜 그런 생각을 하는지 물었다.

"세상이 변했어. 회사처럼 개인도 구조 조정이 필요해. 자신만의 경쟁력을 찾지 않으면 결국 밀려나고 말 거야. 더 나이가 들면 무엇이든 새로 시작하기도 힘들고. 뭐든지 때가 있다고 생각해. 이 시기를 놓치면 새로운 것에 도전하는 것도 쉽지 않을 것 같아. 물론 주재원으로 나간다면 영호와 민정이를 위해서도 지금이 가장 좋은 타이밍이고 나로서도 앞으로의 경력에 도움이 되겠지만 현재 돌아가는 회사 사정을 보면 몇 년이 걸릴지 모르겠어."

사실 아이들이 학교에 들어갈 무렵 외국으로 나가 영어를 쉽게 배울 수 있는 기회와 시기를 놓치고 싶지 않았다. 나도 나이가 삼십대 중반인데 사십대가 되면 새로운 일에 도전한다는 것이 부담스러울 것 같아 아내를 설득했다.

"사정이 이러니 나중으로 미루기보다는 당장이라도 실행하는 것이 좋다고 생각해."

"그래? 당신이 그토록 하고 싶은 일이라면 믿고 따를 테니 한 가지만 약속해줘."

"뭔데?"

"한번 결정한 이상 절대 뒤돌아보지 않고 앞만 보고 가야 해. 나도 최선을 다해 돕도록 할게."

돌이켜 보면 많은 대가를 치러야 했고 세상은 그리 호락호락하지 않았다. 사회가 규정한 테두리 안에서 모두 같은 방향으로 달려갈 때 누군가는 의문을 제기하며 다른 방향으로, 또는 선 밖으로 자신을 찾아 삶을 개척할 수도 있다. 대신 그렇게 어려운 길을 가기 위해서는 방향이 뚜렷해야 한다. 삶에는 선택에 따라 다양한 형태와 방식이 있다. 하지만 사회의 관습과 틀에 얽매이지 않고 자유롭게 선택하고 자신 있게 감당한다는 것은 생각만큼 쉽지 않았다.

서울 태평로 고층 빌딩의 회의실에서 줄 잡힌 양복을 입고 외국 바이어와 수출 상담을 하던 나는 한 달 사이에 런던 메릴본Marylebone의 오래된 회색 건물 4층 요리 실습실에 서 있었다. 낡은 철제 창문 밖으로 어둑어둑 잔뜩 흐린 구름이 흘러가고 있었다. 창백한 형광등 아래 하얀 셰프복과 모자를 쓰고 서 있는 모습이 어색하고 서글펐다. 나는 하루아침에 검은 하녀복을 입고 다락방으로 쫓겨난 소공녀 세라처럼 초라했다. 첫 수업 시간에 당근과 무로 쥘리엔Julienne[1], 브뤼누아즈Brunoise[2]

---

1   채소를 아주 얇게 슬라이스 한 다음 겹쳐 놓고 균일한 굵기로 가늘게 채 썬다.
2   채소를 사방 3밀리미터 크기의 작은 주사위 모양으로 균일하게 깍둑썬다.

썰기에 진땀을 빼던 나는 순간이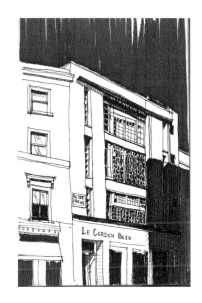
동이라도 한 듯 낯선 환경에서 허
우적거리고 있었다. 나이 서른다
섯, 아내와 두 아이, 얇은 통장, 더
욱 불안해진 미래, 이방인의 소외
감, 으슬으슬 추운 날씨까지….
과연 나의 선택은 옳았는지 의구
심이 먹구름처럼 짙게 들기 시작
했다.

시집온 새색시처럼 서먹서먹
한 분위기가 채 가시지 않은 어느 날 아침 실습 시간이었다.

"코리아에서는 기름 묻은 칼을 찬물로 씻나?"

무심코 찬물로 칼을 씻고 있는데 프랑스인 교수 얀이 비꼬듯이 묻
는다. 학생들 사이에서 깐깐하고 점수가 짜기로 소문이 난 얀은 짙은
눈썹과 검은 눈에 검은 수염을 기르고 뾰족한 매부리코에 갸름한 턱선,
영화 〈킹덤 오브 헤븐Kingdom of Heaven〉에 나오는 사라센의 살라딘처
럼 생겼다. '나야 모르지. 한국에서 요리를 해본 적이 없으니. 주방엔 그
런 규칙이 있는 걸까?' 나는 아무런 대꾸도 하지 못하고 엉거주춤 서 있
었다. 얀은 요리는 프랑스인이 아니면 인정할 수 없다는 철학을 가진
듯했다.

"바쁘다고 당근 껍질을 까지 않고 미르포아Mirepoix[3] 만드는 것을 봤

다. 넌 가족에게 흙 묻은 채소로 요리해 줄래?"

그날따라 밥 먹듯이 하는 지하철 파업으로 사람들이 주렁주렁 매달린 버스를 몇 대씩이나 놓치면서 실습 수업에 늦었고 다른 학생들은 시간을 다투며 실습을 시작하고 있었다. 가뜩이나 늦은 나는 시간을 단축하기 위해 세척 당근의 껍질을 까지 않고 꼼수를 부렸는데 기다렸다는 듯이 모두가 들리게 빈정거리는 것이었다. 내성적인 성격에 남들 앞에서 창피를 당하는 것이 익숙지 않았지만 그렇다고 쉽게 기죽을 만한 나이도 아니었다. 나는 못 들은 척하고 부지런히 속도를 내 따라잡기 시작했다. 지금도 주방에서 당근 껍질을 깔 때는 얀의 심술궂은 얼굴이 떠오르곤 한다. 프랑스 셰프와의 안 좋은 인연은 이때부터 시작된 것 같다.

2002년 런던의 르 꼬르동 블루에는 6~7명의 한국 학생이 있었다. 일본 학생도 꽤 있었는데 주로 주재원 부인이나 여성이었다. 하루는 실습 시간에 한 한국 여성이 뒤에서 혼잣말을 했다.

"저 아저씨는 늙어서 요리한다고 왜 와서 이렇게 걸리적거려?"

못 들은 척했지만 지금까지도 잊지 못할 정도로 충격이었다. 그날 이후 나는 그녀를 런던의 우중충한 날씨만큼 미워했다. 하긴, 이 나이

---

3   양파, 당근, 셀러리(2:1:1)를 큐브 모양으로 썰어 오일에 볶아 사용하는데 스톡이나 스튜, 수프 등을 만들 때 가장 기본이 되는 맛의 역할을 한다.

에 나는 지금 여기서 무슨 짓을 하고 있는 건가? 그날 밤, 일기에 '꼭 성공하자!'라는 문장으로 소심한 복수를 했다.

하지만 무엇이든 만들기를 좋아하고 그림을 잘 그리던 나의 손의 정교한 감각을 믿었다. 미술 숙제를 해온 다음 날 선생님의 칭찬과 친구들의 감탄을 받으며 으쓱하던 달콤한 순간을 믿었고 그림을 그릴 때의 상상과 몰입의 즐거움Finding Flow이 요리를 통해 재현되기를 바랐다. 영화 〈빠삐용〉의 스티브 맥퀸이 높은 절벽에서 파도에 몸을 맡겨 떨어지듯이 바닷속으로 온전히 빠져들어간 나는 어디쯤이 바닥인지 모르는 경험들로 숨 막혀 했다. '이제 바닥이라면 이젠 튀어오를 일만 남았을 텐데.' 언젠가는 노란 백열등 아래 식탁에 앉아 가족들과 따뜻한 만찬을 하며 폭풍우 치는 바다를 용감하게 건넜던 일을 얼굴에 난 훈장 같은 상처처럼 담담하게 얘기할 날이 오겠지?

런던에 정착한 첫 겨울은 낯선 불안감에 허둥지둥 지나갔다. 요리학교 실습이 익숙해지고 가족의 삶이 자리를 잡을 무렵 나는 점점 바닥이 드러나는 통장 잔고가 걱정되었다. '이렇게 가다간 안 되겠다, 아르바이트 자리라도 알아봐야지.' 동네 잡센터Job Center에서 소개해준 해머스미스Hammersmith 근처 펍의 글라스 콜렉터에 지원했다. 나른한 오후의 먼지 같은 햇살이 펍의 어두운 티크나무 벽을 비추고 있었다. 하찮아 보이는 일자리에 유학생으로 보이는 대여섯 명이 줄을 서서 인터뷰를 기다리고 있었다. 지원자가 많아 가능성이 없겠다는 생각으로 다른 일자리를 알아보던 중 며칠 후 출근하라는 전화를 받았다. 시간당

4.5파운드의 아르바이트 취직이 대기업 입사보다 더 기뻤던 것은 그만큼 생계가 절실하다는 증거일 것이다. 말이 글라스 콜렉터지 실상은 설거지에 요리 보조까지 온갖 심부름을 다해야 했다. 처음에는 채용 이름처럼 빈 생맥주잔 치우는 일을 시키더니 점차 일을 하나씩 얹기 시작했다. 바쁜 점심 시간이 지나고 한가해지자 독일의 메르켈 총리처럼 생긴 나이 든 매니저가 냉정하고 단호하게 말했다.

"앤서니, 어디든 바깥에 나가서 먹고 시간 맞춰 다시 오세요."

나는 쫓기듯 펍에서 나왔다. 아직 휑한 나뭇가지에 쌀쌀한 바람이 부는 거리, 사람들은 목적지를 향해 의기양양하게 종종걸음으로 바삐 걷고 있었다. 낯선 동네에서 배회하던 나는 목적지가 있는 그들을 부러워했다. 샌드위치 하나에 7파운드, 음료수까지 사면 2만 원이 넘는다. 시간당 4.5파운드를 받는데 점심을 사 먹는 돈이 아까웠다. 회사에서 출장 다닐 때 당연하게 쓰던 밥값이며 비행기 값, 호텔비가 얼마나 소중한지…. 회사나 단체의 일원으로 소속감을 가지고 사는 것이 답답해서 탈출하고 싶었지만 빠져나오고 보니 그때의 질서와 루틴이 그리워진다. 문득 사료를 먹이며 키우던 소를 초원에 풀어 두면 어쩔 줄 몰라 하며 풀을 뜯지 않는다는 것을 책에서 읽은 기억이 났다. 홀로, 아니 부양할 가족을 이끌고 세상에 서보니 회사라는 울타리가 얼마나 그립고 소중한지 뼈저리게 와닿았다.

아르바이트 초기만 해도 손님이 먹다 남긴 음식은 거들떠 보지도 않는데 점차 손대지 않은 것들을 몰래 챙기기 시작했다. 공원 벤치에서 점심으로 먹으며 풍경 속으로 자연스럽게 녹아 들었다. 오래전에 본 〈나쁜 남자〉라는 영화가 떠올랐다. 인간은 결국 자의가 아니어도 최익 또는 불의의 환경에 석응하고 안수하게 된다는 내용으로 당시엔 동의할 수 없었다. 하루하루 상황에 적응하고 자존심과 타협하는 나의 모습을 보면서 불현듯 불안이 엄습했다. 언제든 원하기만 하면 일상의 울타리로 돌아갈 수 있는 모험이나 일탈이 아닌 영영 헤어날 수 없을지도 모른다는 사실에 숨이 턱 막혔다. '지금의 현실에 적응해서 살아남아야 한다.' 스스로 풀 뜯는 방법을 익히고 본래 가졌던 뜻과 목표를 잃으면 안 된다고 수시로 다짐했다.

공원 벤치의 런치가 익숙해질 무렵 요리 학교 학생이라는 어설픈 전문성 덕분에 나는 주방으로 들어가게 되었다. 〈프리즌 브레이크〉에 나오는 수크레처럼 기

름기가 자르르 흐르는 얼굴에 느끼하게 생긴 북아프리카 출신의 아랍계 녀석이 내 사수였고 티백처럼 삐쩍 마르고 나이든 영국인 존이 주방장이었다. 존이 쉬는 어느 날 좁은 주방에서 죄수들이 영역 싸움이라도 하듯 나는 수크레와 대판 싸우게 되었다. 내가 자신의 입지를 위협한다고 느꼈는지 사사건건 야비하고 못되게 굴었다. 그러다가 사소한 데서 시비가 붙었다. 약간의 충돌 끝에 선반 모서리에 내 엄지손가락이 찍히면서 검붉은 피가 흘렀고 상처가 꽤 깊어서 한동안 붕대를 감고 다녔다. 상처가 아물고 남은 자국은 지금도 스치면 시린 감각이 되살아난다. 지나고 보면 매 순간 내 상황과 경험에 맞게 그 수준의 자존감과 열등감으로 모든 인간관계와 일들이 벌어진 것 같다. 강한 자신감으로 지나가는 상황이라고 인식했다면 굳이 싸울 일도 없었을 텐데. 모든 일이 그렇다. 먼지처럼 사라지는 유한한 인간의 눈으로 세상을 크게 보면 일희일비할 필요가 없는데 좁은 시야로 서로의 입장 차이만을 확인하고 다툴 뿐이다.

2002 한일 월드컵이 한창이던 6월에 요리 학교의 초급 코스가 끝나자 휴학을 신청했다. 영국 체류 기간을 최대한 연장하려고 학기마다 휴학 기간을 최대한 길게 갖고 식당에 취직해서 경험을 쌓으며 생활비도 벌겠다는 야무진 계획을 세웠다. 제대로 된 레스토랑에 취직해야겠다고 마음먹고 외식 잡지에 실린 런던의 음식점 랭킹과 평가를 보고 무작위로 찾아다니거나 이력서를 보냈다. 운 좋게 미슐랭 3스타였던 셰니코Chez Nico에서 연락이 왔다. 하이드 파크 마블 아치Hyde Park Marble

Arch 근처 그로스베너 하우스호텔Grosvenor House Hotel에 니코앳나인티 Nico at Ninety라는 이름으로 오픈했다가 셰니코로 이름을 바꾸고 1995년에 미슐랭 3스타를 받은 곳이다. 1999년 니코 라네니스Nico Ladenis는 3스타라는 타이틀 때문에 제한적인 손님만 오

고 손님들이 너무 비싼 음식을 원치 않는다는 이유로 미슐랭 3스타를 반납하고 보다 캐주얼한 레스토랑인 인코그니코Incognico(2000)와 데카 Deca(2002)를 차례로 오픈했다.

나중에 알고 보니 셰니코는 한 달 후 문닫을 예정인 상태에서 임시로 일할 사람이 필요했던 것이다. 클래식하고 럭셔리한 실내는 샹들리에와 화려한 꽃장식으로 보는 이를 압도했다. 시가를 피우는 방, 칵테일과 식전주를 마시는 방이 별도로 있었다. 스태프들은 프로페셔널해 보였고 주방은 길을 잃을 만큼 넓었다. 1인당 100파운드짜리 디너 코스가 주메뉴였고 처음 보는 메뉴들은 정교하고 아름다웠다. 2002 월드컵의 열기와는 상관없이 나는 아침 8시부터 밤 12시까지 일을 했고 적은

인원으로 임시 운영하다 보니 쉬는 날이 없었다. 내가 살던 일링 브로드웨이Ealing Broadway에서는 걷고 지하철 타고 한 시간이 걸리는 거리여서 잠자는 시간은 여섯 시간도 되지 않았다.

코스 요리를 처음 접한 나는 오더지가 오면 어느 타이밍에 어떻게 준비해야 할지 몰라 버벅거렸고 주변 셰프들의 따가운 눈총을 받았다. 영화 〈의뢰인The Client〉의 수전 세런딘Susan Sarandon을 닮은 수셰프 에이미가 하루는 잘못 만든 감자 블리니Potato Blini[4]를 보고 "요즘은 요리 학교에서 이따위로 가르치나 봐?"라고 한심하다는 듯 비꼬았다. 훈제 연어를 꽃잎 모양으로 접시에 배열하고 그 위에 감자 블리니를 올리고 허브가 들어간 크림프레시Crème fraîche[5]에 캐비어와 딜을 올리는 매우 클래식한 조합의 전채요리였다. 일주일쯤 지나자 요령이 생기면서 누구보다도 예쁘게 잘 만들게 되었다.

하루의 서비스가 끝나면 땀에 젖은 지친 몸으로 늦은 밤에 주방을 거의 들었다 놓는 수준으로 한 시간 넘게 청소를 한다. 셰프 들은 키친 포터가 따로 있어 설거지를 하지 않지만 주방 기구와 기물은 직접 닦고 관리해야 한다. 청소는 하루도 거르지 않는데 마치 황학동 중고 주방 시장에서 업자들이 중고 오븐이나 그릴, 냉장고를 새 제품으로 변신시

---

[4] 밀가루, 으깬 감자, 우유, 달걀, 흰자 머랭(거품)을 이용해 만든 작은 팬케이크로 연어나 캐비어와 클래식한 궁합이다.

[5] 생크림을 유산균으로 발효시켜 만든 걸쭉하고 산미가 있는 크림. 애피타이저, 소스, 디저트 등에 이용한다.

키는 것과 같이 치러진다. '이렇게 청소해서는 밤을 새겠구나' 겁이 날 정도였다. 주방은 항상 반짝였고 바닥에 떨어진 음식물도 주워 먹을 수 있을 정도였다.

청소가 끝나자 에이미는 작업대에 걸터앉아 걸쭉한 욕을 퍼부으며 주변을 의식하지 않고 셰프복 상의를 벗었다. 깜짝 놀라 슬쩍 보니 브래지어와 복대가 보였다. 험하고 힘든 주방에 여성 셰프는 드물지만 버티고 살아남은 이들은 대부분 강인하다. 허리 디스크인지 매우 고통스러워 보였는데 남성 셰프들 앞에서 아무렇지 않게 허스키한 목소리로 거친 말을 뱉어냈다. 돈 많이 주는 두바이 7성급 호텔에 취직해서 오늘이 마지막이란다. 당시 두바이는 돈을 벌려는 런던의 셰프들이 진출하는 망명지였다.

에이미가 떠나고 로마 군인처럼 생긴 27세의 키가 작은 프랑스 셰프 데니스가 왔다. 하루는 닭간과 송로버섯이 들어간 아티초크 구르망 Artichoke Gourmand이라는 요리가 나가는데 나는 닭간을 소테Sauté[6]해서 건네주는 역할을 받았다. 닭간에 시즈닝을 해서 알맞게 구워 타이밍에 맞춰 넘겨줬는데 'F*** you'라는 욕설과 함께 내 얼굴에 닭간을 집어 던졌다. 닭간을 구우면 쪼그라드는데 그것을 계산하지 않고 잘라서 구웠다는 것이다. 그래도 그렇지 얼굴에 음식을 던지는 행위는 동양인이라고 무시하는 것 같아 화를 참을 수 없었다. 붉으락푸르락 대드는

---

6   서양 요리의 기본 조리법으로 고기나 채소를 아주 센 불에서 기름으로 단시간에 조리하는 기술이다.

나를 영국인 셰프 프랭크가 말리더니 워크인 냉장고로 끌고 갔다.

"앤서니, 너 몇 살이니?"

나는 35세라고 하면 안 뽑아줄 것 같아 29세라고 속이고 입사했었다. 당황한 나는 스물아홉인데 나이가 뭔 상관이냐고 되물었다.

"앤서니, 주방은 군대와 같아. 셰프가 명령하면 무조건 따라야 하고 터프한 곳이야. 데니스가 너보다 나이는 어리지만 주방장이니 무조건 복종해라."

나는 여권을 보자고 하지 않은 것만도 다행이라 여기고 제자리로 돌아왔지만 기분은 풀리지 않았다. 또다시 프랑스 셰프와의 안 좋은 경험이 되살아났다. 그 후로 그 프랑스 셰프는 나의 경계 대상이 되었다.

셰니코의 브레이크 타임에는 피로에 절어 근처의 오래된 펍Pub에서 시끄러운 EPL(프리미어리그) 중계와 웅얼거리는 잉글리시 악센트를 들으며 진한 에일 맥주와 녹진한 맛의 체더 치즈를 먹곤 했다. 땀으로 배출된 갈증을 에일로 풀고 소모된 에너지를 체더 치즈와 빵 한 조각으로 보충한다. 그래야 다가올 저녁 전투에서 버틸 수가 있다. 펍에 앉아 미래의 나의 레스토랑을 상상하고 노트에 그리며 보내는 시간은 모르핀처럼 고통을 잊게 해준다. 그것조차 귀찮을 때는 레스토랑 건너편의 하이드 파크 잔디 위에 널브러져 얼굴 위로 기어다니는 개미들을 동무 삼아 곤히 잠들곤 했다.

셰니코에서의 힘든 일은 2002 한일 월드컵과 함께 숨 가쁘게 흘러 갔고 우리나라의 선전을 보면서 힘을 얻었다. 대한민국과 터키(튀르키예)의 3위 결정전이 있기 며칠 전 프랑스 셰프 데니스에게 이사를 핑계로 하루 쉬고 싶다는 말을 어렵게 꺼냈다. 아니나 다를까 "F*** you"라며 안 된단다. '안 되면 안 된다고 하지 왜 욕을 해?' 나는 열받아서 또 대들었다. 한 달 가까이 하루도 쉬지 못했고 이사를 가야 한다고 주장했다. 수셰프 프랭크가 내 처지와 주장에 동의하는지 데니스에게 하루 쉬게 해주라고 변호했다. 나는 사투 끝에 집에서 월드컵을 봤고 우리나라는 허무하게 지고 말았다. 그러던 어느 날 콧대 높고 건방진 데니스에게 인정받을 일이 있었다. 돌아가면서 하는 스태프 푸드를 만들기 위해 장을 봐서 김밥을 만들어 주었다.

"앤서니, 스시 만들 줄 아는구나! 이거 맛있던데 소스는 뭘로 하면 좋을까? 오늘 디너에 VIP 손님이 오는데 아뮤즈Amuse[7]로 내보내면 좋을 것 같아."

나는 속으로 '이런 무식한 놈을 봤나? 비싼 프렌치 코스 요리에 뜬금없이 김밥을 아뮤즈로 내? 그리고 김밥에 무슨 소스?' 당시 런던에는 노부Nobu, 주마Zuma 등 세련되고 모던한 일본 음식점이 런던 Top 10 레스토랑에 선정되면서 흥행에 성공했고 특히 스시가 고급 음식으로 유행하고 있었다. 이걸 먹을 줄 알아야 세련되고 유행을 아는 사람이라고 인정받는 분위기였다. 갑자기 입장이 바뀐 나는 한껏 거드름을 피우며 작고 예쁜 김밥을 만들었고 데니스는 새 셰프복에 빳빳하게 다림질

---

[7] 레스토랑에서 메인 식사 전에 제공되는 음식으로 한두 입에 맛볼 수 있게 작은 크기로 만들어진다.

한 앞치마로 치장을 하더니 김밥을 들고 자랑스럽게 VIP 손님의 테이블로 나갔다.

가을이 되면서 셰니코는 문을 닫고 니코의 딸이 경영의 전면에 나서 오픈한 데카의 주방으로 옮겨갔다. 셰니코보다 훨씬 캐주얼한 음식과 분위기가 밝은 3층짜리 레스토랑이었다. 나는 콜드 파트Cold Part[8]와 메인 가니시 파트Main Garnish Part[9]를 번갈아가며 일하게 되었다. 이른 아침부터 로켓 샐러드 두 박스, 아티초크 한 박스, 석화 두 박스를 까고 다듬으며 밥 먹을 틈조차 없을 정도로 정신없이 보내야 했다. 도대체 영국인들은 아티초크란 식물을 왜 이리도 좋아하는지 단단한 껍질을 한두 박스 까고 나면 손이 성치 않았다. 셰프 나이프로는 어림도 없어 서레이티드(톱니바퀴 칼날) 나이프를 사용해야 하는데 억센 껍질은 까도 까도 끝이 없었다. 레몬이 잔뜩 들어간 야채 스톡에 익힌 뒤 머시룸 듀셀Mushroom Duxelle[10]을 넣고 홀랜다이즈 소스

8　가드망제Garde Manger 또는 라더Larder라고도 하며 찬 음식, 샤르퀴트리, 샐러드, 애피타이저를 주로 준비하는 부서다.

9　육류Rotisseur나 어류Poissonier의 조리를 맡는 부서고 이에 곁들이는 채소류의 조리를 가니시라고 한다.

Hollandaise Sauce[11]를 얹어 내는 요리인데 아티초크
손질만 아니면 꽤 괜찮은 요리였다.

　　구웬이라는 스물일곱 살짜리 프랑스 녀석이 셰
프 드 파티Chef de Partie[12]였는데 역시나 예상을 빗나
가지 않고 콧대가 하늘을 찔렀다. 어려서부터 요리를 해서 경력이 9년
도 넘는다면서 나의 미장플러스Mise en Place[13] 속도에 불만이 가득했
다. 내가 달팽이처럼 느려 빠져서 시간을 맞추기 어렵다며 수셰프 마이
크에게 불평을 늘어놓았다. 당시 런던은 프랑스보다 일자리가 많고 보
수기 좋아 프랑스 셰프가 런던의 레스토랑마다 넘쳐났다. 나는 요리 학
교에서 배운 대로 아스파라거스 껍질을 정성스럽게 까고 있었지만 한
박스의 양은 좀처럼 줄지 않았다. 그때는 더 이상 어떻게 빨리 하라는
건지 이해하지 못했고 최선을 다한다고 생각했는데 요즘 주방에서 서
툴고 느려빠진 신입들을 보면 그때 구웬의 심정이 어땠을지 이해된다.

　　"구웬, 그땐 내가 너무 어렸어, 미안!"

　　바쁜 레스토랑 주방에서는 정확도만큼 속도도 중요하다. 내가 느리

10　양송이를 작게 썰어 양파와 같이 볶은 요리. 버섯의 수분이 없어질 때까지 버터나 올리브 오
　　일에 볶으며 백리향(타임)과 크림을 섞기도 한다.
11　달걀 노른자에 식초 또는 화이트 와인과 머스터드를 넣어 정제 버터를 섞어 에멀전시킨 소
　　스. 온도에 민감해서 분리되기 쉬운 불안정한 소스로 그때그때 만들어서 사용한다.
12　주방 조직 중 한 부서를 책임지는 파트장으로 수셰프Sous Chef의 지휘를 받는다.
13　프랑스어로 '모든 것을 제자리에 놓다'라는 뜻으로 미리 재료를 준비해 제자리에 두어 실제
　　서비스에서 시간 지체 없이 신속하게 조리할 수 있도록 준비하는 것을 말한다.

면 전체 일이 늦춰져 다음 사람에게도 피해가 간다. 모든 과정이 숙련되고 빨라지는 과정임을 이제는 안다.

　새로운 주방의 일이 익숙해질 무렵 큰 사건이 발생했다. 여느 때처럼 분주한 아침 준비 과정을 끝내고 점심 서비스 시간이 되었을 때 평소에는 모습을 잘 나타내지 않던 셰프 폴이 주방에 나타나서 지휘를 했다. 고든 램지처럼 생긴 말쑥한 금발의 폴은 오너 셰프인 니코의 수셰프였고 실제 고든 램지와도 일했다. 마르코 피에르 화이트, 고든 램지 등 당시 런던의 주방은 엄격하고 터프한 분위기가 지배적이었다. 짧은 시간에 몰리는 점심 식사의 특성상 콜드 파트의 스타터는 매우 빠르게 나가야 하는데 잔뜩 밀린 오더지 속에 내가 맡은 스타터가 불가항력적으로 늦어지고 있었다. 폴은 특유의 억양으로 계속 "How long? How long?"을 외쳤고 각 섹션의 셰프들은 "Two minutes chef!" "Five minutes main away!"를 외쳤다. 나는 전쟁에 나선 갤리선의 노 젓는 노예처럼 냉장고와 도마와 접시에 정신 없이 머리를 파묻고 있었다. 폴은 갑자기 "Fucking idiots!" 거친 욕을 내뱉으며 상기된 얼굴로 다가와 내 작업 테이블 위의 음식, 접시, 기물, 도마 할 것 없이 바닥으로 내동댕이쳤다. 무서운 기세에 겁에 질려 한걸음 물러선 순간 옆에 있던 수셰프 마이크의 손에 내 칼이 스쳐 피가 줄줄 흘렀다. 셰프는 내 얼굴에 대고 "Fuck up, you go home!"을 외치며 나를 주방 밖으로 쫓아냈다. 치욕적인 순간을 어찌해야 할지 모른 채 옥상으로 올라가 담배를

피워 물었다. 몇 개피를 연달아 피워 봐도 수치심과 흥분된 마음은 진정되지 않았다. 그때 그 셰프가 얼마나 악마 같고 정신병자 같아 보였는지…. 얼마 후 폴은 레스토랑 대표와의 불화로 쫓겨났다. 오너와의 문제로 화가 나 있던 차에 주방에서 성질을 부렸던 것이 아닌가 주측했

다. 그가 경험한 레벨의 치열했던 주방 경험에 대비해 볼 때 나의 속도가 성에 차지 않았을 것이다. 요리 학교 실습 시간에 시간과 정확도에서 항상 1~2등을 했기에 느리다는 생각을 해본 적이 없었다. 그러나 숨 넘어가게 바쁜 실전에서는 모든 것이 다른 레벨에서 출발한다. 미장플러스도 짧은 시간에 효과적으로 해야 했지만 서비스가 시작되면 준비된 재료로 시간 낭비 없이 정확하고 신속하게 일을 쳐내야 한다. 메인과 가니시는 정확한 타이밍에 준비되어 플레이트 위에서 조립되고 손님의 식사 속도에 맞춰 나가야 했다.

　나는 이대로 물러설 수 없어 한 시간쯤 지나 슬그머니 주방 안으로 들어가 아무 일도 없었다는 듯 일을 했다. 손에 붕대를 감고 지혈 중이던 마이크가 괜찮냐며 오히려 나를 위로하자 눈물이 날 것 같았다. 젠틀한 마이크는 얼마 후 그곳을 떠나 스페인으로 간다고 했고―나중에

야 알았지만 세계 요리의 중심은 이미 스페인으로 넘어가 있었던 것이다─그가 떠나는 날 셰프들은 작은 파티를 준비했다. 보드카와 레드불Red Bull을 섞은 후 젤라틴을 넣어 굳혀 주먹만큼 큰 젤리를 만들었다. 마이크는 밤 11시 서비스가 끝난 후 장난기 가득한 얼굴로 이른바 밤젤리Bomb Jelly를 돌렸다. 주먹만큼 큰 젤리 두 덩어리를 삼키고 머리가 핑 도는 취기를 느꼈다. 주방 안에서 술을 마시는 것은 금기지만 그들만의 작은 위트와 재미였다. 같이 울고 웃던 전우애와 취기가 어우러진 그날의 지하 주방의 풍경과 분위기는 지금도 생생하다. 전쟁터의 악몽 같은 경험과 상처는 굳은살이 되어 나를 더욱 단단하게 만들었다. 다시 르 꼬르동 블루로 돌아가 중급 과정을 시작할 때 나는 부쩍 성장해 어느새 초보티를 벗은 칼잡이가 되어 있었다.

변하는 것과 변하지 않는 것

2004년 영국에서 돌아온 나는 마치 고든 램지라도 된 것처럼 들떠 있었다. 외국에서 요리를 배우고 최고급 레스토랑도 경험했으니 미개한 아메리카 대륙에 상륙한 정복자 같은 착각에 빠져 있었다. 하지만 꿈에서 깨어나 원주민들에게 팔다리가 묶인 채 나무에 거꾸로 매달려 항복을 선언하는 데는 그리 오랜 시간이 걸리지 않았다.

당시 서울에서 핫한 이탈리아 레스토랑인 안나비니, 일치프리아니에 가보고 나는 더 잘할 수 있겠다는 확신을 가졌다. 일단은 취직을 해서 한국의 주방을 배워야겠다고 생각하고 이곳저곳에 이력서를 넣었지만 연락 오는 곳이 없었다.

"여보세요? 일전에 이력서를 넣었던 사람인데 지금까지 연락이 없어서요."

"글쎄요. 셰프님께 전달은 했습니다."

반 년 동안 구직 활동을 되풀이하던 나는 서서히 지치기 시작했다. 나이 때문인 것 같아 결국 가게 오픈을 결심했다.

2005년에 첫 가게인 키친플로의 성공적인 론칭으로 자신감이 충만했던 나는 겁도 없이 2년 만에 모은 돈을 재투자해서 2층까지 확장했다. 하지만 2008년 리먼 사태로 경기가 꺾이며 매출이 줄기 시작했다. 한편 경제 위기에 봉착한 미국에서는 파인 다이닝 레스토랑이 위축되고 새로운 트랜드로 가스트로펍Gastro Pub이라는 콘셉트의 음식점이 생기고 있다는 것을 외국 잡지를 보고 알게 되었다. 미식이라는 의미의 가스트로와 대중적인 술집이라는 펍의 합성어로 파인 다이닝 셰프가 운영하면서 높은 수준의 음식을 펍의 분위기와 가격으로 즐길 수 있다는 것이다. 그 무렵 한국에서는 브런치가 유행하면서 빵집이나 카페가 레스토랑의 런치 손님을 빼앗아 가고 있었다. 유행처럼 우후죽순 들어서는 이자카야나 와인바 또한 레스토랑의 디너 손님을 흡수하기 때문에 어중간한 콘셉트와 가격으로는 더 이상 경쟁에서 살아남기가 힘들어진 것이다.

가스트로펍의 실체를 보기 위해 2010년 4월에 뉴욕을 방문했다. 마침 대니 마이어Danny Meyer의 《세팅더테이블Setting the Table》을 읽고 감동 받던 차에 그의 레스토랑에도 가보고 싶었다. 모모후쿠Momfuku, 치카리셔스Chikalicious, 블루스모크Blue Smoke, 대니얼Daniel, DBGB, 까사모노Casa Mono, 델라니마Dell'anima, 스포티드피그Spotted Pig, 델포스 등을 둘러보았다.

2010년 11월 도곡동에 오픈한 쉐플로의 콘셉트는 카사모노, 델라니마, 스포티드피그, DBGB에서 얻었다. 한마디로 캐주얼한 분위기에 동서양을 넘나드는 식재료를 이용한 술집 같은 레스토랑이었다. 처음에는 이도 저도 아니게 모호하고 생소해서 안착하기 쉽지 않았지만 시대와 외식업의 흐름을 정확하게 짚은 성공작이었다. 레스토랑 키친플로의 음식과 음료의 매출 비율이 80 : 20이었다면 가스트로펍인 쉐플로는 50 : 50이었다. 이 비율은 더 효율적인 매출 구조가 되었다는 것을 의미한다. 2~3년 후 서울에서는 비슷한 콘셉트의 가게가 우후죽순 생기기 시작했다.

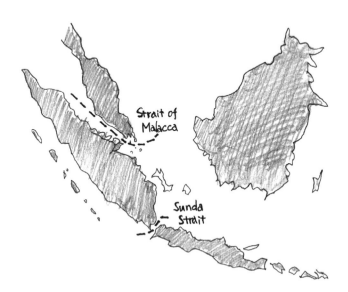

"수에즈 운하의 등장으로 순다해협과 말라카해협의 운명이 바뀌듯이 지구 반대편에서 벌어지는 나와는 관계없는 변화가 나를 흥망으로 이끈다."

도처에서 일어나는 변화를 미리 알 수는 없어도 시장의 흐름을 읽는 노력은 매우 중요하다. 게으름을 피우지 않고 아무리 열심히 움직여도 계속 바뀌는 큰 흐름에 따라 의도치 않게 엉뚱한 곳으로 휩쓸리기 때문이다. 요새는 그때와는 또 다른 흐름—김영란법, 1인가구와 혼밥 혼술, 온라인 배달, 주 52시간, 최저임금, 재택근무, 코로나 등—으로 외식업 시장의 판도가 바뀌었다. 변화를 예측하기는 어렵기 때문에 흐름에 맞춰 변화하거나 비교적 그런 흐름의 영향을 덜 받는 업종에 대한 고민이 커질 수밖에 없다.

디자인을 전공하는 딸이 사진 동아리 포스터를 만드는 데 며칠 동안 고민을 한다.

"아빠, 선배들이 만든 포스터 들을 참고하려고 보았는데 시간이 지나면서 촌스러워지거나 유행에 맞지 않는 느낌을 받았어요. 내가 만든 포스터를 10년이 지난 후 후배들이 보아도 그런 느낌을 받지 않았으면 해요."

나는 대학생 때 그런 생각을 하지 못했는데 딸은 30년 전의 나보다 훨씬 현명하고 지혜롭다. 한때의 유행보다는 시간이 지나도 촌스럽지 않은 생명이 긴 디자인, 패션, 음악, 요리를 추구하는 것이 가능할까? 불

필요한 것을 모두 제거하고 본질과 기본에 집중한다면 유행에 따라 변하지 않는 것이 가능하지 않을까?

한때 영국 외식업계를 주름잡던 고든 램지의 요리도 요즘 요리와 비교해 보면 스타일에서 진부하다는 것을 느낀다. 엘불리El Bulli의 분자 요리나 노마Noma의 노르딕 퀴진Nordic Cuisine 같은 천재적이고 창조적인 요리도 아류가 반복 재생산되면서 뻔하다는 느낌이 든다. 한계 효용 체감의 법칙은 요리 세계에도 어김없이 적용된다. 신기함이나 새로움도 반복되고 유행이 끝나면 언젠가 뒤로 물러나는 것은 천상계의 요리사노 피할 수 없는 운명인가보다. 엘불리의 캐비어 분자 요리는 10년을 못 가고 시들해졌지만 콩테Comte, 브리Brie, 로크포르Roquefort 치즈나 하몽Jamón, 프로슈토Prosciutto는 기원전부터 지금까지 즐기고 있으며 앞으로도 그럴 것이다. 인류가 지구상에 존재하는 한 와인을 마시고 빵을 먹고 밥을 지어 먹을 것은 분명하며 변하지 않는 가치를 지닌 음식의 요소는 치즈, 살루미, 발효식초, 된장, 간장, 고추장, 와인, 위스키, 차 같은 것이 아닐까?

기후 환경의 변화, 예상치 못한 바이러스의 출몰, 생태계의 파괴, 종의 멸종, 사회적 가치의 변화를 생각하면 100년 후의 예측은 쉽지 않겠지만 적어도 쉽사리 사라지지 않을 것은 예측할 수 있다.

향후 10년을 내다보고 지금부터 준비해야 할 일을 생각해 보았다. 치즈와 살루미 사업에 본격적으로 뛰어들기 전에 현업을 유지하며 지속적으로 배우고 만들고 개선하는 일을 병행해 일정 수준으로 품질을 끌어올려야 했다. 돼지를 지육으로 구매해 해체와 정형을 배우고 책을 보면서 염장과 숙성을 해보았다. 좋은 돼지를 키우는 농장을 찾아다녔고 제주산 돼지, 멧돼지 듀록 하이브리드종, 버크셔, 토종 재래돼지를 이용해서 만들어 보았다. 이탈리아 트라파니산 천일염, 국내산 천일염, 토판염, 3년 간수를 뺀 소금, 누룩장 등을 이용해 보고 비교해보았다. 미국, 이탈리아, 뉴질랜드, 호주, 프랑스의 관련된 교육에 참가하거나 델리숍, 레스토랑 들을 둘러보았다. 경기도, 강원도의 목장을 찾아다녔고 새벽에 목장에서 우유를 구해 차에 싣고 와 일주일에 한 번 쉬는 날은 온종일 치즈를 만들었다.

일요일 새벽 5시 반, 관자놀이에 오른손 훅을 강타당한 권투 선수처럼 알람 소리를 듣고도 일어나지 못한다. 토요일 밤 11시까지 일하고 집에 들어와 몇 시간 못 잔 것이다. 10분 정도 선잠을 자고 겨우 몸을 일으켜 세수를 한다. 주말여행처럼 홀가분한 외출이면 좋을 텐데 일요일 새벽 이천에 위치한 목장의 우유를 받기 위해 서둘러 준비한다.

어느새 눈을 뜬 아내는 예보에 걱정이 되는지 만류에도 굳이 따라 나설 채비를 한다. 영하로 떨어져 눈발 날리는 일요일 새벽의 올림픽 도로엔 차가 그리 많지 않았다. 중부 고속 도로에 들어서니 어디로를 떠나는지 세각각 사연 있는 차들이 새벽을 깨우듯 도로를 질주한다. 어둑한 고속 도로를 주행할 때 듣기 좋은 음악이 있다. 팻 메스니의 '오레Au Lait'다. 대학생 때 즐겨 들었는데 그때부터 나의 미래를 암시했는지 우유를 받으러 가는 지금의 상황과 기가 막히게 맞아떨어진다. 집유차가 아침 일고여덟 시에 목장에서 원유를 가져가므로 일곱 시 전까지는 도착해야 안전하게 우유를 받을 수 있다. 일전에 조금 늦었다가 허탕친 적이 있어 눈발이 흩날리는 데도 기를 쓰고 액셀을 밟았다. 강원도 횡성까지 다닐 때에 비하면 두 시간 이상 단축되었다. 눈이 오나 비가 오나 3년째 반복하고 있다는 것이 신기하다. 누가 시

키면 죽어도 못할 것 같은 일을 무슨 힘이 남아서 일주일에 한 번 쉬는 날까지 이러는 걸까? 아침 9시가 넘어 신사동 쉐플로에 도착해 잠깐 소파에 누워 눈을 붙였다. 돕겠다고 따라나선 아내에게 미안하고 안쓰럽다. 건너편 해장국집에서 요기를 하고 곧바로 작업을 시작했다.

지난번에 만든 카망베르가 만족스럽지 못해 다시 만들어 봐야 한다. 계속 실패하는 모차렐라 커드와 재고가 바닥난 할루미 치즈도 만들어야 한다. 손바닥에 못이 박히듯 매일 만드는 것이 아니고 한 달에 두세 번 만들다 보니 발전 속도가 더디다. 숙성 시간이 길어서 나온 결과에 피드백을 받고 다시 수정하는 데 걸리는 시간도 발전 속도를 늦춘다. 여름 우유보다 지방도 많고 수율Yield도 높아진 것이 피부로 느껴진다. 히터를 켜도 주방의 온도가 여름과는 다르다. 지난번 실패를 통해 어떤 요소를 바꿔야 할지 메모장을 뒤적이며 골똘히 생각해 봐도 잘 모르겠다. 외국의 치즈 전문 서적을 찾아 읽어 보고 인터넷을 뒤져봐도 모를 때는 잠시 잊는 것이 상책이다. 그러다 보면 한 달이고 일 년이고 지나서 문득 해결책이 생긴다. 하루는 고되었어도 작업이 끝나면 뿌듯하고 기분이 좋다. 사우나를 마치고 아내와 술잔을 기울였다. 속 시원하게 도와줘서 고맙다는 말은 못하고 다음 번엔 따라 나오지 말라고 한다. 노동 끝의 술은 달았고 새벽부터 분주했던 휴일은 빨리 저물었다.

남들이 가지 않는 길을 혼자서 미련스럽게 가는 것은 어려서부터 예견되었나보다. 어릴 때 부모님 따라 등산을 가면 이미 나 있는 길로 오르기보다는 남들이 가지 않는 길을 찾아 오르며 희열을 느꼈다. 희미한 기억 저편에 초등학교 1학년 때 무리에서 떨어져 나와 놀림 받던 약한 친구 편에 서기도 하고, 회사에서 아무도 말하지 못할 때 상사에게 들이받기도 하고…. 내일 아침 신대륙으로 떠나는 콜럼버스의 배가 있다면 아마도 거기에 올라타지 않을까?

　미래를 준비하다 보면 현재가 희생된다. 어려서부터 경험한 행동 패턴의 반복이다. 사회인이 된 후 시험을 위해 당장 놀고 싶어도 참고 공부하는 것에서 해방되어 좋았는데 스스로 만든 목표 때문에 또다시 현재를 유보한다. 카르페 디엠Carpe Diem이라는 말도 있는데 왜 현재에 만족하지 못하고 손에 잡히지도 않는 미래를 미리 걱정하고 준비해야 하는가? 변하는 것에 대한 두려움에 직장을 버리고 셰프가 되어 음식점을 열고 또다시 변하지 않는 것을 찾아 치즈와 살루미를 공부하고…. 미래를 준비하는 것인지 오히려 현실을 회피하는 것인지 아니면 끝없이 반복되는 불안감의 루프 속에 갇힌 것인지 혼동이 올 때도 있다. 하지만 분명한 것은 나와 일에 대한 본질을 찾아가는 과정이라는 것이다. 나의 정체성과 일의 발전과 지속성을 위해 좀 더 기본부터 충실하게 쌓는 일이라면 비록 힘들고 지루해도 현재를 즐길 이유가 되지 않을까? 그런 의미에서 이왕 해야 하는 일이면 즐기면서 현재에 최선을 다하라는 것이 카르페 디엠의 진정한 의미가 아닐까?

변하는 것과 변하지 않는 것에 대한 사유와 고민은 그리 간단하지 않다. 결국 나의 삶과 일의 방향에 대한 생각을 바꾸고 행동으로 일치시키기 때문이다. 때로는 책을 읽는 것이 두렵다. 삶의 경험과 책의 지혜가 공명을 일으키고 문제점을 인지하지만 쉽게 행동할 수 없는 현실의 불일치한 상황이 나를 불행하게 만들기 때문이다. 일치를 위해 생각을 행동으로 옮기면서 작은 변화나 위험한 혁명이 일어날 수도 있다.

사소한 습관을 바꾸는 것조차도 당장의 불편과 불안의 소용돌이를 초래한다. 변하지 않는 것을 추구하는 것은 디자인이나 음식에 국한되지 않고 나와 가족의 삶의 방식을 송두리째 바꿀 수도 있기에 긴장하게 된다. 순간의 유불리와 이해득실을 따지지 않고 삶과 가치관의 일관성을 유지하며 사는 것은 독립운동만큼 힘든 일일 것이다. 나는 그저 평범한 소시민일 뿐인 데도 삶과 가치관의 일관성 문제는 내 주변에서도 매일 벌어지고 있다.

일회용품 사용을 억제해 환경 문제에 일조하는 것은 옳지만 외식업의 특성상, 특히 코로나 상황에서 포장, 배달, 택배용 일회용품을 사용할 수밖에 없다. 사교육에 반대하면서도 집 주소를 옮기고 사교육으로 명문대에 보내려는 유혹 또한 떨치기 어렵다. 부동산 투기와 정부의 정책을 욕하면서도 강남에 아파트를 사놓지 못한 것에 후회한다. 부동산 투기로 나의 자식들이 집을 구하기 힘듦에도 갭 투자의 광풍에 휩쓸린다. 임대료를 올리는 건물주를 욕하면서 나도 언젠가 건물주가 되겠다고 다짐하는 등 수없는 불일치가 일어난다. 정치인이나 연예인이 아니기 때문에 웬만해선 밝혀질 일이 없으니 상황에 따라 가치관을 바꾸거나 현실에 맞춰 사는 것이 크게 문제되지는 않을 것이다. 다만 나 자신을 알고 있으므로 스스로에게 부끄럽거나 아예 자신을 합리화해서 부끄러움조차 느끼지 못할 수도 있을 것이다.

한번은 환경주의자 딸과 논쟁을 벌인 적이 있다. 가까운 거리의 과일 가게에서 작은 과일 박스를 사오는데 아내는 차를 이용하려고 하고 딸은 과일 상자가 무겁지 않으니 걸어서 갔다 오자며 실랑이가 시작되었다. 결국 차를 이용했지만 딸은 편리를 추구하는 아빠와 엄마를 원망했다. 이 사건과 관계없이 한동안 치즈플로의 디자인을 도와주던 딸은 "치즈플로가 일회용품을 사용하고 친환경 노력에 기울이지 않아 더 이상 도와주고 싶지 않아요"라며 절교를 선언했다.

"원리 원칙과 가치관이 엄격하면 스스로를 얽매어 어려운 삶을 살 수도 있어. 그 기준으로 남을 비판하는 만큼 자신에게도 엄격해야 하는데 그건 쉬운 게 아니야."

딸에게 말하고 나니 결국 상황에 따라 유리한 대로 행동하라는 것과 다름이 없었다. 말을 내뱉는 순간 약속이 되므로 책임지기 싫어서 말을 줄이는 것은 상황에 따라 편하게 변할 수 있는 틈을 열어두는 기회주의적인 행동일까? 나는 의사 표시를 하지 않음으로써 유리하고 편한 기회를 엿보고 있었던 것은 아닐까?

세상에 존재했던 제국들은 결국 멸망했고 한때 잘나가던 문명도 언젠가는 소멸한다. 절대적으로 보이는 현재의 법 제도나 국가 체제와 세계 질서도 영원하지 않다. 세상 모든 것이 변하고 소멸하는 것이 자연의 이치라면 변하지 않는 것을 추구하기보다는 '오래가는 것, 지속 가능한 것'을 추구하는 것이 맞을 것이다. 엔트로피의 법칙처럼 유한한 에너지는 언젠가는 소멸된다는 것을 인정하고 다만 그 소멸을 향해 변해가는 속도를 늦출 수 있다면 그것이 주어진 현실에서 최선일 게다. 그러나 대부분 영원히 살 것처럼 탐욕을 부리고 눈앞의 이익과 편리함을 추구하기 마련이며 당장의 유행에 편승해 과도하게 생산하고 탐욕스럽게 소비한다. 지구상의 많은 종이 인간으로 인해 사라졌고 결국 인간이라는 종도 멸망할 수 있다는 위기 의식이 기후 환경 변화와 함께 도처에 팽배해 있다.

'오래가는 것'은 '본질'을 추구할 때 얻을 수 있으며 본질은 불필요한 생산을 줄이고 절제된 소비의 삶과 일을 추구하는 것과 상통한다. 변화하고 사라지는 허무한 현재를 그대로 받아들여 당장의 유행과 이익과 쾌락을 추구하는 가벼움을 택할 수도 있다. 아니면 상황에 따라 그 사이를 오가는 삶을 살 수도 있을 것이다.

자본주의 사회에서 어떤 길의 선택이 팔자 소관이든 자유 의지든 옳고 그름보다는 선택과 입장의 문제라면 당연히 눈앞의 이익을 쫓는 쪽으로 기울게 될 것이다. 획기적인 과학 기술이나 개인의 각성으로 모든 문제를 돌파할 수 있을 것이라는 희망을 갖는 사람도 있겠지만 낙타가 바늘구멍을 통과하는 것보다 어려울 것이라는 비관적인 생각을 하는 사람도 있다. 개개인의 생각과 행동의 변화가 필요한데 수많은 민족과 국가가 하나의 생각과 행동으로 통일되기는 힘들 것이다.

세상이 어떤 방향으로 가든지 나는 지금 나의 삶을 선택해야 하고, 오래가는 아이템으로 아티장 푸드를 선택한 이상 그에 맞는 노력으로 가치관과 행동의 일관성을 추구해야 한다. 소량 생산, 에너지 소비 최소화, 친환경 포장재와 디자인, 동물 복지, 다양한 품종의 유지와 보존, 로컬 식자재 소비를 통한 탄소 발자국 저감, 전통으로의 회귀를 통한 지속 가능성을 추구하는 것…. 많은 부분에서 불편이나 손해를 감수하고 자본주의 산업화와 반대되는 방식으로 돌아가야 한다. 과연 그것이 가능할까?

2010년에 방문한 뉴욕 근교의 블루힐은 노력을 현실화하여 실천하는 곳으로 그 노력이 얼마나 대단한지 또 어떤 의미와 가치를 세상에 전달하는지 감탄스럽기 그지없었다. 블루힐은 근처의 64개 지역 농장과 여섯 명의 특별 농부와 협력하고 있는데 레스토랑보다는 농부가 원할 때 배달하는 시스템이다. 이것만 봐도 레스토랑의 메뉴가 미리 정해져 있지 않다는 것을 알 수 있다. 레스토랑의 메뉴와 재료가 정해져 있다면 농부는 그 작물만 생산하게 되어 종의 다양성을 해치게 된다. 이렇게 하는 이유는 화학 비료나 농약이 아닌 퇴비를 사용하고 윤작으로 건강한 토양을 유지해 계절에 맞는 재료를 생산하기 위함이다. 10월과 11월에는 겨울 메뉴의 30퍼센트를 어부에게 선구매하여 저장·보존하거나 발효시켜서 사용한다. 또한 롱아일랜드의 어부들이 매주 잡은 것은 무엇이든 구입하는데 전체 해산물 구매의 80퍼센트를 차지한다. 작물 재배가 쉬는 겨울에는 여섯 명의 지역 농부에게 무이자 대출을 제공해 다음 해에도 식재료를 계속 공급할 수 있도록 한다. 배출을 최소화하며 발생한 음식물 쓰레기는 주로 돼지의 사료가 된다. 소는 오로지 들판과 목초지에서 풀만 먹이고 곡물 먹인 소고기나 우유는 사용하지 않는다. 헐값에 팔리거나 도살되는 수컷 송아지를 낙농업자로부터 사들여 직접 키우고, 우유를 더 이상 생산할 수 없는 젖소를 사들여 농부들이 키우게 해 최종적으로 애완동물용 사료를 만드는 데 사용한다. 고도로 통합된 퇴비 활용 시스템으로 열을 발생시키고 그 열을 이용해 재배, 배양, 요리까지 다양한 목적을 위해 사용한다.

일 년 내내 7.5에이커의 야외 들판과 2만 2000제곱피트의 재생 에너지 온실에서 수백 종류의 채소, 과일, 꽃, 허브를 재배한다. 23에이커의 목초지, 40에이커의 숲과 헛간에서 동물 복지를 지키며 알을 낳는

암탉, 육계, 칠면조, 거위, 양, 염소, 돼지, 벌 들을 키우고 있다. 이 동물들은 다종 순환 방목을 통해 건강한 풀과 토양을 유지할 수 있도록 한다. 일부 품종은 산업화 이전의 전통적인 지역의 가축 품종으로 종의 다양성을 위해 생산성과 무관하게 일부러 품종을 유지하는 것이다. 이렇게 농장에서 생산되는 대부분의 농산물과 육류는 블루힐 레스토랑에서 사용하거나 팜스토어Farm Store를 통해 판매한다. 쉽고 편리한 방법과 이윤을 희생하고 옳은 가치를 위해 지성을 발휘해 지속 가능한 사업 모델을 제시한 그들의 모습에서 과거와 전통이 아닌 미래를 발견할 수 있디.

　연장선에서 소규모 아티장 메이커로서 극복해야 할 문제는 무엇일까? 좋은 환경에서 정성으로 키운 소와 좋은 우유가 확보되어야 하고 치즈 메이커의 경험과 과학을 반영한 치즈가 만들어져야 한다. 길고 지루한 숙성 과정에서 곰팡이균을 다루고 관리할 수 있는 환경과 시스템을 구축해야 한다. 친환경 포장과 효율적인 유통 과정을 거쳐 소비자에게 연결되어야 한다. 치즈를 만드는 과정에서 배출되는 유청의 재활용과 비살균 우유를 이용한 치즈 제조 또한 극복해야 할 과제다. 그 지역에서만 생산할 수 있는 독창적인 치즈를 만드는 것도 최종적으로 달성해야 할 목표일 것이다. 대기업이나 중소기업에서 규모를 늘려 생산성을 높이고 가격 경쟁력을 갖게 되면 소량으로 생산하는 아티장은 결국 경쟁에서 밀리게 된다. 게다가 전문적인 광고 마케팅으로 유통망을 장악하고 소비자의 눈과 귀를 사로잡는다면 어떻게 살아남겠는가? 경쟁에서 도태되는 순간 자본주의 사회의 밑바닥으로 떨어지게 된다.

1851년 제시 윌리엄과 그의 아들 조지가 미국에서 치즈의 공장 생산을 시작한 이래 목장 치즈는 점차 사라지게 되었다. 효율과 비용만 생각하고 표준화, 과학적 수단, 더 좋은 장비를 강조하게 되었다. 공장은 발전이라는 관점으로 보게 되었고 목장 치즈 메이커는 과거의 존경은커녕 조소거리가 되었다. 19세기 말에는 공장 시스템으로 대표되는 치즈 과학이 치즈 메이커의 예술에 대해 승리를 차지하고 결국 목장 치즈는 20세기와 함께 사라지게 되었다.

이것을 해결하는 방법은 여러 가지가 있다. 첫째로 아티장 제품의 고품질 소량 생산이다. 대량 생산되는 제품보다 압도적으로 우월한 품질로 소비자에게 선택받아야 한다. 재료의 품질, 제조 환경, 숙성 과정, 포장, 서비스에 이르기까지 장인의 손길이 느껴지도록 해야 한다. 매일 쌓이는 땀과 노력의 시간과 스토리는 가장 큰 차별화의 포인트가 될 수 있다.

대량 생산은 필연적으로 긴 유통 기한을 확보해야 할 동기를 유발하며 자동화를 필요로 한다. 기계에 의존함으로써 프로세스를 표준화하고 사람의 손길이 없어도 생산될 수 있어야 한다. 수많은 위성 목장에서 집유된 우유는 파이프라인을 통해 저장 탱크에 넣고 지방과 단백질 조정의 표준화Standardization 과정을 거쳐 사계절 일정한 성분의 우유를 만들어야 한다. 가장 효율적인 생산 과정으로 만든 치즈는 최대한 수분을 잃지 않고 최소의 숙성 과정을 통해 시장으로 나가게 된다.

살루미 제조도 비슷하다. 긴 유통 기한과 안정성을 위해 질산염을 사용해 대량 생산하거나 고온에서 빨리 발효하는 박테리아를 이용해 생산 기간을 줄인다. 줄어드는 무게를 방지하기 위해 되도록 수분을 높게 유지하며 진공 포장으로 박테리아 오염을 막는다. 수분은 무게와 연결되고 수익과 연결되기 때문에 어느 정도 유지하면서 쉽게 상하지 않게 하는 것이 현대적이고 과학적인 기술이 된다.

둘째로 에너지 소비의 최소화와 더불어 재생 에너지 사용을 추구해야 하는데 어떤 방법이 있을까? 우유를 이동할 때 소비되는 에너지를 질약하기 위해 최대한 목장과 가까운 곳에서 치즈를 만들고 치즈의 이동도 300킬로미터 이내의 거리에 한정한다. 전기, 물 사용을 최대한 절약하며 비살균 우유를 사용하는 것도 에너지 절약의 방법이다. 긴 시간 숙성이 필요한 치즈는 냉각기보다는 지하에 숙성실을 만들어 에너지 소비를 최소화한다. 옛날에는 착유를 하자마자 따뜻한 온도의 우유로 치즈를 만들었고 남은 유청은 돼지에게 먹였다. 치즈는 습하고 온도가 낮은 곳에서 숙성시키고 완성되면 곧바로 마을 장터에 내다 팔았으므로 특별히 에너지를 소비할 일이 없었다. 과거처럼 장작을 때서 우유를 데우고 유청 처리를 위해 돼지를 키울 수는 없지만 제조와 숙성 과정 곳곳에서 에너지를 절약하기 위한 방법을 찾을 수 있다. 당장 시설비용이 더 들더라도 장기적으로 절약 방법을 추구하는 것이 현명할 것이다.

셋째로 과잉 포장재로 인한 자원 낭비와 환경 파괴의 문제다. 작은 크기와 적은 양의 내용물을 포장하기 위해 몇 배 크기의 재생 불능한 재질을 사용하는 경우가 많다. 심지어 제품 보호를 명분으로 비닐, 플라스틱, 스티로폼, 냉매, 스티커 등의 사용이 언택트 시대를 맞아 기하급수적으로 늘고 있다.

치즈는 모양이 깨지기 쉽고 지속적으로 호흡하면서 숙성되기 때문에 포장이 매우 중요하다. 수분이 달아나 건조하지 않아야 하고 적절한 산소를 만나 숨을 쉴 수 있어야 한다. 그렇기 때문에 (여러) 겹으로 만들어진 기능성 종이나 미세하게 구멍이 난 종이가 필요하다. 프랑스에는 치즈 종이의 종류만도 스무 가지가 넘는다. 적절한 치즈 종이로 포장하고 최소 기한 내에 소비하는 것이 가장 바람직하다.

살루미는 소비자의 선택에 따라 바로 슬라이스해 기름종이에 둘둘 말아서 판매하거나 진공 포장한다. 기름종이는 빠른 시간에 소비를 전제하는 방법으로 진공 포장보다 향이 살아 있어 훨씬 맛있게 소비할 수 있다. 시간이 지날수록 마르고 변색하는 등 품질이 떨어지므로 가급적 빨리 소비하는 것이 좋다. 진공 포장은 변질을 막고 유통 기한을 늘릴 수 있지만 진공으로 인해 향이 죽고 질감이 뻣뻣해지기 때문에 품질이 떨어진다. 환경을 생각하면 당연히 종이 포장재 사용이 좋고 가급적 소량 포장, 소량 소비가 바람직하다. 친환경 소재나 재활용은 최선의 방법이지만 한계가 있다. 생산자와 사용자 입장에서 과도한 포장과 플라스틱의 소비를 줄이려는 노력이 같이 이루어져야 한다. 더불어 발생한 일회용품을 재생하거나 재처리하는 부분의 연구도 절실하다.

변하지 않고 오래가는 것을 선택한다면 지금까지 살아온 방식과 다른 지점에 있는 것들을 실천해야 한다. 마치 중력을 거스르는 것 같은 답답함과 불편함을 느끼며 주변의 빈약한 여건에 비추어 볼 때 상당한 수준의 비용과 노력이 따르는 것을 알 수 있다. 때로는 내가 컨트롤 할 수 없는 영역에 있는 것들과 싸우기도 해야 한다. 나 하나의 노력으로 역부족이라는 생각이 들면 쉽게 포기할 수도 있다. 그로 인해 오히려 나만 손해를 볼 수 있다는 지점도 이기심을 자극한다.

사람의 이기심을 넘어서는 방법은 어디에서 찾을 수 있을까? 개인적인 생각이지만 교육에서 찾을 수 있을 것이다. UN의 주도하에 전 세계적으로 초·중등 교육 과정부터 '환경과 지구 인류', '지구 세계인으로서의 자세' 또는 어떤 이름이더라도 기초 필수 과목으로 정해 일정 정도의 학점이 넘으면 인센티브를 주는 제도가 있으면 어떨까? 지구에서 살아가기 위한 에티켓으로 실천 방법뿐 아니라 과학적 이론 배경을 교육한다면 국가별 이기주의나 개인별 이기주의가 줄지 않을까? 교육 이수 후 여권에 표시해 입출국 혜택을 주거나 국가 신용도 평가 가중치에 반영하는 등 인센티브가 주어진다면 훨씬 효과적일까?

아티장 푸드에 눈을 뜨다

생햄(프로슈토)을 처음 접한 것은 2002년 런던의 요리 학교에 다니면서부터다. 르 꼬르동 블루에서 요리를 배울 때는 이탈리아산 파르마 햄을 주로 사용했다. 돼지 뒷다리를 염장해 말린 후 슬라이스한 햄으로 짭조름한 맛에 숙성된 특유의 향이 멜론의 향과 닮았다. 자체로 먹거나 애피타이저 또는 샐러드 요리에 사용한다. 런던의 데카에서 일할 때도 파르마 햄을 사용한 전채요리를 만들었지만 특별한 느낌이 없었다. 진공 처리된 비닐에 슬라이스되어 얇은 기름 종이 사이에 겹겹이 포장된 식재료 중 하나일 뿐이었다. 그러나 가족들과 함께 떠난 유럽 자동차 여행에서 나는 진정한 아티장 푸드, 살루미를 만났다.

영국에서 지내는 동안 아르바이트로 돈을 모아 해마다 가족과 한 달간 자동차 여행을 떠났다. 많은 나라를 자유롭게 넘나들며 여행을 할 수 있는 것은 유럽의 큰 장점이다.
18세기 유럽의 상류층에서는 교
육의 일환으로 유럽 대륙을 여행
하며 자녀들이 문물을 익히도록
하는 '그랜드 투어'가 관행이었다고 한다. 나중에는 토머스 홉스, 애덤
스미스, 볼테르, 괴테 등 많은 지성이 동참하면서 엘리트 교육의 최종
단계로 자리매김했다고 한다. 반도에 갇힌 우리나라 사람에게는 부러
운 일이지만 불과 70여 년 전만 해도 우리나라 역시 중국, 러시아, 실크
로드를 통해 유럽까지 연설되어 있었다. 통일이 되면 자동차로 대륙을
관통해 유럽의 끝까지 갔다 오는 것이 흔한 일이 될 것을 상상하면 정
신이 자유로워진다.

영국에 정착한 지 얼마 되지 않았을 때 유럽 여행을 염두에 두고 중
고차를 한 대 사고 싶었다. 마침 길가에 'FOR SALE'이라고 붙어 있던
딱정벌레 녹색의 예쁜 마츠다를 즉흥적으로—나중에 연락 두절된 흑
인으로부터—구매했다. 일주일도 되지 않아 헤드라이트는 임시로 매
달려 있다 깨져 떨어지고, 라디오도 나오지 않고 바퀴는 고속도로 주행
중 펑크가 나는 등 극도의 분노와 불안감에 휩싸였다. 팍팍한 살림에
많은 수리비가 들었고 내내 그 흑인을 저주했다. 중고 초록 딱정벌레는
귀국 전 다른 사람에게 팔아넘기기 전까지 두 번의 유럽 여행과 수차례
의 영국 여행을 하면서 우리 가족의 발이 되어 주었다.

2002년에는 설레는 마음으로 그리 믿음직스럽지 못한 중고차에

짐을 가득 싣고 도버해협을 건넜다. 칼레Calais – 낭트Nantes – 라로셸La Rochelle – 보르도Bordeaux – 베이욘Bayonne – 비아리츠Biarritz – 빌바오Bilbao – 부르고스Burgos – 세고비아Segovia – 마드리드Madrid – 톨레도Toledo – 그라나다Granada – 말라가Malaga – 세비야Sevilla – 코르도바Cordoba – 빌바오Bilbao – 포츠머스Portsmouth의 긴 여정이었다. 내비게이션도 없던 시절 150페이지짜리 유럽지도책 하나로 묻고 헤매며 한 달 동안 여행을 했다.

베이욘의 한 재래시장에서 풍요로운 프랑스 식재료 들을 처음 만났다. 돼지고기, 사슴고기, 토끼고기, 송아지고기, 비둘기, 꿩 등 야생조류, 굴, 털게, 갖가지 생선 등 온갖 재료가 싱싱하게 매달려 있거나 판매대에 가지런하고 깨끗하게 진열되어 있었다. 프랑스 재래시장은 온종일 돌아다녀도 재미있는 것들이 끊임없이 발견되어 지루할 틈 없는 어른의 놀이터 같았다. 하루 종일 구경하고 흥정하다 지치면 시장 한 켠에 마련된 자리에 앉아 지역 와인과 살루미, 치즈, 빵을 안주로 허기를 채운다. 진공 포장되어 포르말린에 박제된 대형 슈퍼마켓의 제품과 달리 생동감으로 온전한 값어치를 뽐내고 있었다. 토끼고기, 사슴고기, 꿩고기, 허브를 묻혀 왕관 모양으로 만들어 놓은 양고기Crown Roast of Lamb, 비프웰링턴Beef Wellington, 폭립Pork Rib, 푸아그라Foie Gras, 오리 다리 콩피Duck Confit 등 다양한 식재료는 인간의 요리 본능을 자극했다. 프랑스는 요리가 문화이자 생활이므로 이런 시장이 가능하다는 것도 부인할 수 없을 것이다. 만약 시장 단골 상점에 들러 내일 부부 동반 디너가 있다고 말한다면 주변의 상점 주인들은 자신이 가지고 있는 신선한 재료와 비밀 레시피를 당신에게만 소개한다면서 말할 것이다.

"흠, 몇 명이나 모이는 식사일까요? 열 명 내외의 인원이라면 마침 피에르가 어제 사냥해서 잡아 온 사슴 등심 부위가 있는데 얇게 저며서 카르파초를 만들거나 스테이크로 드시면 좋을 겁니다."

옆에서 듣고 있던 베르베르가 끼어든다.

"피에르가 잡은 사슴은 수사슴이어서 카르파초를 만들기에는 적합하지 않아. 차라리 아밀리에네 농장에서 잡은 암퇘지 고기가 더 좋을 서야. 2년 농안 키워 무게가 족히 250킬로그램이 넘어. 뼈 등심으로 정형해서 아주 약한 불에 한 시간 정도 익히면 기가 막히게 부드럽고 맛있게 익는데 여기에 모렐버섯크림소스를 곁들이면 말 다했지 뭐."

상점 주인마다 가장 좋은 재료를 소개하며 자신만의 특별한 요리 방법까지 떠벌인다. 그때쯤이면 가만히 듣고 있던 빵집 수다쟁이 오드리가 끼어들고야 만다.

"디너에는 뭐니 뭐니 해도 디저트가 중요하지요. 루밥Rhubard으로 만든 파이, 갓 구운 브리오슈와 푸아그라 테린Terrine[14], 무화과 초콜릿 케이크가 있는데 혹시 디저트로 생각 있으면 말하세요. 우리 아들하고

---

[14] 고기를 지방과 같이 갈거나 덩어리로 넣고 소금, 향신료로 간하여 내열 틀에 넣고 익힌 요리로 돼지고기의 젤라틴 성분 혹은 야채 스톡에 젤라틴을 넣어 굳히기도 한다. 전통적으로는 도자기로 된 내열 용기를 사용하지만 스텐 용기나 알루미늄 용기를 사용하기도 한다. 고기 외에도 건자두, 건무화과, 피스타치오 같은 재료를 같이 넣기도 한다.

댁네 딸하고 친구이니 특별히 좋은 가격에 드릴게요."

시장에서 이런 대화가 끊임없이 이어진다고 상상해 본다. 만약 영국의 시장이라면 어떨까?

"내일 파티가 있는데 어떤 음식을 해야 좋을지 모르겠어요."

"흠! 귀한 손님이 오는 파티군요. 동네 테스코에 가면 10파운드짜리 뉴질랜드산 양갈비가 괜찮아요. 거기에 냉동이긴 하지만 감자 퓌레와 요크셔 푸딩, 그레비 소스를 곁들이면 좋을 것 같네요. 좀 더 신경을 쓰신다면 웨이트로즈에 가서 스코티시 앵거스 비프 스테이크에 유기농 채소 가니시를 곁들이면 좋을 것 같습니다."

영국의 비싼 물가와 궁핍한 식재료에 억눌려 있던 나는 공짜라는 기분이 들 정도로 싼 가격에 지갑을 열어 털게Crab 열 마리와 베이욘 햄, 콩테 치즈를 샀다. 시장 한 켠의 샤르퀴트리Charcuterie 가게에는 잠봉이라 불리는 베이욘 햄이 천장에 주렁주렁 매달려 있었는데 멋진 콧수염의 주인장이 햄 한 덩어리를 바로 슬라이서로 잘라 저울에 무게를 달고는 기름 종이에 주섬주섬 싸주는 것이 아닌가. 베이욘 햄과 소시송, 맛있게 구운 빵과 치즈 한 덩어리, 미안할 정도로 저렴한 와인을 사서 숙소로 돌아왔다. 어른 입맛에 맞춘 식단이었지만 아이들의 식성에도 맞았나 보다. 새로운 도시에서 맛보는 새로운 음식은 허기와 더불어 마파람에 게 눈 감추듯 사라졌다. 진공 포장되어 진열대 위에 놓인 제품과 시장에서 직접 슬라이스하여 포장해 주는 것의 맛과 감성의 차이는 영국 음식과 프랑스 음식의 비교만큼 컸다.

오랜만에 가족과 즐거운 저녁 식사를 마치고 다음 날 국경을 지나 피레네산맥을 넘어 스페인 바스크 지역에 도착하니 전혀 다른 풍경이 펼쳐졌다. 뉘엿뉘엿 어둠이 내리는 광장에 온통 검은 옷과 모자를 쓴 바스크인들이 가장무도회라도 하듯 걸어 다니고 노란 전열등의 타파스바Tapas Bar[15]에서는 하몽을 팔고 있었다. 광장의 타파스바에서 맥주와 하몽 한 접시를 비우고 나니 비로소 스페인에 와 있음을 실감했다. 어디를 가나 천장에 주렁주렁 매달린 하몽은 스페인 풍경의 일부로 잔상이 되어 남아 있다. 아랍의 영향을 받은 스페인 도시의 풍경은 이국적이고 매력적이었다. 빵과 살루미와 치즈가 비상식량이었고 새로운 음식 문화에 자연스럽게 흡수되었다. 현지 여행을 통해 그 맛을 깨닫게 된 것이 하몽과 치즈와의 진정한 첫 만남이다.

2005년 키친플로를 열고 가게가 자리를 잡으면서 유럽에서 먹던 프로슈토를 만들어 보고 싶은 강렬한 욕구를 느꼈다. 2008년 돼지 뒷다리를 사서 책에 있는 레시피를 따라 처음 프로슈토를 만들었을 때, 도대체 이게 제대로 만들어진 것인지 썩은 것인지 구별할 수 없었다. 너무 짜거나 비위 상하는 냄새가 나기 일쑤였고 좀처럼 제대로 된 제품을 만들지 못했다.

기존 제품을 사다 먹거나 요리에 사용하면 되는데 왜 그리도 직접

---

15 타파스는 스페인에서 한입 거리 간식이나 안주를 말한다. 해산물, 고기, 채소, 치즈 등 다양한 재료를 작게 만들어 다양하게 맛볼 수 있다.

만들고 싶었을까? 아마도 유럽 여행 중 눈으로 보고 맛본 제품에서 영향을 받은 것 같다. 요리 학교나 레스토랑에서 포장된 제품을 사용할 때는 어떤 느낌이나 감흥도 없었지만 프랑스와 스페인의 전통시장에서 발견한 살루미와 하몽은 호기심을 자극했다. 게다가 실패를 거듭하다 보니 만들기 본능을 자극해 자꾸만 성공하고 싶은 갈망이 샘솟았다. 1년 이상 걸려 완성되는 제품의 사업성이나 효율성을 따지면 직접 만드는 것이 무모하고 많은 대가를 치러야 한다는 것을 알지만 그때는 무엇에 홀린 듯 그래야만 했다.

발전 없는 시간이 흐르는 사이 우연한 기회에 워싱턴에서 프랑스 샤르퀴트리 장인에게 생햄 만들기를 정식으로 배울 기회가 생겼다. 또한 뉴욕의 많은 델리숍을 찾아다니며 본격적으로 살루미 맛을 보았고 맛의 기준이 생기면서 제대로 된 제품을 만들기 시작했다. 나중에 다시 프랑스, 이탈리아를 돌며 맛을 보았을 때는 공장에서 대량으로 만든 제품인지 혹은 잘 만들어진 것인지도 구분할 수 있었다. 잘 만들려면 많이 먹어 보고 머릿속에 표준Standard이 자리 잡아야 한다. 비로소 내가 만든 살루미의 수준을 가늠할 수 있었다.

실패를 거듭하고 수많은 시행착오를 거치면서 좋은 맛을 내기 위해서는 좋은 품종으로 잘 키운 돼지와 좋은 기술이 필요하다는 것을 깨달았다. 농장 생산자와의 협업 없이는 결코 좋은 품질이 나올 수 없으며 이것은 내가 조정할 수 있는 변수가 아니었다. 농장의 사육 방법, 즉 사료 프로그램과 동물복지, 품종 개량과 사육 기간, 도축 방법에서 이미 맛의 90퍼센트 이상이 결정되어 넘어오기 때문이다.

우리나라에서 구할 수 있는 최고 품질의 돼지를 수소문하기 시작했다. 식육용이나 햄, 소시지를 만들기 위한 돼지와 프로슈토를 만들기 위한 돼지는 품종뿐 아니라 사육 방법과 사육 기간도 달랐다. 우리나라에는 프로슈토용으로 키우는 돼지가 없었기에 최고 품질의 제품을 만드는 데는 한계가 있다는 것을 받아들여야 했다. 최고 수준의 서양 제품을 따라하는 것도 의미가 있지만 그 수준을 넘어서는 것이 새로운 도전과 목표가 되었다.

2019년에 방문한 프랑스 리옹, 할레드폴보퀴즈Halle de Paul Bocuse에서 경험한 치즈와 샤르퀴트리 시장은 한층 더 세련되고 전문화된 곳이었다. 프랑스 전역의 아티장이 만든 치즈를 덩어리째 진열하고 원하는 만큼 잘라서 판매하는 몽스Mons의 숍과 셀러리에Cellerier의 숍이 있었다. 각양각색의 치즈가 기나긴 숙성을 끝내고 진열대 위에서 소비자와의 만남을 기다리고 있었다. 그리스에서 건너와 커다란 나무통 안에 담겨 있는 페타 치즈Feta Cheese, 노르망디산 AOP급 질 좋은 버터, 신선한 프로마주 블랑Fromage Blanc, 물소 젖으로 만든 모차렐라Mozzarella와 스트라치아텔라Stracciatella 같은 신선 치즈, 커다란 휠의 콩테, 잘 숙성된 하우다(가우다, 고다)Gouda, 보포르Beaufort, 아봉당스Abondance, 페코리노Pecorino 같은 경성 치즈, 커다란 원반형의 브리 치즈, 브리야사바랭Brillat Savarin, 마루알르Maroilles 같은 연성 치즈, 산양유로 만든 형형색색의 예쁜 치즈들까지…. 손님들은 자신이 어떤 맛과 질감에 어느 정도 숙성된 치즈를 원하는지 치즈 몽거에게 설명을 한다. 치즈 몽거들은 소비자의 요구에 걸맞은 치즈를 골라 숙련된 솜씨로 자르고 종이에 싸서 판매한다. 치즈의 종류에 따라서 수십 가지 종류의 치즈랩Cheese Wrap Paper이 있고 커팅된 모양에 따라서 포장하는 방법도 다양했다. 몽스의 경우 직접 치즈를 만들지는 않지만 각 지역의 아티장으로부터 숙성 초기의 치즈를 매입해 그들이 구축한 숙성실에서 치즈의 특성에 맞게 관리하고 숙성하여 자신들의 유통망을 통해 판매한다. 짧게는 일주일에서 길게는 수년 동안 전문적인 관리로 무게 손실을 최소화하고 최대의 맛을 끌어내는 것이 실력이다. 그들은 치즈에 존재하는 모든 종류의 곰팡이와 매우 친해 어떻게 다뤄야 할지 안다. 대기업의 값싼 치즈에 밀려 어려움을 겪거나 유통과 판매에 곤란을 겪는 아티장에게 숙성 초기에 좋은 값으로 치즈를 구매하기에 아티장과 좋은 관계로 상생하고 있다. 시장 안의 신기한 식재료 들을 둘러보고 먹다 보면 하루가 금세 지나간다. 이런 곳에서 시간을 보내기에 하루는 너무나 짧고 나의 위장도 너무 작다.

왜 우리나라에는 돼지를 염장하는 요리가 없을까?

문헌에 의하면 부여와 고구려의 건국 신화에도 돼지가 등장한다. 그러나 신라 시대에 불교가 도입되고 살생 금지법이 생기면서 고기 다루는 기술이 퇴보하기 시작했다. 소는 주로 농사를 짓기 위해, 말은 군사적인 필요 때문에 길렀지만 밭을 망가뜨리고 많이 먹는 돼지는 육식을 삼가는 종교적인 분위기에서 환영받지 못하는 가축이었다. 더구나 돼지를 1킬로그램 살 찌우기 위해서는 4.4킬로그램의 사료가 필요하다. 따라서 식량이 넉넉하지 않은 상황에서 돼지를 키우는 것은 부담스러웠던 것이다. 때문에 돼지는 뒷간의 분뇨를 먹이면서까지 키우기도 했다. 농수산물을 이용한 염장과 발효 저장 기술을 가졌던 우리나라에 유독 돼지고기를 이용한 염장 발효 기술이 없던 이유다.

스페인 이베리코 하몽

스페인의 이베리코 돼지는 도토리를 먹인 돼지와 안 먹인 돼지의 두 가지 프리미엄 분류가 있다. 검은 피부의 이베리코 돼지는 지중해 멧돼지의 후손이며 고유의 특징인 검은 발굽 때문에 파타 네그라(검은 발)라고 한다. 자유방목으로 운동을 많이 하므로 근육 내 지방 구조가 좋아 고기가 더 맛있고 육즙이 많다. 특히 도토리를 먹인 하몽 이베리코는 단맛이 강하다. 꽃향과 흙향, 좋은 파르메산 치즈와 같은 견과류 향이 나며 지방이 부드러워 입안에서 녹는다. 사람의 체온 정도에서도 녹는 지방은 불포화 지방산이 많다는 것을 의미한다. 의외로 햄을 만드는 과정은 간단한데, 좋은 돼지에게 자유를 주고 땅에서 나는 좋은 음식을 먹게 한 다음 소금과 공기와 기다림의 시간만 있으면 된다. 10월 초부터 다음 해 3월 초까지 농장의 참나무와 코르크 나무에서 떨어지는 도토리 벨로타Bellota를 먹임으로써 불포화 올레인산 지방산이 많은 돼지가 키워진다. 이렇게 도토리를 먹이면 상온에서 녹기 직전의 부드럽고 크리미한 지방이 되며 고소한 맛과 향에 기여한다. 상업적으로 사육되는 모든 이베리코 돼지 중 5퍼센트만이 순수 품종과 도토리를 먹인 돼지이며 매우 비싼 가격에 판매된다. 이베리코 돼지가 자라는 농장을 데헤사Dehesa라고 하는데 도토리를 생산하는 참나무와 코르크 나무가 무성한 언덕이 있다. 18~24개월에 걸쳐 돼지는 데헤사에서 풀, 버섯, 벌레, 허브 등을 자유롭게 먹고 10월부터 3월까지 도토리 계절이 되면 기름진 도토리를 집중적으로 먹게 된다. 돼지 한 마리당 약 3000평의 공간이 의무적으로 확보되어야 한다. 약

360파운드(160킬로그램)의 체중에 도달할 때까지 검사관이 2~3주에 한 번씩 익명으로 방문해서 식단을 확인하며 지방을 샘플링해 올레인산 함량을 분석한다. 도축 과정도 중요한데 스트레스를 받지 않도록 해야 한다. 2년 넘게 정성 들여 키웠어도 도축 과정에서 품질을 망치는 경우가 많기 때문이다.

국내에도 이베리코 같은 육질의 돼지가 있긴 하다. 성장 속도가 느리고 무게가 나가지 않아 경제성이 떨어져 멸종되어 가는 토종 재래돼지다. 야생의 멧돼지에서 개량되어 육색이 검붉다. 상체가 발달되고 하체가 빈약해 무게가 나가지 않고 성장이 느리다는 단점이 있다. 종의 보존을 위해서는 좋은 섬을 유지하며 개량할 필요가 있다. 사료 프로그램을 개선하여 도토리를 대체할 올레인산이 많은 들깨 깻묵 같은 것을 먹임으로써 이베리코 못지않은 품질을 만들어 낼 수 있을 것이다. 이베리코 하몽의 품질은 이미 농장에서 90퍼센트 이상이 결정되어 있다. 원재료의 중요성은 아무리 강조해도 지나치지 않다.

2장

아티장 푸드를 위한 준비와 첫걸음

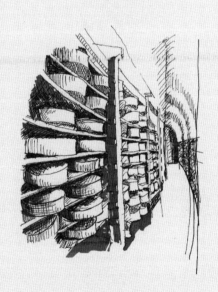

살루미 배우러 미국으로 이탈리아로

2013년 4월 워싱턴 근처의 스트라포드 조리대학Stratford University School of Culinary art에서 진행되는 살루미 워크숍Salumi Workshop에 참석하기 위해 미국 여행을 감행했다. '감행'이란 표현을 쓰는 이유는 '출장'보다는 좀 더 결연한 의미를 가지고 있기 때문이다. 당시 쉐플로 도곡점, 신사점 두 곳을 운영하며 종일 주방에서 일하던 나에게 열흘의 시간을 빼는 것은 쉽지 않은 결정이었다. 프랑스 키친 앳 카몽Kitchen at Camont의 케이트힐Kate Hill과 도미니크Dominiq가 미국 5개 도시를 돌며 프랑스 살루미 기술을 가르쳐 주는 좋은 기회였다. 책으로만 배우던 나는 답답함을 많이 느끼고 있었다. 1박 2일의 짧은 기간이었지만 돼지 한 마리를 해체·정형하고 염장하는 방법을 배울 수 있는 좋은 기회였다. 그동안 궁금했던 것들을 물어보고 직접 눈으로 확인하며 바짝 마른

스펀지가 물을 빨아들이는 듯한 배움의 시간을 가질 수 있었다. 워크숍에 참석한 다른 미국인, 특히 2014년 《샤르퀴트리아Charcuteria》를 출판한 제프리 바이스Jeffrey Weiss 셰프와의 대화와 교류는 배움을 넘어 잊을 수 없는 기억으로 남아 있다. 2013년 미국에서의 살루미는 최신 기술로, 소수의 요리사가 관심을 가지고 주방에서 만들기를 시도하는 단계였다. 교육 시간 중 돼지를 직접 키우는 농장주와의 대화를 통해 돼지 사육과 먹이, 도축의 중요성을 알게 되었다. 그는 질소 비료를 사용하는 대량 생산 농장을 자연 순환 농법 농장으로 바꾸면서 방목 돼지의 건강과 품질이 얼마나 향상되었는지 열변을 토했다.

'한국에도 이토록 사려 깊게 키우는 돼지가 있을까? 저런 생각과 환경을 가진 그들이 부럽다.' 신기한 것은 우리나라에도 일찍이 뜻을 갖고 선진국 수준으로 대비하고 준비하는 소수의 사람이 있다는 것이다. 이후에 한국의 돼지 농장을 돌아보면서 한국에도 앞선 생각으로 어려운 환경에서 동물 복지, 순환 농법, 종의 유지와 복원 등의 이슈로 노력하는 분들이 있다는 것을 알게 되었다.

워싱턴에서 1박 2일의 워크숍을 마치고 가까운 뉴욕에 다시 가 비처스Beecher's, 이탈리Eataly, 머리스 치즈Murray's Cheese, 브레슬린Bresline, 살루메리아Salumeria, 루파Lupa, 고티노Gottino, 페타사우Fetta Sau 등 여러 델리숍을 방문했다. 2010년에 가스트로펍을 보기 위해 뉴욕에 갔다면 2013년에는 미국식 바비큐, 치즈, 살루미 등을 다음 아이템으로 생각하고 관련 업장을 둘러보는 데 목적이 있었다. 2016년 치즈플로의 콘셉트는 이때부터 잉태를 준비하고 있었다. 도미니크에게서 배운 기술로 꾸준히 만든 살루미는 완성도가 높아졌다. 그러나 와인 저장실을 숙성실로 사용하면서 온도와 습도 조절이 제대로 이뤄지지 않아 품질이 들쑥날쑥했다.

시간이 흘러 2016년 치즈플로의 오픈을 앞두고 한 달 일정으로 이탈리아에 갈 기회가 생겼다. 워싱턴 샤르퀴트리 과정에서 만난 미국인 친구로부터 이탈리아에서 살루미 수업이 있다는 정보를 들은 것이다. 에밀리아 로마냐Emillia Romagna에 있는 안티카 코르테 팔라비시나Antica Corte Pallavicina에서 셰프 마시모 스피가롤리Chef Massimo Spigarolli가 가르치는 과정이었다. 또다시 가슴이 뛰기 시작했다. 일주일의 교육 과정 앞뒤로 이탈리아 여행과 프랑스 여행을 끼워 넣었다. 새로운 매장의 계획을 위한 벤치마킹의 기회로 삼고 싶었다.

쌀쌀한 잿빛 하늘의 2월, 밀란 말펜시아 공항에 도착한 나는 낯선 미국인 네 명과 영국인 한 명 그리고 의외의 한국인 한 명을 만났다. 인질 구출 작전을 위해 각국에서 모인 용병처럼 일곱 명의 사내는 무뚝뚝한 표정으로 간략한 인사를 마친 후 각자 소총과 탄약이 잔뜩 든 것 같은 무거운 짐을 승합차 트렁크에 던져 넣고 목적지로 향했다. 자동차는 차가운 겨울의 고속도로를 끝없이 달렸고, 낯설고 어색한 분위기는 가시지 않았다. 쾌활하게 떠들어 대는 영국인 한 명과 말 많은 미국인 한 명이 서로 질세라 다른 악센트로 어색한 분위기를 완화시켰다. 목적지인 안티카 코르테 팔라비시나는 피아첸차Piacenza, 크레모나Cremona를 거쳐 두 시간 정도 걸리는 거리에 위치했다. 볼로냐, 모데나, 파르마를 포함한 에밀리아 로마냐 지역은 살루미, 파르메산 치즈, 발사믹 식초로 대표되는 이탈리아 미식의 핵심 지역이다. 아니 전 세계 미식의 핵심이 맞을 것이다. 전 세계 모든 레스토랑이 이곳에서 생산되는 것을 사용하고 있을 테니. 나만 해도 10년 동안 얼마나 많은 양의 파르메산 치즈와 발사믹 식초를 사용했는가? 미국에서 생산된 파르메산 치즈나 칠레에서 생산된 발사믹 식초는 상상해 본 적도 없다. 알래스카 구석에 처박혀 있는 삭은 음식점에서도 볼로냐 지역의 이탈리아인이 만든 발사믹 식초와 파르메산 치즈를 사용하고 있을 것 아닌가?

살루미가 만들어지는 에밀리아 로마냐는 북쪽 알프스산의 건조하고 차가운 공기와 포Pho강의 습도가 어우러져 쿨라텔로Culatello를 건조 숙성시키기에 최적의 지리적 환경을 제공한다. 'Via Emilia 2203' 도로는 로마 시대에 만들어진 길로 에밀리아에서 로마까지 이어진 길이다. 이 길을 통해 로마군이 이동하여 에밀리아의 평야 지대에 군 식량 보급지를 만들었으며 봄에 알프스산을 넘어 정복전쟁에 나갔다가 겨울이 되기 전에 다시 돌아왔다고 한다. 피아첸차와 파르마 중간에 위치한 살소마지오레Salsomaggiore는 스파 타운으로도 유명한데 소금 산지로 더 유명하다. 한때 바닷물이 포강을 채웠다가 갇힌 상태에서 우물을 이뤘고 로마인과 셀틱인은 이곳에서 소금을 채취했다고 한다. 바다에서 떨어진 내륙 지역의 소금 산지로 전략적으로도 중요했다고 한다. 파르마 지역에서 발달된 돼지고기 저장 기술에 핵심적인 역할을 했는데 이곳에서 채취된 소금은 바닷물보다 요오드Iodine, 브로민Bromine, 황Sulphur이 많아 박테리아의 성장을 막음으로써 고기의 보존제 역할을 할 수 있었다. 결과적으로 이 지역에서 키우던 돼지와 소금, 춥고 습한 기후가 어우러져 자연스럽게 살루미 기술이 발달하게 된 것이다.

겨울의 기운이 끝나지 않은 에밀리아의 누런 들판과 회색 하늘은 마음을 차분하게 가라앉혔다. 차에서 내려 잠시 걷자 돌로 지어 오래돼 보이는 평범한 3층짜리 건물이 나타났다. 회갈색 돌로 지은 건물, 황색의 흙과 누런 들판, 앙상한 잿빛 나뭇가지는 황량하고 쓸쓸한 분위기를 자아냈다. 넓은 마당을 가로질러 문 앞에 서자 커다랗고 오래된 나무문이 나타났다. 쇠로 만들어진 손잡이는 세월의 흔적을 암시하며 둔탁한 소리와 함께 열리기를 거부하듯 최대한 버티며 움직였다. 1000년은 닫혀 있었을 것 같은 문을 열고 들어서자 아담한 공간의 호텔 로비가 나왔고 벽난로에서는 장작이 타고 있었다. 기분 좋은 나무 향기와 온기가 느껴졌다.

로비 옆으로는 여러 개의 서실 섬 로비가 다른 분위기의 샹들리에, 가구, 벽화와 그림으로 이어져 있었다. 다른 기능의 행사와 만남을 위해 꾸며진 것 같았다. 갑자기 타임머신을 타고 300년 전으로 시간 여행을 한 기분이었다.

"본조르노! 긴 시간 여행에 많이 피곤하시죠? 안티카 코르테 팔라비시나에 오신 것을 환영합니다."

매니저가 반가운 얼굴로 인사를 하고 긴 여행으로 피곤한 용병들은 짐을 풀기 위해 각자 배정된 방으로 이동했다. 한적한 시골 마을인데도 호텔과 연결되어 사방이 투명 유리로 된 모던한 느낌의 미슐랭 1스타 레스토랑에는 주말 점심 식사를 즐기려는 이탈리아 현지인들로 가득 찼다. 방으로 올라가는 복도에는 연결된 1층 레스토랑에서 새어 나오는 스톡 냄새와 허브 냄새로 가득 차 있었다. 호텔 복도의 이런 냄새

는 컴플레인 사항이 될 수 도 있겠지만 나에게는 '진 짜 음식'을 먹을 수 있는 곳 이라는 증명서 같은 느낌 이 들었다.

문을 열자 어둡지만 고색창연하고 아담한 방이 나타났다. 침대를 비롯해 세월의 흔적이 쌓인 고가구와 오래된 듯한 굵직한 나무 대들보 가 천장을 가로질렀다. 화장실은 현대식으로 개조되었고 르 코르뷔지 에의 롱샹 성당의 창문처럼 생긴 조그만 창을 열자 어둑어둑 석양이 지 는 에밀리아 로마냐의 넓은 들판이 인상파 화가의 그림처럼 펼쳐 있었 다. 낡은 창틀의 유리조차 울룩불룩하고 투박하여 두껍고 오래된 느낌 이었다. 호텔 방의 클래식한 분위기보다 더 큰 비밀은 지하에 있는 쿨 라텔로 저장실과 연회장이었다. 중세의 고문실로 끌려가듯 어둡고 좁 은 계단을 따라 지하로 내려가면 비밀스러운 저장실의 천장에 빼곡하 게 매달린 쿨라텔로는 그로테스크함을 넘어 경외감을 주었다. 수천 개 의 쿨라텔로는 수십억에서 수백억의 값어치로 지하에서 3년 정도 숙성 을 거친다. '쿨라텔로 디 지벨로Cullatello di Zibello'라는 상표명으로 이탈 리아에서만 판매되는데 비싸기로 유명한 '프로슈토 산다니엘'보다 더 높은 가격에 팔린다. 천장의 환기구를 통해 아침 안개가 내려와 습도 를 조절해 주고 공기를 환기시켜 주고 있었다. 2~3년 전에 붙여놓은 라 벨과 끈은 건조된 쿨라텔로 때문에 헐렁해져 마치 오래된 미라 같았다.

저장고 옆의 넓은 연회장은 은은한 촛불로 어둠을 밝혔고 돌로 된 아치형의 천장과 선반에 보관된 레지아노 치즈 휠, 나무 벽장에 진열된 와인과 저울 등 실용적이고 검소한 인테리어뿐이지만 촛불로 은은하게 어둠을 밝혀서인지 화려한 오성급 호텔보다 멋있고 신비로웠다.

도착한 날 저녁에 마시모 셰프가 직접 슬라이스한 살루미를 스파클링 와인과 먹으며 학생들과 교류하는 시간을 가졌다. 며칠 후에는 이곳에서 점심 식사를 했는데 레지아노 휠 치즈를 잘라서 스파클링 와인이나 람부르스코Lambrusco 와인, 포카치아16, 브로도Brodo(이탈리아식 국물 요리)를 같이 먹었다. 이탈리아 시골에 돌로 지은 오래되고 작은 호텔에

---

16 이탈리아에서 먹는 빵으로 반죽을 편평하게 펼쳐 굽는다. 올리브 오일이 많이 들어가며 올리브, 로즈메리, 천일염, 말린 토마토 등을 넣어 만들기도 한다. 포카치아 디 레코Focaccia di Recco는 이스트가 들어가지 않은 도우를 얇게 펴서 스트라키노라는 치즈를 넣고 다시 얇은 도우로 덮어 구운 것으로 레코Rocco 지방에서 즐겨 먹는다.

불과했지만 시간이 켜켜이 쌓인 모습은 이 세상의 모든 호텔과 레스토랑이 망한다 해도 마지막까지 남아 있을 것 같은 강한 정체성을 느끼게 해준다. '아! 내가 하고 싶은 것이 바로 이것이구나! 그런데 이것은 수십, 수백 년의 시간이 지나야 발현될 수 있지 하루아침에 이루어질 수 있는 것이 아니다. 내 생전에 이룰 수 없는 일이라면 무슨 의미가 있을까?' 이탈리아의 힘, 유럽의 힘이 느껴진다. 인류의 시작과 더불어 기원전 수천 년 전부터 저장 음식으로 만들어 온 살루미라는 것이 로마 시대, 중세 시대를 거쳐 현재에 이르기까지 켜켜이 쌓여 그 무엇도 쉽게 흔들 수 없는 강한 힘이 느껴진다.

아무리 거대한 기업도 10년 후를 알 수 없지만 이것은 인류가 멸망하기 전까지는 지속될 수밖에 없다. 위스키, 와인, 치즈, 살루미, 발사믹 식초…. '10년 가는 음식점보다는 100년 가는 치즈, 살루미를 만들어 보자. 유럽을 뛰어넘어 한국만의 특성을 가진, 세대를 뛰어넘는 제품을 만들어 보자.' 간단하지 않지만 충분히 가치 있으며 초석을 쌓는 것은 당장은 빛이 나지 않겠지만 누군가는 지금 시작해야 할 일이다. 어쩐지 인생을 쉽지 않게 살 것 같은 기분이다. 쉬운 길을 버리고 항상 어려운 길을 찾아다니는 나는 어쩔 수 없나 보다. "현실보다 이상을 좇으며 욕심이 많아 일 벌이기를 좋아하니 가족을 고생시킨다"라고 사주에 쓰여 있는 것은 아닐까?

에밀리아 로마냐에서는 일주일 내내 식사 때마다 쿨라텔로가 전채요리로 람부르스코 와인과 함께 나왔다. 노코 프리토Gnocco Fritto라는 튀긴 빵도 같이 먹었는데 빵의 고소한 맛이 쿨라텔로와 잘 어울린다. 람부르스코 와인은 특이하게 발포성 레드 와인으로 기름진 육류와 같이 마시면 톡 쏘는 기포가 입안의 기름기를 감쇄시켜 준다. 사발처럼 투박한 사기 컵에 람부르스코를 따라 마시기도 하는데 서민적이고 소박해 막걸리나 물처럼 가볍게 즐길 수 있는 와인이다. 따라서 탄산이 있는 막걸리와 쿨라텔로를 페어링해도 훌륭하게 잘 어울린다.

브로도를 활용한 요리도 다양한데 돼지뼈, 닭뼈, 소뼈 등으로 만든 스톡을 베이스로 토틸리니Tortellini, 채소, 보리 같은 곡물, 파사텔리Passatelli (파르메산 치즈와 밀가루를 반반 비율로 섞어 만든 숏파스타)를 넣어 만든다. 우리나라의 국과 비슷해 한국 사람의 입맛이나 취향에도 잘 맞는다. 맑은 소고기뭇국에 보리, 당근, 셀러리, 리코타 치즈를 넣어 빚은 작은 만두나 파사텔리가 들어가 있다고 생각하면 충분히 좋아할 맛이 연상된다. 북이탈리아에서 즐겨 먹는 볼리토 미스토Bolito Misto[17] 또한 인상적이다. 우리나라의 수육 같은 것으로 돼지, 소의 각종 부위를 삶아서 넓은 쟁반 위에 부위별로 나오면 선택해서 먹을 수 있다. 각종 소스도 곁들이는데 새우젓이나 초간장, 양파 절임과도 잘 어울린다.

수업에 재래식 도축 과정 견학이 있었다. 이탈리아인 두 명과 멕시코 여성 한 명이 견습생으로 합류하였고 자전거를 타고 15분 거리에 있

---

[17] '혼합해서 끓이다'라는 의미로 소고기, 닭고기, 돼지고기의 질긴 부위를 야채스톡에 넣고 은근한 불로 익힌 스튜 혹은 우리나라의 수육과 같은 것이다. 이탈리아 북부에서 주로 즐기며 홀스래디시, 살사 베르데, 소금, 후추, 처트니 등과 같이 먹는다.

는 마시모의 돼지 농장으로 향했다. 10여 명이 줄지어 논두렁과 도로를 가로질러 농장에 도착했다. 그곳에서 시 당국의 허가를 받고(지금은 금지됨) 담당 위생 공무원이 참관하는 가운데 옛날 방식의 도축이 재현되었다. 검은 수염 자국과 스포츠머리의 힘깨나 쓸 것 같은 40대 중반의 이탈리아 아저씨, 인자하고 자상하게 생긴 60대 할아버지가 청색 작업복과 방수 앞치마를 두르고 작업 준비에 바빠 보였다. 가장 핵심적이고 결정적인 일을 모두 처리하는 우두머리 아저씨는 전형적인 암살자의 얼굴로 대머리에 얇은 입술, 째진 눈과 튀어나온 광대뼈에 면도로 시퍼런 턱의 제이슨 스테이섬[18]을 닮았다.

3인의 도살자는 2년 이상 키운 검은 돼지 Nera di Parmigiana를 끌고 나왔다. 마치 검은 천을 씌워 옮기는 사형장의 죄수처럼 돼지의 머리를 양동이로 씌웠다. 우리에서 뒷걸음질로 10여 미터 이동하던 중 돼지는 자신의 운명을 직감했는지 비명을 지르며 저항했다. 죽음의 순간에 모여선 견습생들은 숨을 죽이고 긴장된 침묵 속에 목을 길게 빼고 그 순

---

18 제이슨 스타뎀으로 알려진 영국 배우

간을 지켜보았다. 아무 죄책감도 없이 '어떻게 하면 등심을 좀 더 부드럽고 맛있게 요리할 수 있을까? 뼈를 발라낸 장족 안에 어떤 스터핑을 채워 넣으면 맛있을까? 돼지 혀를 테린에 어떻게 박아 넣으면 더 보기 좋고 맛있을까?' 등 어찌 보면 엽기적인 생각만 하던 요리사지만 도축하는 순간 만큼은 숙연해지고 긴장되었다.

도축용 총으로 정수리를 쏘자 '땅' 소리와 동시에 외마디 비명을 지르며 순식간에 육중한 몸이 쓰러지면서 부르르 떤다. 쓰러진 돼지의 흉곽에 칼을 깊숙이 찔러 남아 있는 숨을 완전히 끊는다. 그 장면은 차마 눈 뜨고 보기가 힘들었다. 생명이 끊어져 축 늘어진 돼지를 바로 눕힌 후 끓는 물을 부어 잔뜩 벼린 칼로 털 벗기는 작업을 한다. 한 움큼의 털도 남기지 않고 벗겨 내는데 신기하게도 뜨거운 물을 부으면 술술 벗겨지는 것이다. 숨죽인 사람들은 다시 웃고 떠들기 시작한다. 검은 네 발톱도 벗겨 내고 새하얗게 맨살을 드러내자 조교처럼 능숙한 동작으로 뒷다리에 끈을 묶어 헛간 벽에 설치된 고리와 도르래를 이용해 거꾸로 매단다. 오랜 기간 진행된 도축 작업을 증명하듯 기구와 하수구 시설이 고루 갖추어져 있었다.

우두머리 도살자가 투박하고 커다란 이탈리안 부처 나이프Butcher Knife[19]로 돼지의 배를 가르고 쏟아지는 피를 양동이에 받는다. 선지를

---

[19] 고기를 정형하거나 썰 때 사용하는 칼로 종류가 다양하다. 클리버Cleaver 나이프는 주로 단단한 뼈를 자를 때 사용하는데 도끼 모양의 중식도를 닮았다. 보닝 나이프처럼 뼈를 발라낼 때 사용하는 것도 있고 우리나라 식칼처럼 생긴 것도 있다.

이용해 블러드 소시지를 만들기 위해서다. 내장 기관 중 방광을 먼저 꺼내 볼펜 대를 끼워 풍선처럼 불어서 기둥에 매단다. 옛날에는 방광을 집 앞에 매달아 돼지 잡은 것을 표시했다고 한다. 도축한 돼지는 부위별로 해체하는데 우선 내장 기관들은 뒤집어 세척하여 살라미 케이싱으로 이용한다. 방광이나 염통도 쿨라텔로를 감싸는 케이싱이 된다. 껍질은 치차론Chiccaron[20]을 만들거나 소시지에 넣고 남는 부드러운 지방도 5~6시간 동안 가열하여 치촐리Chicholi[21]로 만든다. 만들고 남은 기름은 라드로 굳혀 요리에 사용한다. 살루미를 만들고 남는 잡고기들은 코테키노Cotechino라는 저렴한 소시지로 만들거나 테린이나 파테Pate를 만든다. 가장 좋은 부위(뒷다리살 - 쿨라텔로, 피오코, 앞다리살 - 스팔라, 목살 - 코파, 등심 - 론자, 삼겹살 - 판체타, 볼살 - 구안치알레, 등지방 - 라르도)로 만드는 살루미는 도축 후 즉시 정형과 염장을 하여 향후 1~2년 이상 건조 숙성시킨다. 염장한 고기는 온도와 습도를 이용해 건조 과정에서 지방과 단백질의 분해를 거쳐 독특한 향과 풍미를 만들어 낸다.

　　1~2년 동안 가족의 일원으로 키운 돼지이기에 도축하는 날 돼지를 키운 여인들은 의도된 외출을 하고 바깥일을 하던 남자들이 도축과 분

20　돼지 껍질을 한 번 삶아서 껍질 안쪽의 지방 조직을 얇게 저민 후 딱딱한 책받침처럼 말려서 기름에 튀겨내는 요리다. 기름에 튀기면 뻥튀기처럼 부풀어 오르며 바삭한 식감이 나는데 스낵 대용으로 좋다.

21　돼지 고기를 정형하고 남은 지방을 오랜 시간 녹여 라드Lard로 만들고 남은 것을 천에 넣고 짜내서 만드는 바삭한 튀김 과자다. 여기에 소금이나 향신료를 뿌려 간식으로 먹는데 주로 이탈리아의 에밀리아 로마냐, 볼로냐 등지에서 먹는다.

해 작업을 도맡게 된다. 그러기에 더
더욱 버려지는 부위 없이 요리로 섭
취할 수 있는 방법을 생각해낸 것 같
다. 시장이나 마트에 깨끗하게 포장
되고 사물화된 부분육을 아무 생각
없이 사서 요리할 때와는 달리 특별
한 감정이 생긴다. 공장화된 돼지 사
육과 특정 부위에 대한 과도한 선호
는 전통적인 방식의 돼지 사육 및 이
용 방법과 대척점에 있다. 많이 찾지
않아 버려지거나 다른 동물 사료로 만드는 등 무책임한 생산과 소비는
돼지의 생명을 직접 경험해 보면 절대 용납할 수 없는 일이다. 셰프로
서 남기는 부분 없이 어떻게 한 마리를 모두 소비할 수 있는가의 문제
를 고민하게 된다.

호텔에서 가까운 살루미 생산 공장은 온도와 습도를 기계로 콘트롤
하는 등 공식적인 위생 기준을 충족시키며 현대적 생산 시스템이 갖춰
진 곳이었다. 원재료육의 입고부터 정형, 염장, 숙성을 거쳐 6개월~1년
간 초기 숙성 후 농장에 있는 대형 창고로 옮겨 자연 기후 조건에서 1년
이상 숙성을 한다. 그중 일부는 호텔 지하 숙성고로 옮겨 1년 더 숙성한
다. 포도 농장에서는 와인을 만들고 채소 농장에서는 레스토랑에서 사
용할 채소를 재배하고 있었다. 지역에 기반을 두고 전통을 계승하며 트

렌드에 밀리지 않고 빛을 발하는 모습에서 새로운 가능성을 보았다. 블루힐이 자본을 투자해 원하는 모습을 일부러 구현했다면 이곳은 조상 대대로 내려오던 삶의 터전에 자연스럽게 현대적 기술을 최소한으로 적용했다고 할 수 있다.

셰프 마시모는 이곳에 살면서 검소한 차림으로 아침부터 저녁까지 곳곳을 돌아다니며 사소한 것 하나까지 신경을 쓴다. 메인 레스토랑 이외에도 조식을 하는 숍 겸 캐주얼 레스토랑이 있는데 바쁜 행사 중에도 벽에 장식된 촛불 하나가 꺼진 것을 발견하고 직원에게 지적하는 모습을 보고 깜짝 놀랐다. 무엇보다 그 정도 위치라면 다른 사람을 시킬 만도 한데 교육까지 직접 진행했다. 보닝 나이프Boning Knife[22]와는 다른 두꺼운 이탈리안 부처 나이프를 이용해 능숙한 손놀림으로 해체 작업을 시연해 보였다. 판체타Pancetta를 만들 때는 삼겹살 한판을 동그랗게 말아 안에 공기가 없도록 타이트하게 끈으로 묶어야 하는데 맨손으로는 무리여서 가죽 장갑을 착용하고 끈을 잡아당겨야 한다. 그 작업을 얼마나 많이 했는지 매듭을 당기는 그의 손바닥에는 끈 자국이 선명하고도 깊게 패어있었다. 능수능란한 손놀림을 보면 르네상스 시대 혼을 담아 정으로 대리석을 쪼던 이탈리아 장인의 모습이 느껴진다. 마시모는 살루미 공장을 어떻게 설계했냐는 학생들의 질문에 답했다.

---

22 뼈를 발라내는 용도로 사용하는 얇고 날카로운 칼로 주로 지육 상태의 고기를 정형할 때 사용한다.

"어렸을 때 어머니와 할머니가 가을에 만든 살루미를 집의 서쪽에 매달아 놓았다가 계절이 바뀌면 북쪽으로 옮겨 매달았습니다. 왜 계절마다 위치를 바꾸어 매달았을까? 거기서 해답을 찾았지요. 환경에 맞게 온도와 습도를 재현하고 위치를 바꾼 것에서 착안해 여러 개의 방을 만드는 것으로 해결하게 되었습니다."

이탈리아인의 지혜가 돋보였다. 마시모는 천천히 말을 이어갔다.

"이탈리아인에게 살루미는 2000~3000년의 전통 있는 식품입니다. 수천 년에 걸쳐 명맥을 이어왔기에 기술과 더불어 역사가 담겨 있습니다. 그리고 가장 중요한 것은 마음으로부터 나오는 진심 어린 정성, 즉 장인 정신입니다. 저의 조상들이 정착한 이곳은 가난한 지역으로 주로 농사를 지었습니다. 저는 어려서부터 할머니, 어머니가 만드시던 살루미를 자연스럽게 체득했고 셰프가 되는 것이 꿈이었습니다. 현재 호텔, 레스토랑, 쿨라텔로 생산, 돼지 농장, 포도 농장과 와인 생산이 주요 사업인데 지역 농가와 협력하여 35년에 걸쳐 지금의 모습으로 자리 잡게 되었습니다."

그는 다시 말을 이었다.

"쿨라텔로는 선조부터 내려오는 전통에 따라 만드는데 첫째 지역에서 생산되는 고기와 채소로 지역의 땅과 기후의 특성이 반영되어야 할 것, 둘째 자연적이고 전통적인 방법으로 만드는 것입니다. 이탈리아 정부의 식약처는 Insta#2 Nitrate(질산염)를 사용할 것을 강요했으나 그것은 전통과 맞지 않아 대학 연구소에 분석을 의뢰하여 케미컬을 사용하지 않고 천일염만을 사용한 저희 제품의 건강성과 품질을 확인시키는 과정을 거쳐야 했습니다. 흔하게 넣는 설탕이나 락토오즈 같은 첨가물도 일체 넣지 않고 제조 과정에서 발생하는 자연스러운 몰드Mold(곰팡이)를 이용하여 수분을 조절합니다."

마지막 날 에밀리아 로마냐의 행정 관리와 사학자를 초청하여 성대한 저녁 식사를 하며 역사 프레젠테이션을 했다. 그들의 역사와 삶의 터전에 대한 자부심과 애정이 얼마나 대단한지 느낄 수 있었다. 꿈같이 빠르게 지난 일주일은 단순히 호텔에 머무르고 레스토랑에서 식사를 하고 관광지를 둘러보는 것이 아니라 그들의 오래된 일에 참여하여 배우고 토론하고 다양한 관점의 전문가를 초대하여 배울 수 있는 기회였고 만족도 또한 높았다. 우리나라 농촌에서도 6차 산업에 관한 연구를 하는데 이것이 진정한 6차 산업의 모델이었다.

치즈 배우러 뉴질랜드로 프랑스로

영국에 체류하는 동안 무지해서 놓친 몇 가지가 있다. 그때로 다시 돌아갈 수 있다면 와인, 치즈, 샤르퀴트리, 위스키에 대해 공부하고 싶다. 유럽만큼 전통 아티장 식품을 공부하기 좋은 곳은 드물다. 꼬르동 블루 수업 시간에 비록 수박 겉핥기 식이었지만 와인과 치즈 강의가 있었는데 그때는 관심도 없고 무지해서 중요성을 몰랐다. 부끄러운 얘기지만 한국에 와서 레스토랑을 하면서도 1만 원에 3개씩 할인하는 카망베르와 과일 치즈로 와인 안주를 만드는 수준이었다.

처음 치즈에 관심을 가진 것은 2009년에 '치즈도 직접 만들어 볼 수 있지 않을까' 하는 생각으로 인터넷 판매 치즈 키트와 마트에서 파는 우유로 모차렐라 치즈를 만들어 보면서부터다. 모차렐라 치즈가 가장 만들기 쉬워 보였고 대중적이어서 여러 차례 시도해 보았으나 치즈 커드는 안 되고 고무처럼 질긴 단백질 덩어리가 만들어졌다. 잘못된 원인을 찾아볼 자료도 없고 관련 지식은 전문적이었다. 원유와 유산균, 레닛, 치즈 몰드 등 재료를 구하기도 어려웠다. 치즈는 내가 직접 만들 수 있는 영역이 아니라고 판단하고 일찌감치 포기했었다. 그러나 살루미에서 진전을 이뤘듯이 치즈도 제대로 배워서 도전해 보고 싶었다. 나 혼자 주먹구구로 해서는 안 되므로 배울 수 있는 곳을 뒤지다가 발견한 뉴질랜드의 오버더문Over the Moon 치즈스쿨에 가기로 결정했다.

신세계는 책상에 앉아 지구본을 굴리고 아무리 인터넷을 뒤져도 나타나지 않는다. 파도와 풍랑을 헤치고 직접 바다를 건너야만 한다. 지금까지 그래왔듯이 또 한 번의 출항을 할 때가 된 것 같았다. 2001년 영국으로 가기 전에 읽었던 김명섭 교수의 《대서양 문명사》가 인상 깊었다. 아랍상인들에게 내려오는 격언 중 "알 사파르, 알 자파르"라는 말이 있다. "여행하는 자가 세상을 지배한다"는 뜻이다. 한 달이라는 시간은 짧다면 짧고 길다면 길다. 당장은 무리였지만 시간을 조정해서 뉴질랜드로 갔고 거기서 치즈라는 신세계에 발을 내딛게 되었다.

2013년 5월 늦가을에 치즈를 배우기 위해 뉴질랜드로 향했다. 오클랜드 국제공항 밖으로 빠져나오자 깨끗하고 서늘한 공기와 투명한 햇살이 지구 최고의 청정 국가임을 자랑하고 있었다. 복잡하고 골치 아픈 서울의 희뿌연 하늘을 뒤로 하고 만난 투명함과 자유가 지친 마음을 밝고 들뜨게 했다. 여행의 매력은 낯선 만남과 미지의 세계에 대한 호기심과 모험이라는 점에서 연애와도 같다. 처음이기에 긴장하고 신경을 쓰게 되고 때론 무모한 용기도 필요하며 만남의 느낌과 강도도 강렬하다. 도시보다는 자연이 아름답기에 도시 생활에 염증을 느끼던 나로서는 더욱 기대가 컸다. 공항에서 차를 렌트하고 근처 마트에서 먹을거리를 사서 약 150킬로미터의 주행에 나섰다. 내비게이션이 없는 차여서 아내의 지도 안내에 귀 기울이며 운전해야 했다. 해밀턴이란 도시에 도착할 무렵 해가 져서 어둑해졌고 이후 목적지인 푸타루루까지는 우리나라의 국도처럼 왕복 2차선으로 좁고 차도 많지 않았다.

'아내와 여행하면 든든하다'는 말을 이해하지 못하는 친구들의 얼굴이 띠오른다. 물론 쇼핑은 함께하면 안 된다. 여자들은 옷감이며 색상, 디자인 하나하나 다른 뉘앙스를 감상하지만 남자들은 빨리 집에 가서 야구나 축구 중계를 보고 싶어 하기 때문이다. 여행도 쇼핑과 비슷하다. 많은 장소와 취향이 있고 서로의 선택이 다를 수 있다. 하지만 우리 부부는 일의 연장에서 출장처럼 목적을 가지고 여행을 하다 보니 쇼핑이나 호텔을 고집할 일은 없다. 하루에 4~5군데 이상의 음식점과 숍을 돌아보자면 서로 역할 분담이 필요하다. 사진 찍는 일은 아내가 도맡고 나는 메뉴를 고르거나 주문을 한다. 혼자라면 어색할 수 있는 음식점에서 다양한 메뉴를 주문해 같이 먹을 수 있다는 것은 특히 고마운 일이다. 2013년 당시 뉴욕에서 한참 핫하던 에이프릴 블룸필드Apil Bloomfield 셰프의 레스토랑인 브레슬린에서 혼자 말도 안 되게 많은 양의 메뉴를 시켜 놓고 사진을 찍어가며 꾸역꾸역 먹고 있는 동양인을 본 적이 있다. 벤치마킹을 위해 다녀도 너무 티 나지 않고 자연스럽게 음식과 분위기를 즐길 수 있다는 점에서 우리는 환상의 파트너다. 둘이 있으면 어떤 상황에서도 최선의 방법을 생각해내고 어떤 위기도 슬기롭게 대처하며 극복할 수 있다. 낯선 나라에서 내비게이션이 없는 차를 운전할 때는 아내가 지도를 봐주고 장거리 여행으로 졸 것 같으면 옆에서 말을 걸어 준다. 아내는 어떤 물질적인 것보다 여행이나 자유를 더 좋아한다. 회사를 그만두고 영국으로 요리 유학을 갈 수 있었던 것도 아내의 여행에 대한 갈망과 새로운 것에 대한 호기심 덕분이다. 어렵고 험한 길이지만 추억을 공유하고 같은 꿈을 향해 걸어가는 동행이 있어 외롭지 않다.

영국에 사는 동안 자동차로 두 차례 유럽 여행의 경험을 한 데다 뉴질랜드는 도로가 복잡하지 않고 차도 많지 않아 수월했다. 예약한 치즈 학교 근처의 숙소는 도착했을 때 느낀 첫인상과 달리 낡고 초라했다. 첫인상이 험악한 마오리족 주인장은 불친절했고 안내받은 방은 생각보다 낡았다. 당초 예약했던 가격이 잘못되었다며 방 가격을 높이는 바람에 실랑이를 해야 했다. 선진국이라 모든 것이 명쾌하고 합리적일 거라고 생각한 것이 오산이었다. 한 달 내내 마오리족 주인장과 마주치다가는 주먹다짐이라도 할 것 같아 숙소를 옮기리라 마음먹었다. 숙소는 간단하게 밥을 해 먹을 수 있게 주방과 거실이 있었고 침실이 옆에 붙어 있었다. 싸구려 가구와 카펫이 깔려 있고 작동이 제대로 되는지도 모를 전기스토브가 있었다. 밤이 되자 제법 쌀쌀한 한기가 느껴졌고 혹시 모를 마오리족의 습격을 경계하며 잠이 들었다. 다음 날 아침 햇살을 받아 빛나는 뉴질랜드의 자연은 무척이나 사랑스러웠다. 전날 밤 그토록 경멸했던 모텔조차도 그리 나빠 보이지 않았다.

치즈 학교의 수업은 간단한 이론 및 실습 1주일, 숙성Cellaring, 테이스팅과 평가Sensory, 이론Theory으로 모두 3주 과정이며 마지막 한 주는 치즈 공장에서 직접 일하는 것으로 짜여 있었다. 치즈 메이커 닐 윌먼 Neil Willman 씨는 머리가 희끗한 호주인인데 치즈 만들기만 30년 이상이라고 한다. 뉴질랜드인인 수전과 재혼하여 뉴질랜드에서 치즈학교 및 치즈 공장dairy을 시작한 지 3년 되었고 이제 막 손익분기점을 넘어 수익이 나기 시작했다며 좋아했다. 박사 학위는 이런 사람에게 주는 게 맞다는 생각이 들 정도로 이론과 경험을 완벽하게 갖춘 장인의 모습이었다. 목장을 하는 뉴질랜드 아줌마, 취미로 배우고 싶은 아줌마, 오클랜드 레스토랑에 근무하는 셰프, 호주 태즈매니아에서 간호사로 근무하는 성격 좋은 남자, 호주에서 온 괴팍한 아가씨 등 아홉 명으로 구성된 학생들은 으레 그렇듯이 자기소개를 하고 서서히 경계심을 풀기 시작했다. 나는 스파이처럼 작업장 안을 하나하나 사진에 담았고 언젠가 이룰지 모를 나의 작은 치즈 공장을 그려 보았다. 카망베르Camembert, 트리플크림브리Tiple Cream Brie, 저지 우유Jersey Cow Milk로 만든 트리플크림브리, 팜하우스Farm House, 할루미Halloumi, 페타Feta, 리코타 Ricotta, 락틱 커드Lactic Curd, 블루 치즈, 체더 치즈를 만들었고 레시피를 세밀하게 기록했다. 아침 8시에 시작해서 오후 4시쯤 끝나는 하루의 일과는 규칙적으로 반복되었다. 만든 다음 날 아침에 브라인Brine(소금물)

에 담그고 숙성실로 옮기고 외피세척Washed Rind 치즈를 브러시질하고 포장실에서 치즈를 포장하는 등 원유부터 완성된 치즈를 포장하는 단계까지 배울 수 있었다. 나중에 수년간 직접 만들며 느낀 것이지만 찰나처럼 지나간 순간들은 많은 노하우와 이론이 숨어 있었고 그것보다 더 많은 변수가 저변에 도사리고 있었다.

이론 시간에 호주에서 체더 치즈 공장을 하는 맥Mac 아저씨는 지속적으로 생기는 박테리아 오염 문제에 대해 자문을 구했고 닐Neil은 여러 가지 경우의 수와 그에 따른 대처 방안을 알려 주었다. 나는 귀를 쫑긋하고 그들의 대화를 놓치지 않으려고 노력했지만 한계가 있었다. 직접 겪어 보고 공부해야 이해할 수 있는 것들이 험준한 통가리로 Tongariro 설산처럼 앞에 펼쳐 있고 나는 겨우 매표소 입구에 서 있는 듯했다. 저 산을 정복하고 정상에 오르겠다는 투지와 더불어 이제 오르기

시작했다가 산 중턱에서 해가 저물면 어쩌나 하는 걱정도 스멀거렸다.

귀국하고 한 달쯤 후 닐과 수전 부부는 유럽으로 가기 위한 중간 기착지로 한국을 선택했고 나는 기꺼이 그들 부부의 한국 내 체류를 도왔다. 인사동을 안내하고 한식을 먹고 저녁에는 자랑스러운 마음으로 쉐플로로 초대해 내가 만든 음식을 대접했다. 닐은 열심히 해보라며 용기를 주었고 나는 잘 만든 치즈를 가지고 다시 찾아뵙겠다고 다짐했다.

아내와 나는 수업이 끝나는 금요일이 되기만을 기다렸고 수업이 일찍 끝나면 차를 몰고 2박 3일 또는 3박 4일의 여행을 떠났다. 타우포호수의 서녘놀을 보고 통가리로산을 송단하기도 하고 귀족적인 와이너리에서 와인 시음을 하기도 하고 홀로 난파되어 머물게 된 천국 같은 해변에서 시간을 보냈다. 어디를 가도 그림 같은 풍경이 펼쳐져 있고 깨끗한 물과 자연에 감탄사가 절로 나왔다. 그곳에서는 동물들도 느긋하고 행복해 보였다. 그들이 지향하는 삶의 가치처럼 자연과 더불어 느린 속도로 페이스를 지키며 삶을 여유롭게 즐기는 것 같았다. 뉴질랜드의 자연과 환경이 부럽다고 하면 많은 사람이 비슷한 반응을 보인다.

"거기는 다섯 시만 넘으면 길에 사람이 안 보여. 얼마나 삶이 따분하고 단조로운지 돈 많으면 살기는 한국이 제일 좋아."

우리나라처럼 밤늦게까지 일하고 술 먹고 개발이라는 미명하에 자연을 파괴하는 나라에서는 결코 행복할 수 없을 것 같았다. 뉴질랜드에서 돌아온 후 한국의 고속도로를 달리다 보면 산허리가 잘려나가고 도로가 건설 중인 곳이 눈에 띄게 많았다. 좁은 나라에 왜 이리도 많은 도로를 깔아 대는지. 토건 자본의 끊임없는 탐욕과 덩달아 대박의 꿈에 부푼 부동산 업자와 투기꾼들이 얼마나 설쳐 대는지. 이제는 더 이상 서울 주변에서 한적한 자연을 구경하기 어려울 뿐 아니라 온통 난개발된 펜션과 모텔과 음식점 뿐이다.

만들 줄 아는 것과 잘 만드는 것은 다르다. 뉴질랜드에 다녀온 후의 치즈는 그저 만들 줄 아는 정도였다. 품질이 들쑥날쑥했고 시간이 지나면 쓴맛과 매운맛이 감돌기도 했다. 그 이유를 몰랐고 되풀이되는 품질 문제를 돌파할 지식과 경험도 없었다.

2018년 겨울부터 좀 더 전문적인 치즈 교육을 받기 위해 프랑스의 몽스Mons사에서 주관하는 치즈 교육 과정을 신청했다. 수업료는 비싸지만 프랑스에서 가장 전문적이고 유명한 치즈 숙성, 유통 회사로 좋은 평가를 받은 곳의 강좌이기에 고민하지 않았다. 몽스는 희귀하고 특별한 치즈 아피나주Affinage (숙성)에 전문화된 회사다. 1964년 오베르뉴 출신의 위베르 몽스Hubert Mons는 트럭으로 로안Roanne의 시장을 오가며 치즈를 팔았고 그들의 사업은 1970년대 로안 중심지에 자리 잡기 시작한다. 1983년 장남인 에르베Herve는 파리의 가장 큰 치즈몽거Cheese Monger에서 경험을 쌓은 뒤 사업에 합류했고 이후 동생 로랑Laurent이 합류한다. 에르베는 프랑스 전역의 우수한 치즈를 발굴하여 매입하고 로랑은 숙성과 소매 판매를 책임지며 상점을 늘려가는 동시에 생혼르샤텔Saint-Haon-le-Chatel에 본격적으로 치즈 숙성실을 만든다.

1990년대에는 숙성 분야에서 가장 전문적인 노하우를 가진 회사로 알려지며 2000년에는 프랑스 최고의 아티장상을 수상한다. 2009년에는 오래된 철도 동굴Le Tunnel de la Collonge을 치즈 숙성실로 개조하였다 (2~3million/squre의 미생물, 185미터의 길이, 100톤의 치즈, 3600제곱미터의 부피, 94퍼센트 습도, 11도의 온도). 이 치즈 동굴 안에서는 오랜 기간 숙성이 필요한 부피 큰 치즈들이 숙성되는데 콩테, 살리아스, 아봉당스, 보포르가 대표적이다. 몽스는 프랑스에 아홉 개의 숍이 있으며 벨기에, 스위스, 영국 등 전 세계 20여 개국의 파트너와 사업을 하고 있다.

생혼르샤넬은 농스의 본사다. 이곳의 숙성실은 경주의 능처럼 땅을 파서 반은 지하 반은 지상의 봉분으로 되어 있다. 치즈 종류별로 아홉 개의 숙성실이(하나의 넓이가 30~40평) 있는데 매우 정교하게 관리된다. 몽스의 핵심 기능으로 프랑스 각 지역의 250개 이상 아티장 치즈가

입고되어 숙성되고 프랑스, 유럽, 미국 등 세계 각 지역으로 포장 출하된다. 최근에는 미국의 아마존과 판매 계약을 진행하였는데 미국 FDA 기준과 프랑스 HACCP 기준이 달라 많은 부분에서 논쟁이 있었다고 한다. 예를 들면 이곳에서는 치즈를 소나무 선반 위에 올려

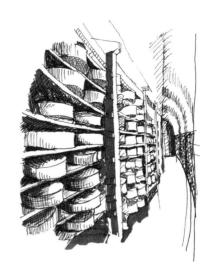

숙성시키고 일부 치즈는 짚 위에서 숙성하여 뮤코Mucor[23]라는 곰팡이
가 자라도록 하는데 이는 모두 미국 기준에는 부적합하다.

수업은 로랑이 진행했는데 매우 유머러스하고 유쾌한 사람이다. 프
랑스어로만 진행하다가 국제적으로 확대하기 위해 2012년 미국인 수
전 스털만을 영입하여 브라질, 일본, 러시아, 미국, 이탈리아와 네트워
크를 구축했다. 치즈 소매, 소매 관리, 숙성, 제조, 치즈 투어의 코스로 치
즈와 관련하여 전반적으로 진행하고 있다. 프랑스에서 3주간 교육을
받으며 쓴 일기 몇 편으로 그때의 느낌을 전하고자 한다.

---

23 토양, 소화기 식물 표면, 치즈, 썩은 식물성 물질에서 흔히 발견된다. 흰색, 베이지색 또는 회
색이며 빠르게 자란다. 생넥테르, 톰 드 사부와 같은 치즈의 표면에서 발견되며 헝겊으로 문
지르면 회색 또는 갈색의 표면으로 바뀐다.

반복되는 일상의 관성을 극복하고 벗어난다는 것은 그것이 특히 오랜 시간 지속되던 것일 때 더욱 힘들다. 새로움에 대한 두려움으로 망설여진다. 그러나 활시위를 떠난 화살은 과녁을 맞히든 못 맞히든 실행된다. 꼭 짜인 일정에서 빠져나온다는 것에 무리가 따르지만 꼭 가야 할 또는 해야 할 일이라고 믿는다. 나의 부재로 인해 아내와 아이들, 가족, 직원, 타인에 미치는 영향 없이 모든 것이 순조롭게 이루어지도록 미리 준비하고 안배할 수 있는 인생을 살아야겠다고 다짐하게 된다.

6년 전 뉴질랜드에서 처음 치즈를 배울 때와는 달라야 한다. 내가 치즈를 만들며 궁금하고 풀리지 않던 문제를에 내해 문명하게 이해하고 개선과 발전을 이루도록 해야 한다. 그동안 미룬 이론 공부도 틈틈이 해서 경험과 상호 보완해야 한다. 매일 배운 것을 정리하고 복습하고 미리 질문할 것을 준비해야 한다. 남은 3주는 오직 치즈에 몰입해야 한다. 많이 보고 기록으로 남기고 시간을 나의 편으로 만들고 빠르게 축적하려면 필요 없는 것은 가지 치고 가장 중요한 일에 집중하는 것이다. 한 가지에 집중하면 좀 더 세밀하고 정교하게 완성도를 높일 수 있다.

태풍 링링이 온다 하여 며칠 전부터 불안했는데 운 좋게 태풍이 닥치기 두세 시간 전에 가까스로 이륙한다. 불행의 먹구름이 밀려오더라도 그 안에는 아직 많은 기회가 있으니 끝까지 최선을 다해야 한다는 것을 깨닫는다. 책을 많이 가져왔다. 가방이 무겁다. 라운지에서 샐러드와 커피, 여유로운 시간, 탑승.

몇 년 만의 비행기, 하루가 다르게 발전하는 IT 기술과 달리 비행기 탑승은 바뀐 것이 없는 듯. 열 시간 넘게 좁은 비행기 좌석에 앉아 있는 것도 부담스러운 나이가 되었다. 트랜짓이 네 시간이나 걸리고 밤늦게 도착해 시간에 쫓길 생각을 하면 벌써부터 피곤해진다. 책을 읽고 집중하기 위해 물과 주스만 마신다. 공항 서점에서 사온 김진명의 소설 《직지》를 읽는다. 치즈 전공 원서도 읽는다. 그리고 잠깐 잠을 청한다. 샤를드골공항에 도착한다.

트랜짓 대기 시간이 길어서 지친다. 역시 프랑스다. 술과 담배를 판매하는 면세점에서 치즈, 푸아그라, 살루미, 머스터드 등을 판다. 저녁 식사로 생넥테르Saint Nectaire 치즈와 바게트, IPA를 샀다.

리옹행 프랑스에어라인 비행기는 좌석이 좁다. 몸을 틈에 구겨 넣는다는 표현이 적당할 것 같다. 비행 시간이 한 시간으로 짧아 다행이다. 이륙 전에 마신 IPA가 위력을 발휘해 죽은 듯 잠에 취한다. 몇 번의 비몽사몽이 끝나고 리옹국제공항(《어린왕자》의 작가 생텍쥐페리의 고향으로 생텍쥐페리공항으로도 불린다)에 도착한다. 트랜짓할 때는 항상 짐 연결이 불안하다. 내 짐이 잘 도착했을지 걱정하며 Baggage Claim에서 반가운 내 가방을 발견한다. 공항에서 가르파르디유Gare de la Part-Dieu(리옹의 역)까지는 30분마다 기차가 출발하는데 12시가 마지막 차다. 다행히 모든 것이 순조로워 11시 5분 기차를 탔다. 이비스버짓호텔도 역 바로 옆이라 피곤한 몸을 재빨리 움직인다. 싸구려 티는 나지만 가성비가 좋아 잠시 눈만 붙이기에는 그만이다. 내일은 2시 30분 기차를 타고 클레몽페랑으로 떠난다. 오전에 시간이 있어 모처럼 여유로울 것 같다.

　가벼운 아침 식사 후 짐을 맡기고 할레 드 폴보퀴즈Halle de Paul Bocuse로 향한다. 이번 주말에 숙성 과정 전에 모이는 장소인데 미리 가보려고 한다. 볼 것이 많을 것 같다. 리옹의 관광지는 눈에 들어오지 않는다. 목적이 뚜렷하기 때문이다. 역과 호텔에서 도보 10분 거리에 있다. 샤르퀴트리와 치즈, 해산물이 주제이고 다양한 종류의 제품을 판매하고 앉아서 간단히 와인을 즐길 수 있는 곳, 바로 내가 추구하는 종착점이다. 너무 많아 자칫하면 하나도 머리에 남지 않을 수 있다. 집중해서 세밀하게 봐야 한다. 주문을 받고 판매하고 시식하는 시스템과 어떻게 포장하는지, 레이아웃은 어떤지, 제품의 구색과 뷰니쯤은 어떤지, 어떤 기계와 쇼케이스를 사용하는지 등 실무적인 것들을 보아야 한다.

　와서 보니 내가 가고 있는 길이 올바르다는 것에 확신을 갖는다. 현재 치즈플로는 그런 면에서 볼 때 레스토랑 기능이 너무 많이 들어가 있다.

아침 7시 반 조식 후 이반과 8시에 만나 농장으로 이동

농업학교 안에 있는 치즈 작업장으로 매우 작은 규모

Obsalim 농법이란 무엇인지, 현재 고구려목장에 시험적으로 적용해볼 수 있는지….

최상의 치즈 밀크를 얻을 수 있는 것이 중요

이반 컨설팅 온라인 이용 시 1년 850유로. 이용해서 발전할 수 있다면 괜찮은 것 같다.

우리나라의 치즈 산업은 아직 낙후되어 있다. 아프리카, 베트남, 남미 등 전 세계에서 찾아와 배우고 가는데 한국에서는 내가 처음이라니….

⋮ 2019. 9. 20

#이탈리아 브라로 가는 차 안에서의 편지

여섯 명의 학생과 인솔자 겸 아피나주 과정을 가르친 수전이 운전하고 있어. 아피나주 교육을 받았던 프랑스 로안에서 이탈리아 브라Bra까지는 다섯 시간 정도 걸리는 거리야. 난 두 시간쯤 졸다 깨어나 너에게 편지를 쓴다. 차안은 조용하고 운전하는 수전 빼고 다들 자고 있는 것 같아. 일곱 명이 타고 있는 차 안에서 자는 것 빼고는 그닥 할 일이 없어. 장거리 여행이라서 창가 자리와 중간 자리의 눈치 싸움이 치열했는데 다행히 잽싸게 눈 딱 감고 과감하게 창가 자리를 차지했어. 대개는 처음 앉은 자리가 굳어지는 경향이 있지만 매번 탑승할 때마다 자리가 바뀌는 불안정한 단계야. 저 사람은 뚱뚱하니 가운데 끼인 자리는 불편할 거야. 저 사람은 나보다 나이가 많으니 양보해야 해. 이런 생각으로 자리를 한번 양보하면 사람들은 감사한 마음을 갖고 번갈아 양보하겠다는 생각을 하기보다는 그것을 당연한 자신의 기득권으로 생각하는 것 같아. 그래서 쫀쫀해 보이더라도 차라리 터놓고 순서를 정해서 번갈아 불편을 감수하는 것이 좋은 것 같아.

매일 숙소로 돌아오면 공부해야 한다는 압박감으로 마음이 편치 않아서 다른 어떤 것도 하기가 힘들었어. 브라에 있는 동안은 숙소도 둘이 같이 사용하기 때문에 혼자 공부하는 궁상은 떨기 힘들겠지? 브라의 슬로푸드 치즈 축제는 2년에 한 번 홀수년도에 열린대. 많은 치즈 업체가 나오고 각종 세미나와 워크숍이 열리는데 미리 알았으면 관심 있는 주제의 세미나를 예약해둘 걸 그랬어. 선착순으로 마감하는데 최소 한 달 전에 예약을 해야 한다는군.

브라에 일요일 오전까지 있다가 다시 다음 치즈201 수업이 있는 프랑스 르부불로 돌아갈 예정이야. 글을 쓸 시간이 있을 줄 알았는데 수업 내용 따라가기도 바쁘니 어떡해야 할지 모르겠어. 일단 프랑스에서 받는 수업이라도 정리해 두는 것에 목표를 가져야겠어.

같이 공부하는 학생은 호주에서 온 30대 남녀가 있는데 둘이 커플이고 호주 서쪽에서 농장을 할 예정이라고 해. 둘 다 차분하고 조용한 편이야. 호주에서 온 사람이 한 명 너 있는네 역시 농장을 운영하는 나이든 아줌마야. 말이 엄청 많고 담배도 많이 피고 약간 거친 농부의 느낌인데 사람들이 싫어하는 것 같아. 한번 말을 시작하면 혼자 한도 없이 중얼중얼 떠들어서.

한편 중국인으로 싱가포르에서 태어나 호주로 이민 가서 살다가 미국에서 결혼해 사는 아줌마가 있는데 좀 밥맛이야. 뉴욕대도 나오고 똑똑해 보이는데 엄청 까탈스러워. 유제품을 못 먹는다며 항상 혼자 다른 음식을 시켜 먹고 심지어 요거트도 소이로 만든 요거트를 먹어. 그런데 신기한 것은 학교 측에서는 귀찮아하지 않고 그런 편식에 아주 작은 부분까지 대응해 준다는 거지. 선진국에서는 그게 당연한가 봐. 그렇게 식사마다 혼자 다른 걸 먹으면서도 항상 거의 다 남겨. 미국에서 치즈 만드는 곳에서 일도 하고 지금은 필라델피아 치즈 몽거에서 일해서 그런지 치즈에 대해서는 가장 많이 아는 것 같아.

옆에는 아르헨티나 출신의 뚱뚱한 털보 아저씨가 앉아 있는데 사이언티스트로 부에노스아이레스에서 레스토랑, 샤르퀴트리, 치즈, 빵을 만드는 회사에 다닌대.

운 좋게 사장이 배워오라고 보내줘서 교육에 참여하게 되었다고 해. 모국인 아르헨티나의 경제 상황이 좋지 않아 풀이 죽어 있는 모습에서 국력이 국민에게 미치는 영향이 지대하다는 것을 느꼈어.

교육에 오기를 잘했는데 2년 전 치즈플로 오픈하기 전이었으면 더 좋았을 것 같아. 뉴질랜드에서 배운 것은 수박 겉핥기로 대충 만드는 기술이었고 많이 부족했던 것 같아. 역시 치즈는 프랑스가 가장 많이 연구되고 경험이 축적되어 있는 것 같아. 치즈 자체가 빵과 같이 일상이 된 사람들이야. 그래서 웬만큼 잘 만들지 않으면 안 된다는군. 경쟁도 치열하고. 그들에게는 치즈 만드는 게 삶이고 경쟁인데 최근 미국이나 다른 나라에서는 판타지로 인식되고 있다는 말도 하네. 치즈를 만든다고 하면 고상하고 뭔가 있어 보이고. 그런데 소비자들의 호기심과 관심이 소비로 이어져야 하는데 안 되는 게 문제라고. 정곡을 찌르더라고.

문제는 우유인데 이들은 방목해서 계절에 맞는 풀을 먹이고 다양한 종류의 소를 키우고 있어. 그렇게 키운 소에서 짠 우유를 살균하지 않고 바로 치즈로 만들기 때문에 우유의 특성이 잘 나타나 맛이 풍부한 치즈가 되는 거지. 거기에 우윳값도 리터에 0.2~0.3유로이니 우리나라 돈으로 500원도 되지 않아. 마켓에서 판매하는 치즈 가격도 비싼 치즈가 1킬로그램에 30~40유로이니 얼마나 싸. 가격도 품질도 경쟁이 될 수 없어. 물론 프랑스는 치즈가 김치 같은 일상 식품이고 우리나라는 특별한 기호 식품이니 비교하기는 힘들지.

우리나라에 싸게 수입되는 치즈들 특히 하우다 같은 것들은 대규모로 공장에서 만드는데 매우 상업적으로 싸게 만들어진다고 해. 요즘 대규모 상업 치즈들이 시장을 잡아먹으면서 아티장이 사라져 간다고. 프랑스는 그래도 소비자들이 아티장 치즈를 알아주고 조금 비싸도 소비하는 문화가 있어 괜찮다고. 미국만 해도 샌프란시스코의 카우걸 크리머리가 대기업에 팔렸지. 대기업들은 소규모 아티장을 매입해서 자신들의 이미지를 아티장처럼 보이게 하는 이미지 세탁의 의도를 가지고 있다고. 우리도 앞으로의 방향과 전략을 잘 생각하지 않으면 의미 없는 도전이 될 수도 있어. 몽스는 내년에 호주에 교육할 수 있는 학교와 제조 시설을 오픈한다고 해. 호주 쪽에서 치즈 교육에 대한 수요가 많다고 판단한 것 같아. 호주에 교육 시설을 두면 다른 아시아 쪽의 교육 수요도 흡수할 수 있다고 확신하는 것 같아. 그동안 다녀간 교육생들의 국적을 지도에 표시해 보여주는데 케냐, 베트남, 인도네시아, 몽고, 일본, 중국, 러시아, 중앙아시아, 남미, 유럽 등 거의 모든 나라가 있는데 한국은 내가 처음인 것 같아. 4~5년 전에 다녀간 한국인이 한 명 있는데 소매 판매 교육을 받았다고 해. 우리나라가 치즈 쪽으로는 많이 낙후되어 있는 것 같아.

치즈를 만드는 기술도 그렇지만 치즈 숙성 기술은 많은 노하우가 숨어 있는 분야지. 다양한 형태의 숙성고가 있는데 큰 것들은 동굴 형태로 만들어. 지하에 묻어야 에너지 효율이 올라가기 때문이지. 온도와 습도, 공기의 흐름 등을 아주 치밀하게 계산해서 치즈가 최적의 상태로 숙성되도록 관리하는데 직접 보면 장관이야. 몽스는 계약된 아티장들의 치즈를 매입해 자신들의 숙성고에서 최적의 상태로 완성시킨 후 이윤을 붙여 소비자에게 판매하거나 수출하고 있어. 메이커라기보다는 숙성과 판매 유통을 하는 회사라고 보면 되지. 최근에는 아마존과 거래를 시작했대. 직접 매입하고 숙성 기간에 따라서는 거액의 돈이 숙성고 안에 묶이게 되고 치즈의 수분이 많이 증발하면 돈을 버리게 되는 거지. 무게로 매입하고 무게로 판매하니까. 그래서 최대한 수분을 잃지 않고 숙성되도록 한다고. 다음 주는 치즈201 과정으로 만들어 보고 싶은 치즈를 만드는 과정이야. 락틱 치즈, 외피세척 치즈, 톰스타일 하드 치즈, 블루 치즈를 만들 것 같아.

서울에 많은 일을 남겨두고 혼자 와서 미안한 마음 가득이야. 돌아가면 해야 할 일이 산더미겠지. 아무래도 선택과 집중이 필요할 것 같아. 남은 일주도 금방 지나갈 것 같아. 곧 보겠지?

⋮ 2019. 9. 20. 금

#몽스 치즈 터널

그동안 봐왔던 숙성 케이브와는 차원이 다른 거대한 터널이다. 주로 장기 숙성하는 거대한 치즈들—콩테, 살리아스 등—을 숙성시킨다. 편도 200미터 왕복 400미터의 길이로 안의 온도는 10도 습도는 92퍼센트 정도를 유지한다.

온갖 기술을 동원해서 치즈라는 음식을 이렇게 정성 들여 만들어 소비한다는 것 자체가 놀랍다. 다양한 곰팡이와 균을 배양하고 길들여서 인간의 미묘한 미각을 만족시키는 치즈를 만드는 작업은 예술의 경지에 이르렀다. 그것을 주제로 제품과 스토리를 만들고 교육을 하고 수출하는 작업은 제조 판매의 수준을 넘어 문화로 발전한다. 사람들은 그것에 심취하고 동경한다. 수 세대에 걸쳐 발전시켜왔기에 그 깊이도 다르다. 빠르게 변하고 소멸하는 현대에 시대를 거슬러 가는 듯한 분야다. 소규모의 치즈 사업은 결국 품질과 깊이, 정성, 스토리에 승부가 있다. 시간이 갈수록 승부는 내 편에 있지 않을까?

치즈가 생활의 일부이고 많은 지식과 경험이 축적되어 있는 프랑스나 다른 치즈 선진국과 비교할 때 지금 시작해서는 아무리 노력해도 그들의 발밑을 벗어날 수 없다. 우리도 한두 세대를 거쳐 기술이 축적되든지 아니면 코리아만의 특성을 가진 독창적인 치즈를 만들어야 한다. 세계는 하나가 되었고 우물 안 개구리는 언젠가 파도에 휩쓸릴 것이다. 좋은 환경에서 키운 소와 좋은 우유를 생산하지 않으면 절대로 따라갈 수 없다. 결국 좋은 목장과 같이 가야 한다. 치즈 한 분야만 파고들어도 일생을 바쳐야 할 것 같은데 너무 많은 일을 벌여 놓았다. 결국 쉐플로는 정리해야 하고 치즈플로는 리옹의 폴보퀴즈 시장처럼 바꿔야 한다. 그리고 정말 잘 만든 치즈와 샤르퀴트리 제품을 팔아야 한다. 매일 만들고 실패하고 원인을 추적하고 개선하고 새로운 것을 창조하고 그런 과정이 끝없이 반복될 때 비로소 한 걸음 나아가게 될 것이나. 선택과 집중이 필요하다. 나의 인생도 리셋이 필요하다. 지금처럼 살면 어떤 의미가 있겠는가? 작지만 강하고 쉽게 흔들리지 않는 업으로 만들어야 한다.

어렵고 힘들어도 과감하게 정리하자.

무모한 도전, 한남동에 오픈한 치즈플로

비교적 평안했던 회사 생활부터 영국 요리 유학과 서울의 레스토랑 오픈 운영에 이르기까지 좌충우돌로 살면서 항상 뜻하고 예상하는 대로 이루어지지는 않았다. 막상 부딪히다 보면 새로운 길이 보이고, 부딪히기 전에는 결코 찾을 수 없는 길이 대부분이었다.

2016년에 오픈한 치즈플로는 요리를 처음 시작하던 2002년에는 전혀 상상하지 못한 장르의 레스토랑이다. '눈먼 시계공'처럼 나름대로 생존을 위한 자연 선택과 진화의 결과라고 할 수 있을 것이다. 생존 본능으로 나의 장점과 맞으면서 변하지 않고 오래가는 것을 찾다 보니 아티장 푸드까지 오게 된 것이지 원래 모든 것을 계획하고 의도한 대로 걸어온 것은 아니다.

만약 누군가 한국 외식 산업의 역사를 기록한다면 아마도 나는 최초로 레스토랑에서 치즈와 살루미를 만든 셰프로 기록될 것이다. 짧게는 이틀, 길게는 몇 달에서 일 년 이상 걸리는 치즈와 살루미를 직접 만들고 그것을 이용해서 음식을 만든다고? 치즈와 살루미 만드는 공정을 잘 알고 음식점 주방도 아는 사람이라면 "정신 나갔어?"라고 반문할지도 모른다. 한니발이 코끼리를 끌고 알프스를 넘는 무모함이라고 할 것이다.

내게는 이처럼 남들과 다른 길을 찾는 성향이 있다. 이런 무모함이 치즈플로의 탄생 배경에 깔려 있다. 기술을 완벽하게 익힐 때까지 기다리는 것도 중요하지만 타이밍을 잘 잡는 것도 중요하다고 판단했기에 우선 저지르고 보자는 마음으로 고단했던 준비 과정을 마무리하고 2016년 11월에 치즈플로를 오픈했다.

치즈플로는 치즈를 만들고 판매하는 공간과 음식을 만들고 식사하는 공간으로 양분된다. 한쪽에서는 치즈를 만들어 진열장에 디스플레이해서 팔고, 바로 옆 공간의 주방에서는 치즈를 이용해 요리를 만드는 시스템이다. 레스토랑과 치즈 공방을 함께 설계한 것인데 이런 콘셉트의 레스토랑은 국내는 물론 해외에도 사례가 없는 것 같다. 현재 치즈플로는 나름대로 자리를 잡았다. 그러나 이런 과감함을 넘어 무모함에 가까운 도전 때문에 몇 년 동안 피나는 고생을 해야만 했다.

치즈플로는 한남동 꼼데가르송 거리 안쪽에 위치해 있다. 꼼데가르송길은 한남동 제일기획 빌딩에서 지하철 6호선 한강진역으로 이어지는 700여 미터 일대를 말한다. 치즈플로 주변에는 나리식당, 부자피자, 바다식당과 마렘마 등 이름난 레스토랑이 자리하고 있어 미식의 거리로도 알려져 있다. 내가 이곳을 택한 이유도 맛집이 몰려 있고 근처에 대사관이 있어 외국인과 유동 인구가 많기에 치즈와 햄을 찾는 수요가 있을 거라고 판단했기 때문이다.

수많은 곳을 물색한 끝에 장소는 정했지만 풀어야 할 문제가 산적했다. 처음 맞닥뜨린 문제는 하드웨어적인 부분이다. 레스토랑, 치즈 제조실, 숙성실, 판매장 등 좁은 장소에서 서로 다른 기능의 공간을 효율적으로 배치해야만 했다. 레스토랑과 치즈 만드는 공간을 어떻게 분리할 것인가? 임대료 비싼 서울 한복판에 가게를 오픈하려니 협소한 공간을 어떻게 효율적으로 나누어 치즈를 만들 것인가가 큰 문제였다.

두 번째는 꾸준히 치즈를 만드는 어려움이었다. 치즈플로의 메뉴는 직접 만든 치즈를 사용하는 요리가 많다. 재료가 소진됐다고 주문해서 사올 수 있는 시스템이 아니다. 예를 들어 1만 7000원에 판매하는 '포카치아 디 레코'[24]라는 메뉴를 내놓으려면, 1박 2일의 시간과 고된 노동을 투자해서 '스트라키노(또는 크레센자)'라는 치즈를 만들어야 한다. 목장에서 우유를 냉동차로 공수해 200리터짜리 배트Vat에 넣고 치즈를 만든다. 치즈의 종류에 따라서 짧게는 1박 2일에서 10일 이상, 길게는 3개월

---

24 이탈리아 제노아에서 약 20킬로미터 떨어진 작은 도시 레코의 마누엘라 호텔이 원조다. 얇은 밀가루 도우 사이에 스트라키노 치즈를 넣어 굽는 요리로 가볍게 먹을 수 있다.

이상의 숙성 시간이 필요하다.
이처럼 노동집약적인 힘든 과정
을 거쳐야만 레스토랑에서 손님
이 원하는 메뉴를 내놓을 수 있
다. 손님이 많거나 적거나 상관
없이 걱정스러웠다. 손님이 많
으면 많이 만들어야 하니 몸이
고달프고, 손님이 적으면 치즈
기 상해시 비리게 되니 아까웠다.

아침 9~10시에 우유 200~300리터가 들어오면 냉동차에서 우유를
가져다가 정리를 하고, 치즈 제조에 쓰이는 도구를 모두 살균·소독한
다. 이어서 치즈 배트에 우유를 넣어 온도를 세팅하고 유산균을 넣고
레닛을 넣는다. 치즈를 만드는 날은 아침 9시부터 저녁이 될 때까지 쉴
틈이 없는데 두 종류를 만드는 날엔 밤 11시까지 작업이 이어지기도 한
다. 다음 날엔 전날 만든 치즈를 소금물에 담갔다 빼고, 전날 사용한 기
구들을 세척하고 치즈 룸도 청소한다. 육체적으로도 매우 힘든 1박 2일
의 과정이다. 거기에 더해 점심, 저녁 서비스도 셰프들과 같이 해야 한
다. 주방에서 음식도 만들고 바쁠 때는 설거지도 하고 알람 소리에 치
즈실로 뛰어가 분초를 다퉈 다시 치즈를 만들면서 이리저리 뛰고 나면
하루가 순식간에 지나간다. 그렇게 5년이란 세월이 지나고 그 사이 발
전은 매우 서서히 진행되었다.

어느 날 잡지사에서 인터뷰하러 온 기자가 질문을 했다.

"은퇴 후 제2의 인생으로 치즈 만들기를 하는 건 어떨까요?"

"머리가 희끗희끗한 인생의 맛을 아는 노인이 치즈 만드는 모습을 연상하면 근사한 그림으로 보이겠지만 육체적으로 너무 고되고 힘들어서 노인에게는 맞지 않은 직업입니다. 나이 드신 분이 하다가는 다치기 십상이에요."

수년간 치즈 만들기를 해온 나의 솔직한 답이다.

세 번째 어려운 점은 원유 구하는 문제와 완성도 높은 치즈를 만드는 문제였다. 원유는 고구려목장의 지성곤 사장님의 도움으로 해결할 수 있었지만 이 또한 앞으로 계속 구매할 수 있을지 알 수 없어 늘 불안한 시간을 보냈다. 또한 치즈를 만드는 데 필요한 기구들과 유산균, 레닛 등을 국내에서는 구하기 어려워 매번 해외 직구로 구매했다. 한국에서는 치즈 만드는 작업이 전반적으로 생소한 분야라 무엇이든 스스로 해결해야 했다. 국내 대리점에서 구매하는 유산균은 종류도 제한적이지만 가격도 비싸서 경제성이 떨어진다.

또 치즈 만들기는 숙련 기간이 꽤 길다. 옆에서 가르쳐주거나 지도해 주는 사람이 있으면 좋은데 늘 인터넷과 원서를 뒤적여야 했고 성공할 때보다 버릴 때가 더 많았다. 그렇게 정성 들여 만들었음에도 실패하면 무척 우울하고 힘들었다. 그런 상황에 장사까지 잘 되지 않아 손님이 없는 날엔 주저앉고 싶고 그만두고 싶었다.

네 번째 어려움은 자금 문제였다. 초기에는 치즈를 만들어서 버리는 것도 많고 잘 팔리지도 않을 뿐더러 치즈플로의 장사가 잘 되는 것도 아니어서 자금 압박이 심했다. 그런 삼중고에 밑 빠진 독에 물붓기처럼 인건비와 임대료는 계속 나가는 상황이었다. 더욱이 2019년 1월 쉐플로 신사점을 닫으면서도 살루미와 치즈 제조 공장을 위해 남은 인력 세 명을 계속 유지했기 때문에 말도 안 되는 비용 구조를 감수하고 있었다. 결국 신용 대출을 받아 운영 자금을 메우기 시작했고 5월에는 효창동에 샤르퀴트리 공방까지 만들면서 더 이상 물러설 수 없는 낭떠러지에 서 있었다. 오픈 초기 겨울에는 우유를 자동차로 옮기다 보니 왕복 3시간이 넘게 걸렸다. 기온이 오르면서 냉동차가 필요했고 운임까지 포함하니 원자재 값이 생각보다 많이 들었다. 결국 돈이나 이윤을 생각하면 절대로 할 수 없는 도전이 된 셈이다. 가뜩이나 일도 고단한데 자금 압박까지 받으니 정신을 집중하고 하루하루를 초 단위로 쪼개어 쓰면서 긴장할 수밖에 없었다.

다섯 번째 어려움은 기존에 롤모델이 되거나 벤치마킹할 업장이 없다는 점이었다. 롤모델이 있으면 배우거나 모방할 수 있는데 모든 것을 스스로 개척해야 했다. 특히 치즈가 들어간 메뉴를 구성하는 데 고민이 많았다. 손님들이 치즈의 느끼함을 좋아할까? 아예 느끼한 치즈만 좋아하는 손님만 타깃으로 해야 하나? 처음에는 치즈를 메뉴에 포함시켜야 한다는 생각에 이것저것 시도했으나 느끼하다는 평이 많았고, 금세 포만감에 빠져 다양한 메뉴를 즐기지 못하는 것 같았다. 치즈가 들어간 특색 있는 메뉴를 대부분 포함시키되 맛의 균형을 잡을 수 있도록 구성해 보았다.

시행착오 끝에 찾아낸 답은 치즈가 들어가도 밸런스를 가질 수 있는 메뉴를 만드는 것이었다. 루콜라와 곡물 샐러드 위에 매일 빚어내는 왕만두 모양의 부라타 치즈를 올리고, 빵 위에 그린 올리브페스토를 발라 프로슈토를 얹은 메뉴는 샐러드, 치즈, 햄과 빵이 어우러져 한 끼 식사로 손색 없는 대표 메뉴가 되었다. 또한 레코 지방에서 직접 보고 느낀 대로 재현한 포카치아 디 레코는 처음에는 고개를 갸우뚱하다가도 일단 맛보면 다시 찾는 단골 메뉴가 되었다. 액화 질소로 얼려 입에 넣는 순간 차갑고 부드럽게 녹아내리는 염소 치즈와 배 요리는 탄성을 자아내며 고개를 끄덕이는 인기 메뉴로 자리 잡아가고 있다.

이렇듯 치즈플로라는 무모한 도전으로 육체적·정신적·금전적 고통의 삼중고를 3년 이상 겪으면서 어느새 편두통은 일상이 되고 흰머리도 눈에 띄게 늘었다. 강도 높은 육체노동으로 발과 다리는 부종에 시달리고 손은 물에 부르트며 허리는 통증을 불러왔다. 그렇다고 3년여의 시간이 고통만으로 점철된 것은 아니다. 어느 순간 맛있는 치즈, 제대로 된 치즈가 나오기 시작했다. 그 순간의 기쁨은 잠시나마 모든 고통을 잊게 할 만큼 컸다. 그리고 치즈의 맛을 찾아 치즈플로를 다시 방문하고 치즈를 사가는 손님도 늘었다. 맛있는 치즈를 만들어 주셔서 감사하다고 인사하는 손님을 만나면 기운을 얻고 더 좋은 치즈를 만들기 위해 공부하고 새로운 시도를 한다.

입소문이 나면서 잡지 기자들이 찾아오고 방송국의 취재 요청이 오기 시작했다. 치즈와 살루미, 아티장 푸드를 만드는 희소가치가 있는 셰프로 인정받기 시작한 것이다. 치즈플로를 오픈하면서 바라던 아티장 푸드의 장인으로 가는 첫걸음을 떼기 시작했다는 생각이 들었다. 물론 아티장 푸드의 장인으로 가는 길은 아직 멀다. 계절별 우유의 변화와 작업 환경의 변화, 유산균, 숙성균 등 수많은 조합, 온도, 습도, 시간 등의 변수로 항상 일정하고 우수한 품질의 치즈를 만들어 내는 것이 쉽지 않기에 더욱 빠져들게 된다. 공부하고 배워야 할 것이 많아서 오히려 질리지 않고 계속 도전할 수 있게 된다.

3장

치즈플로의 도전과 발전

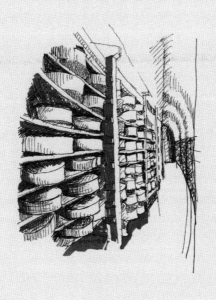

버크셔, 토종 재래돼지를 찾아서

치즈플로는 실험적인 레스토랑이다. 목장에서 생산된 우유로 치즈를 만들어 요리에 사용하고, 농장에서 생산된 돼지 한 마리를 통째로 구매해 이탈리아의 전통 방식으로 살루미와 요리를 동시에 만드는 곳이다. 따라서 원재료인 돼지고기와 우유의 품질이 가장 중요하다. 돼지고기와 우유의 품질과 특성은 목장과 농장에서 어떤 품종의 소와 돼지를 어떤 환경에서 무엇을 먹이며 키우는가에 따라 크게 달라진다. 이탈리아와 미국의 살루미 메이커들은 세밀한 부분까지 관여하고 생산자와 협력하여 최상의 제품을 만들어 낸다. 그들의 열정과 협업이 부러웠다. 나도 국내의 축산 농가와 생산적인 관계를 맺고 싶었다.

2013년 8월 남원의 버크셔 농장 방문을 염두에 두고 여름휴가를 지리산으로 결정했다. 박화춘 박사는 오랜 시간 돼지고기의 맛과 영양에 대한 연구를 통해 버크셔의 품종 개발을 꾸준히 진행하고 있었다. PPT 자료를 통해 버크셔의 특성을 좀 더 자세히 알게 되었고 돼지고기를 공급받기로 했다. 이름도 없는 요리사가 시도하는 일에 아무도 관심을 갖지 않았지만 나는 나의 길을 묵묵히 갈뿐이었다.

그런데 한 가지 문제가 있었다. 순수 혈통의 버크셔를 키우고 있지만 살루미 제조에 맞춤형 특수 사료를 먹이는 것과 1~2년 장기간 키우는 것은 딱히 해결점이 보이지 않았다. 대부분 식육용으로 사육하기 때문에 고정된 사료 프로그램으로 6개월 정도 키우면 도축되기 때문이나. 가끔 모논으로 키운 것 중 탈락되는 것은 10개월 전후로 키워지지만 1년 이상 키우는 것은 아직 요원한 이야기였다. 이탈리아에서의 수업시간에 전문가에게 1년 미만 키운 돼지로 살루미를 만드는 것에 대해 질문한 적이 있다.

"이탈리아에서는 최소 1년 이상 키우지 않으면 살루미를 만들지 않습니다. 돼지들은 살루미를 만들기 위해 키워지므로 가장 좋은 품질로 만들려면 최소 1년에서 2년은 키워야 합니다. 1년 미만의 돼지는 수분이 많아 건조 숙성시키는 살루미의 용도에 적합하지 않습니다. 운동도 많이 시키고 좋은 먹이를 먹여서 오래 키우면 등지방이 두꺼워지면서 육질이 조밀하고 육색도 짙어집니다. 무조건 1년 이상 키운 돼지를 사용할 것을 권고합니다."

말도 안 되는 질문이라는 듯 단호한 대답에 우리나라의 현실이 암담하기만 했다. 우리나라는 등지방이 얇고 살이 많아야 1등급을 받는 시스템이므로 어떤 환경에서 어떤 사료를 먹고 얼마나 오래 키워 육질이 좋은지는 중요하지 않다. 오래 키워 등지방이 두꺼워지면 폐돈으로 취급해 값어치가 없는 돼지다. 두 나라의 식생활 문화의 차이에서 나오는 당연한 결과지만 당장 좋은 품질의 살루미를 만들고 싶은 마음에서는 안타까움뿐이었다.

그러던 어느 날, 친구가 자신의 대학 동기가 충남 홍성에서 돼지농장을 대규모로 운영하며, 돼지 일부를 방목해서 키운다는 말을 했다. 그야말로 귀가 번쩍 뜨였다. 그러면서 농장 대표에 대해 자세히 알고 싶으면《나는 돼지농장으로 출근한다》를 읽어보라고 권했다. 책을 사서 단숨에 읽고 친구의 소개로 마침내 2018년 5월 충남 홍성에 자리한 성우농장의 이도헌 대표를 만났다. 2008년 처음으로 생햄을 만들기 시작한 지 10년의 세월이 흐른 시점의 운명적인 만남이었다. 처음 만나는 자리였지만 우리는 돼지와 축산업이라는 묵직한 주제로 긴 이야기를 나누었다. 금융 IT 전문가였던 이도헌 대표는 돼지를 키워서 돈을 벌겠다는 목표보다 더 큰 계획을 가지고 있었다. 그는 농촌 마을과 축산 상생의 길을 모색하면서 친환경 에너지 자립 마을로 가는 길을 꿈꾸고 있었다. 또한 계획에 그치지 않고 차근차근 실현해 나가고 있었다. 성우농장이 있는 원천마을은 무허가 주택을 제외한 모든 농가 주택에 태양광을 설치했다고 한다. 더 나아가 돼지농장에서 나오는 바이오가스를 이용한 플랜트 열병합 발전 시설은 현재 진행 중이다.

"우리는 한국인이 좋아하는 삼겹살, 목살뿐 아니라 돼지 한 마리의 모든 부위를 다 활용할 수 있는 레스토랑을 찾고 있습니다. 기존 돼지보다 장시간 키우는 방목 돼지가 있고, 곧 국내에서 처음 복원한 토종 돼지도 데리고 와서 키울 계획입니다. 조 셰프님은 방목 돼지와 토종 돼지를 활용한 제품을 만드실 수 있을까요?"

"네, 살루미 관련 제품을 만들면 돼지의 모든 살코기를 다 활용할 수 있습니다. 내장으로는 소시지를 만들고 지방도 활용가능하지요. 그리고 살루미를 만들려면 좀 더 장기간 키운 돼지가 필요합니다."

"좋습니다. 저희 농장에 한 번 방문해 주세요. 직접 보고 좀 더 자세히 얘기 나누시죠."

이도헌 대표의 상생철학과 스마트함에 매료되어 아내와 함께 그의 농장을 방문했다. 넓고 쾌적한 들판에서 뛰노는 버크셔와 재래돼지는 상상 밖의 신세계였다. 돼지를 위한 최적의 환경을 갖추고 IT 시스템으로 관리하는 최첨단 실내 축사와 더불어 마을주민과 함께 운영하는 야외방목장 축사를 두루 갖춘 곳으로 국내에서는 보기 드문 형태의 독특한 농장이었다. 약 500평 규모의 원천마을 방목장에는 여러 종의 돼지가 황토에 몸을 비비며 뛰놀고 있다. '토종 돼지'부터 외래종 흑돈 '버크셔', 외래종 붉은 돼지 '듀록' 등 다양한 품종을 8~12개월, 또는 그 이상 키워서 출하한다고 했다. 방목 돼지는 영양의 균형을 골고루 갖춘 맞춤 사료 외에도 봄에는 노란 유채꽃을 뜯어먹고 가을에는 감나무에서 떨어진 주홍빛 홍시의 달콤함을 맛보고 겨울에는 수확하고 남은 김장용 배추를 뜯어 먹는다.

성우농장의 방목장을 직접 살펴보고 나니 환경과 관리 체제, 농장 대표의 철학 등 여러 면에서 더욱 신뢰가 갔고 배울 것도 많았다. 함께 점심을 먹으면서 지역 상생 모델 이야기, 기타 외래 돼지 품종에 관한 이야기, 살루미 같은 제품의 경우 돼지의 품종과 품질이 맛의 90퍼센트 이상을 차지하니 외국 것을 따라 하는 데 그치지 않고 발전시킬 수 있는 방법을 연구해보자는 이야기가 끝없이 이어졌다.

그때까지 버크셔가 국내에서 구할 수 있는 최고의 품종이라고 믿고 있던 나에게 이도헌 대표가 토종 재래돼지를 사용해 볼 것을 적극 권장했다. 토종 재래돼지는 탁월한 육질에도 불구하고 성장이 느리고 생산성이 떨어져 삼겹살 식육 위주의 국내 음식 문화와 축산 시스템하에서 멸종의 길을 걷고 있다.

"조 셰프님, 저도 우리나라에는 몇 마리 안 되는 토종 돼지를 키우는데, 토종 돼지로 만드는 살루미에 관심이 많습니다. 방목 돼지 중 몇 마리를 골라 살루미에 최적화된 사료를 먹이고 조 셰프님이 원하는 대로 사육 기간을 늘려 키워드리겠습니다."

이도헌 대표의 말에 벅찬 감동을 숨길 수 없어 와락 손을 잡고 흔들며 몇 번이나 감사를 표시했다.

"정말 고맙습니다, 대표님. 이제 돼지고기 걱정은 한시름 덜었습니다. 천군만마를 얻은 듯 든든합니다."

"저도 토종 돼지로 새로운 시도를 해볼 수 있어서 좋습니다."

얼마 지나지 않아 이도헌 대표는 우선 방목한 듀록과 버크셔 반 마리를 보내주었다. 두 종류의 돼지로 살루미를 만들어 보니 미묘하지만 듀록보다 버크셔로 만든 살루미의 맛이 더 좋았다. 그리고 마침내 2018년 12월, 이 대표가 토종 돼지 한 마리를 무료로 보내주었다. 토종 재래돼지의 가능성을 발굴하고 맥을 잇기 위한 노력의 일환으로 몇몇 셰프에게 한 마리씩 무상 제공하고 가능성을 타진한다고 한다.

쉐플로 신사점 주방에서 작지만 선명하고 붉은 빛과 단단한 육질의 토종 재래돼지를 보고 탄성을 내질렀다. 그동안 최고라고 생각한 버크셔와는 비교할 수 없을 정도로 좋은 육질이 눈과 칼끝을 통해 전해졌다. 100여 평의 울타리 안에서 4~5마리가 사유롭게 신흙밭에 뒹굴기도 하고 과일 열매를 먹으며 뛰놀던 놈이다. 과연 염장과 발효 숙성을 통해 수개월 후 다시 태어날 재래돼지의 맛은 어떨까? 최대한 버리는 부위 없이 모두 사용해 최고의 맛을 내는 살루미를 만들어 내리라.

2019년 2월 토종 돼지로 만든 살루미를 처음 맛보았을 때 나는 깜짝 놀랐다. 그동안 만들던 살루미의 맛과는 전혀 달랐다. 육향이 무척 강했고 맛의 여운이 깊게 남아서 타닌Tannin이 있고 바디감이 좋은 레드와인이 한 잔 생각나는 맛이었다. 관계자들이 모여 시식하는 자리에서 토종 돼지 살루미를 맛본 이도헌 대표는 이렇게 표현했다.

"버크셔 품종이 부르고뉴 피노 누아처럼 섬세한 맛이라면 토종 돼지는 보르도 와인처럼 묵직하고 여운이 있네요."

우리나라의 토종 돼지는 맛이 좋은데도 천천히 자라기에 경제성이 떨어진다는 이유로 생산이 점점 줄어 사라질 위기에 처해 있다. 국내에서는 제주도에서 키우는 토종 재래돼지와 경북 포항 송학농장의 이한 보름 대표가 토종 돼지를 복원해서 키우고 있었고, 그 취지에 공감한 이도헌 대표가 이한보름 대표에게서 토종 돼지를 사 와 방목으로 키우기 시작한 것이다.

이탈리아에도 천천히 자라는 토종 돼지 레그로만이 있다. 2년을 키워야 해서 생산성과 경제성이 떨어진다는 부담감이 있지만 단점을 극복하면서 개량과 연구를 통해 꾸준히 생산해왔고 결국에는 그 가치를 인정받아 스페인의 이베리코처럼 최고급에 높은 가격으로 판매할 수 있게 되었다고 한다. 문득 우리나라 토종 돼지도 원형을 유지하되 개량을 하면 어떨까 하는 생각이 들었다. 예를 들어 역삼각형인 토종 돼지는 뒷다리가 앞다리보다 빈약하다. 뒷다리가 발달하도록 개량한다면 이베리코 하몽에 버금가는 뒷다리 생햄을 만들 수 있지 않을까.

성우농장의 이도헌 대표와 송학농장의 이한보름 대표는 남들이 도전하지 않는 것을 시도하고 끊임없이 개선과 노력을 통해 자신의 길을 찾는다. 그런 사람과의 만남은 질 좋은 돼지고기의 공급 문제 해결을 넘어 내게 좋은 자극제로 새로운 도전의식을 가져다주었다. 하지만 2018년 아프리카 돼지 열병과 동시에 야외 방목이 금지되고 성우농장의 토종 재래돼지와 버크셔는 더 이상 구하기 어렵게 되었다. 식육용 돼지를 사육하는 농장에서 매우 적은 수량의 건조육 용도의 특수 돼지를 병행해서 키우는 것은 쉽지 않기에 가야 할 길이 멀게만 느껴진다.

우유 구하기

쾌나 고단하고 고독한 노력으로 치즈를 배우고 만들어왔지만 여전히 풀기 힘든 숙제가 있다. 그것은 좋은 우유를 구하는 것이다. 목장주나 대기업이 아니면 우유를 구해 치즈를 만들기가 거의 불가능한 현재 시스템에서 의욕만으로는 아무것도 할 수가 없다. 농장과의 직거래를 통해 수급이 가능한 돼지와 달리 우유는 더욱 불가능하다. 목장에서 우유를 합법적으로 구매하는 방법은 두 가지다. 하나는 집유업 허가를 받아 낙농 진흥회나 목장과 계약을 맺고 구매하는 방법이고 또 하나는 목장에서 살균 처리되어 품목 허가를 받은 제품을 구매하는 방법이다. 전자는 해썹 공장과 원유 분석 실험실과 수의사 고용 등, 허가 기준이 높고 많은 물량을 개런티해야 하기 때문에 사실상 유통 판로가 확보된 중견기업 이상이 아니면 접근조차 어렵다. 후자는 우유를 살균해서 판매하는 목장을 찾아야 하는데 대부분 쿼터제로 대형 유가공 공장에 종속되어 있어 거의 없다고 봐야 한다. 이런 구조에서는 개별 목장 단위에서 목장형 치즈를 만들거나 대기업만이 치즈를 만들 수 있다. 문제는 대기업은 대량 생산으로 가공 치즈를 만들고 개별 목장은 치즈 제조 기술이 약하거나 종류가 다양하지 않다는 데 있다. 수제 맥주 시장처럼 의미 있는 산업으로 시장에 진입할 수 있는 문턱을 낮추어야 열정과 재주 있는 사람들이 뛰어들어 세계적인 치즈를 만들어 낼 수 있다. 더 나아가 자연스럽게 시장도 커질 것이다. 그것만이 우리나라 낙농업 발전의 유일한 길이다.

우리나라에는 홀스타인Holstein 한 종의 젖소가 있고 목장마다 환경도 비슷해 우유에 특별한 차별점이 없을 것이라고 생각했다. 대부분 최대의 우유 산출량을 위해 대형 사료 회사에서 공급하는 사료를 먹이기 때문이다. 우유 산출량은 포기하더라도 좀 더 좋은 단백질과 지방 비율의 우유를 생산하는 목장이 있다면 치즈 메이커로서는 매우 환영할 일이다. 하지만 돼지 사육과 마찬가지로 우유 생산성에 초점을 맞춘 사육 프로그램을 작동하므로 필요에 맞는 우유를 구하기는 쉽지 않다.

좋은 우유를 판단하기 위해 필요한 수치적 데이터로는 체세포수, 지방 단백질 비율, MUNMilk Urea Nitrogen이 있다. 체세포수는 유두염증의 유무를 나타내는 수치이며, 우유 내의 지방, 단백질 비율은 치즈 수율 및 품질과 밀접한 관련이 있는 수치다. MUN은 사료 단백질이 소의 위에서 소화되고 간, 신장을 거쳐 우유에 배출되는 요소질소 수치로 소의 영양 상태와 건강 상태를 알 수 있다. 프랑스 치즈 수업에서 OBSALIM(옵살림)이란 농법을 알게 되었다. 반추 동물의 건강 상태를 외모의 특징으로 알아내는 방법인데 이를 바탕으로 사료 프로그램을 바꾸거나 운동을 시키는 등 대처 방안을 알려 주는 것이다. 반추 동물인 소의 위는 4개이고 제1위와 제2위가 반추위로 풀을 발효하고 소화하는 역할을 한다. 반추 동물의 특성상 영양분이 많은 풀을 먹이는 것이 중요하며 곡물 사료는 시기와 필요에 따라서 최소한으로 섭취하는 것이 우수한 치즈 밀크 생산을 위해 중요하다. 뉴질랜드와 프랑스에서 방문한 농가들은 넓은 초지에 방목하여 생초를 먹게 하고 한여름에 벤 풀을 건초로 만들기 위한 시설도 갖추고 있었다. 자동차를 타고 이동하는 중간에 이반에게 물었다.

"프랑스는 푸른 들판에서 젖소들이 마음껏 풀을 뜯을 수 있으니 사료비가 적게 들겠어요."

"아니요. 지난 몇 년 동안 가뭄으로 풀이 부족해 사료 공급이 늘면서 사육 비용이 증가하고 있습니다."

최근 몇 년의 이상 기후와 가뭄은 농사와 목축업에 많은 영향을 미쳤고 뾰족한 대비책이 없는 그들의 고민이 감지되었다.

2013년 여름, 우유를 구하려고 강원도 횡성의 목장 두 곳과 경기도 이천의 목장, 파주의 목장을 다녀 보았다. 규모가 큰 곳도 있고 작은 곳도 있지만 공통적으로 홀스타인(또는 프레지안Fresian) 종을 키우고 있었다. 우리나라는 일부 연구용 목적의 저지종을 제외하고 100퍼센트 홀스타인이다. 최근에는 일부 목장에 저지종을 도입해 키우고 있다고 한다. 홀스타인은 추위에 강하고 많은 양의 우유를 생산한다. 2013년 뉴질랜드에서 배우고 한국에 와서 처음 우유를 받으러 간 곳이 강원도 횡성의 한 목장이었다. 목장 진입로에 들어서면 잘 가꾼 목장 전경이 나타난다. 목장주의 경제력을 상징하는 듯 초록 잔디와 잘 가꾼 정원수, 깨끗한 건물이 신뢰감을 준다. 서울에서 차로 왕복 4~5시간의 거리인데도 치즈를 만들겠다는 의지로 겨우 70리터를 얻으러 몇 차례 방문하게 되었다. 이후에 이천, 파주 등 서울 근교의 목장들에서 우유를 조금씩 얻어 치즈를 만들어 왔다.

파주의 고구려목장은 같이 일하는 가빈 형이 순천대학교 배인휴 교수의 치즈 교실에 참가한 것을 인연으로 알게 되었다. 고구려목장의 지성곤 대표는 진취적이고 오픈된 마음을 가진 분으로 나에게는 구세주와 다름없다. 대형 유가공업체에 종속되어 현상을 유지하기보다는 고부가 가치의 우유 생산과 치즈를 만들고자 하는 뜻이 강했다. 파주시의 다른 목장과 공동 치즈 작업실과 공동 브랜드를 모색하는 등 지역 경제 활성화에도 관심이 많은 분이었다. 이런 내용이 맞아떨어져 결국 '더플로'라는 공동 농업 법인까지 만들었고 부족하고 미약하지만 몇 종의 치즈를 생산하기 시작했다. 셰프 겸 치즈 메이커와 농촌의 목장이 결합해 성공적인 사업 모델을 만들고 싶었다. 치즈는 지금까지 해본 그 어떤 제품보다 어렵고도 깊이가 있다. 수없이 만들면서 실패하고 공부해야 겨우 만들 수 있다는 것이 오히려 질리지 않고 지속적으로 도전을 이어갈 수 있는 원동력이다. 목장과의 긴밀한 협력과 발전을 위해서는 우선 작은 성공을 이어갈 수 있어야 동력을 얻을 수 있다. 하지만 생각보다 그 길이 쉽지만은 않다. 지금까지 경험해 보지 못한 생산, 유통, 판매라는 미지의 영역을 개척해야 하는 숙제가 남아 있다. 좋은 제품만 만들면 나머지는 어떻게 되겠지라는 생각은 통하지 않는다. 효과적인 홍보와 더불어 온오프라인의 유통망을 뚫어야 하고 그에 걸맞은 생산 포장 배송 시스템을 갖춰야 하는데 모든 것이 미숙하고 미약했다.

잘 모르는 영역이므로 전문가의 도움을 받아 효율적으로 처리해야 하는데 어디서 누구를 찾아 어떤 식의 도움을 받아야 할지부터 막막했다. 전문가라는데 무작정 믿을 수도 없고 요구하는 비용도 천차만별이다. 직접 플랫폼 업체를 뚫는다 해도 어렵고 힘들게 소량으로 생산한 제품을 높은 수수료를 주면서까지 넘겨야 하는 부분도 결정을 망설이게 한다. 물량이 확보되고 홍보되는 효과를 생각해서 이익을 못 보더라도 유명 플랫폼을 이용해야 한다는 의견이 많았다. 하지만 종국에는 자신의 브랜드 파워로 판매가 이루어지지 않으면 '재주는 곰이 넘고 돈은 되놈이 받는다'에서 빠져나오지 못하는 결과를 초래한다. 모든 분야에서 제조 회사와 유통 판매 회사의 힘겨루기는 존재한다. 생산자 입장에서 그런 요소를 어떻게 전략적으로 돌파할 것인지 지혜가 필요하다.

우리나라 목장들은 대부분 생산한 우유를 대기업에 쿼터제로 납유하고 있다. 원유쿼터제는 농가의 안정적인 우유 생산을 위해 2002년에 도입되어 일정하게 주어진 생산량을 유가공업체가 쿼터 양만큼 합의

된 가격으로 구매한다. 또한 원유 가격 연동제는 수요와 상관없이 우유 생산에 들어가는 비용과 소비자 물가 상승률을 감안하여 우유 수급 가격을 변동하는 제도다. 수요와 공급의 법칙과 상관없이 정해지는 가격에 의해 우유가 수급되다 보니 부작용이 생기는 단점도 있다. 저출산, 우유 대체 음료 개발로 우유의 수요가 줄고 우유 재고가 남아돌아도 가격은 그대로 유지되거나 오히려 올라가는 시장 역행 현상이 일어난다는 것이다. EU는 2015년 이 제도를 폐지하여 자유롭게 생산량을 늘릴 수 있도록 했다. FTA 체결에 따라 중국 등 아시아에 대한 수출을 늘리기 위한 조치였다. 무차별적으로 낮은 가격의 우유와 유가공품을 수출하여 국내 유가공업계 및 낙농가는 어려운 상황에 처하게 되었다. 특히 자연 치즈 분야는 제품의 품질이나 가격 경쟁력에서 절대적 열세에 놓여 있기 때문에 구조적인 개혁이 절실한 상황이다. 하지만 기득권과 이해관계가 얽혀 있어 해법을 찾지 못하고 시간이 갈수록 경쟁력이 약해져 결국 산업의 기반마저 위태로워질 것이다.

　일부 피해나 손해를 감수하더라도 미래를 위해 제도를 개선하여 경쟁력을 키우지 않으면 앞으로 한국 기업의 유가공업과 목장 운영은 큰 위기에 직면할 것으로 예상된다. 마치 조선 시대의 쇄국정책이 안이한 생각과 퇴보를 가져왔고 파멸로 이끌었듯이 피할 수 없는 개방에 대비해 경쟁력을 키울 수 있도록 진지하게 생각하고 실행하지 않으면 현재의 이익과 기득권조차도 유지하기 힘들 것이다.

　낙농 국가에서는 광활한 목초지에서 소가 풀을 뜯는 모습을 자연스럽게 볼 수 있다. 초여름부터 늦가을까지 초원에서 풀을 먹이고 겨울에는 미리 말려둔 건초로 소를 키운다. 자연 조건상 넓은 초지가 없는 우리나라에서는 대부분 축사에 가두어 자체로 거둔 풀을 일부 먹이거나 대부분 수입된 사료를 먹임으로써 우유 생산 비용이 높아지게 된다. 우리나라에서 우유를 생산하려면 사료 비용 등을 감안하여 대략 리터당 500~700원이 든다고 한다. 이 비용 구조는 낙농 선진국의 리터당 300~500원을 생각하면 꽤 높은 수준이다. 방목하여 땅에 난 목초를 먹이는 것과 축사에 가두어 수입된 사료를 먹이는 차이점에 원인이 있을 것이다. 목징에서 조합이나 유가공 회사에 주어진 쿼터 양만큼 판매하는 우유 가격은 1000~1100원으로 고정되어 있다. 시장의 수요 공급의 원칙이 적용되지 않는다. 목장주는 굳이 좋은 소를 키우거나 좋은 환경을 위한 투자, 좋은 풀을 먹일 동기가 생기지 않는다. 그럴수록 손해이기 때문이다. 탁월한 우유나 유제품이 나올 수 없는 구조다.

우리나라 실정에서 우수한 품질의 치즈가 나오기에 제약이 따르는 것은 분명하다. 지역별로 우수한 초지가 있는 곳에서는 대기업에 납유하여 특색 없이 혼합되는 우유로 판매하기보다 지역의 테루아르Terroir를 살리고 소 품종의 다양화를 통해 개성 있는 우유와 치즈를 생산하는 것이 장기적인 관점에서 유가공업의 발전을 위해 바람직하다고 본다.

과거 일본에서 유가공업 진흥을 위해 시행했던 제도를 참고할 필요가 있다. 음용 용도의 우유 생산에서 부가 가치 있는 치즈 생산으로 무게 중심을 옮기기 위해 국내 생산 우유로 치즈를 만들면 국가에서 우유

가격을 보조하는 제도다. 우리나라도 국내 유가공업의 경쟁력 제고와 발전을 촉진하기 위해 도입이 시급하다.

일본도 우리나라와 마찬가지로 식물성 재료가 단백질의 주요 섭취원이다. 낙농 산업이 발전하기 어려운 상황이었지만 우리와 달리 공무원과 입법 기관이 앞장서서 제도와 법을 만들고 지원해왔다. 한때 일본에 우유가 남아도는 현상이 벌어지자 국가에서 치즈 만들기를 장려했다. 농가에서는 우유가 치즈보다 판매가가 높기 때문에 치즈를 만드는 것보다 우유를 판매하는 것이 낫다고 생각했으나, 이것이 문제가 있다고 판단하여 이를 수정하는 방향으로 정책이 바뀌어왔다고 한다.

일본에서 생산되는 자연 치즈는 연간 4만 6000여 톤인데 그중 절반이 자연 치즈로 판매되고 나머지 반은 프로세스 치즈의 원료로 사용된다. 일본의 경우 1980년대부터 '국산 자연 치즈 수요 개발 촉진사업'을 수립하여 잉여 원유를 활용한 치즈 생산을 장려했다. 음용유가 아닌 가공유로 사용할 경우 국가에서 비용을 보조해주는 등 자국산 원유를 활용해 치즈를 생산할 수 있도록 제도적으로 돕고 있다. 특히, 일정 규모 이상의 대기업만 지원하는 것이 아니라 1일 50킬로그램 이상 생산하는 소규모 제조업체까지 지원 폭을 확대해 소규모 치즈 공방들이 널리 육성되는 계기가 됐다. 치즈 제조 기반이 안정화된 덕분에 현재 일본에서 생산하는 프로세스 치즈의 자국산 자연 치즈 함유량은 20퍼센트에 이르고 있다.

OBSALIM 농법

좋은 치즈를 만들기 위해서 좋은 우유의 생산은 필수다. 결국 좋은 우유를 생산하기 위해서는 건강한 소가 필요하고 건강한 소는 세심한 관찰과 함께 좋은 먹이를 주는 것에서 시작된다. 프랑스의 수의사 브루노 기부도에 의해 만들어진 OBSALIM 농법은 반추 동물의 건강 문제를 여러 가지 징후로 진단하여 사료를 변경하고 문제를 해결하는 방법이다. 눈, 발굽, 피부, 가죽, 배설물, 소변 및 기타 지표의 관찰을 통해 동물을 진단하고 소, 양 및 염소를 포괄하는 그림 카드 및 소프트웨어 세트가 있다. 사료의 소화와 밀접한 관련이 있는 동물의 많은 증상을 해석하는 데 도움이 되도록 설계되어 있다. 우리나라에는 널리 알려지지 않았지만 도입하여 적용하면 좋을 것 같다. 사료를 바꾸고 소의 체질을 바꾸는 일은 당장은 우유 생산량 감소와 비용 증가를 가져올 수 있지만 힘든 시기를 지나고 나면 생산량의 회복과 더불어 더 건강한 우유를 얻을 수 있다고 한다.

우유의 성분을 분석하면 3.2퍼센트로 똑같이 나오는 단백질 비율에도 불구하고 키우는 방법에 따라서 MUN 혈중 요소 질소 농도가 달라진다. 체내에서 단백질이 분해될 때 요소가 생성되는데 신장을 통해 배설된 소변을 검사하면 알 수 있다. 통상적으로 3.2퍼센트의 단백질에 0.19퍼센트의 MUN이 정상이다. 축사에 갇혀 운동량이 적거나 사료의 종류에 따라서 MUN 수치가 증가할 수 있다. MUN 수치의 증가는 치즈 제조에 나쁜 영향을 미치므로 이 수치에 대한 관리가 필요하며 OBSALIM과 같은 직관적인 기준을 이용하면 보다 건강한 젖소 사육에 많은 도움이 될 것이다. 이런 부분은 좋은 품질의 치즈를 만들기 위해서는 중요한 관리 포인트지만 음용유 중심의 현 산업 생태계에서는 체크되지 않고 지나치는 부분이다.

지옥에서 천당으로, <수요미식회>를 향하여

수요미식회

살루미와 치즈의 생산, 소비 기반이 부족한 상태에서 개인이 좋은 우유와 돼지를 구하기란 매우 어려운 일이다. 소비 구조의 변화와 함께 기반이 조성되는 데는 시간이 걸릴 수밖에 없다. 막상 좋은 재료가 있다 해도 '세상에서 가장 품질 좋은 원재료를 얻으면 무언가를 만들 수 있다'는 생각만으로는 가능한 일이 아니다. 하루아침에 제조 기술이 습득되는 것이 아니고 수많은 연습과 시행착오를 거쳐 노하우와 감각이 쌓여야 하기 때문이다. 아직 완벽하지는 않지만 현재 최선의 재료를 구할 수 있다는 것은 다행이다. 그나마 부족한 조건에서 고군분투하며 제품을 만들어도 판매로 이어지지 않으면 아무 소용이 없다. 치즈와 살루미를 만들면서 레스토랑을 같이 운영하는 이유다. 안 팔리면 레스토랑에서 식재료로 사용할 수 있기 때문이다. 가공 치즈와 값싼 수입 치즈, 햄,

소시지 위주의 소비 시장에서 어떤 가능성을 본 것도 아니고 무데뽀로 만들어 판매를 시작했다. 물론 잘 팔리지 않았고 버리는 것도 많았다. 치즈플로 오픈 초기의 어느 날 함께 일하던 김병일 셰프가 말했다.

"사장님, 치즈플로는 손님들이 테이블마다 치즈플레이트를 주문해서 드시고 나갈 때 치즈 하나씩은 사가야 하는데요. 하루 종일 치즈플레이트 주문은 없고 파스타만 드신다면 뭔가 잘못된 것 아닙니까? 차라리 파스타, 샐러드, 스테이크 이런 메뉴를 다 빼버리고 치즈와 살루미 메뉴만 살려서 가면 어떨까요?"

그의 말이 맞았다. 치즈와 살루미가 주제이고 매일 공수한 우유로 치즈를 공들여 만들고 있는데 어느 레스토랑에서나 먹을 수 있는 파스타만 팔린다면 뭔가 잘못된 것이다. 그렇다고 메뉴에서 파스타, 스테이크를 빼버리면 하루 종일 아무것도 팔리지 않을 것 같은 두려움에 이러지도 저러지도 못하는 날이 지속 되었다.

매출이 저조하니 직원을 최소한으로 운영해야 했고 나와 아내가 일해야 하는 시간이 늘었다. 아내는 절박한 마음에 새벽마다 남산에 올라가 소원을 기원하겠다고 했다.

"여보, 책에서 봤는데 아침에 뜨는 해를 보고 소원을 간절히 기도하면 뭐든지 이루어진대. 나 내일부터 남산에 올라가 기도하려고."

아내는 지푸라기라도 잡는 심정으로 해뜰 무렵 홀로 남산에 오르내리기를 한 달쯤 하더니 무릎이 아프다고 한다. 퇴행성 관절염이 가속화되어 오래 걷거나 뛰는 것이 힘들게 되었다. 캠핑카를 타고 세계 여행이 꿈이라며 노래를 부르던 아내가 등산조차 하지 못할 정도로 무릎이 망가져 버린 것이다. 아내의 절박한 기도와는 상관없이 매출은 항상 손익분기점 부근에서 곡예를 했고 결국은 대출을 받지 못하면 더 이상 운영하기 힘든 상황이 왔다. 소상공인 대출을 받고 2020년 2월, 10년 만에 도곡동 쉐플로의 문을 닫기로 결정했다. 2010년 쉐플로 오픈부터 같이 일했던 매니저 혜란 씨에게 무상으로 넘겨 운영하도록 했다. 구조 조정을 통해 비용을 줄이고 치즈플로에만 집중하기로 했다. 공교롭게 코로나가 터졌고 쉐플로를 분리한 것은 신의 한수였다. 혜란 씨에게 부담을 넘긴 것 같아 미안했지만 그녀는 한층 낮은 비용 구조로 수지를 맞춰나갔다. 반면 치즈플로는 한남동 매장뿐만 아니라 효창동 육가공 공장과 파주 농업 법인의 비용까지 커버해야 하는데 현재의 매출로는 계속 적자가 누적될 수밖에 없는 구조였다. 2020년의 코로나 이후는 버티기조차 힘든 상태에서 우울한 날의 연속이었다.

어느 날 치즈플로로 전화가 걸려왔다. 전화를 받은 아내의 표정이 심상치 않았다.

"여보, 〈수요미식회〉 피디라는데…."

아내의 말에 치즈플로는 일순간 정지된 듯 조용해졌다. 모두 내 통화 소리에 촉각을 곤두세우고 있었다.

"여보세요, 제가 조장현입니다."

"〈수요미식회〉 ○○○피디입니다. 〈수요미식회〉에서 촬영을 하고 싶은데 가능할까요?"

"네, 가능합니다. 다들 찍고 싶어 하는 프로그램이 아닌가요."

"네, 그럼 내일 아침 10시경에 다시 전화 드리겠습니다. 여쭤볼 게 많습니다."

"네, 알겠습니다."

전화를 끊자 아내와 직원들의 시선이 내게 집중되었다.

"뭐라고 그래?"

"응. 우리 가게를 촬영하고 싶대."

환성이 터져 나왔다. 모든 것이 얼떨떨했다. 아내가 입버릇처럼 〈수요미식회〉에서 언제쯤 찾아줄까 노래를 불렀는데 현실이 된 것이다. 아내의 간절한 기도가 통했는지 기적 같은 일이 일어난 것이다. 햇수가 지나면서 예전만큼 관심을 받지는 못했지만 자타가 공인하는 좋은 식당들이 비교적 사심 없이 소개되는 프로그램이기에 마다할 이유가 없었다. 가게 홍보에 더할 나위 없이 좋은 기회였다.

다음 날 아침 일찍 출근해 담당 피디의 전화를 받았다. 1시간 넘게 질문이 이어졌다.

백화점이나 마트에서 판매하는 수입 치즈와 치즈플로의 치즈를 비교할 때 장단점이 무엇인지, 치즈플로를 오픈하고 가장 힘든 점은 무엇인지, 외국에서는 시즌별로 특색 있는 치즈가 나오는데 한국 치즈는 어떠한지, 치즈플로의 대표 메뉴는 무엇이고 만들고 있는 치즈의 종류와 레시피, 그 치즈로 만드는 요리는 어떤 것이 있는지 등등.

전화 인터뷰가 길어지자 담당 피디는 내일 다시 전화하겠다며 전화를 끊었다. 이틀에 걸쳐 아주 긴 통화를 했다. 이 통화의 내용을 바탕으로 방송의 전체 윤곽을 만드는 것 같았다.

두 번째 통화를 마치고 그다음 주에 패널들이 방문할 것이라고 안내를 받았다. 첫날은 프랑스 요리 전문가 정민 씨와 푸드스타일리스트 장은경 씨가 다녀갔다. 점심 시간이 끝나가는 오후 2시에 오셨기에 음식을 드시는 중에 브레이크 타임에 걸렸지만 편히 드시라고 했더니 4시까지 음식을 즐기고 갔다.

정민 씨는 밝은 표정으로 아낌없이 칭찬을 해주었다.

"솔직히 큰 기대는 하지 않고 빨리 먹고 갈 생각으로 왔는데 너무 맛있어서 놀랐어요."

입맛이 까다롭다던 푸드스타일리스트 장은경 씨는 "블루 치즈 먹고 춤을 출 뻔했어요"라며 농담 섞인 칭찬을 남겨 우리 모두를 미소짓게 했다. 치즈를 사 가면서 다시 방문하겠다며 예약을 했다. 첫날 방문한 패널들의 평이 칭찬 일색이라서 다소 마음이 놓였다.

그다음 날은 탤런트 김소은 씨와 이탈리아 출신 방송인 알베르토, 모델 이현이 씨, 이렇게 세 팀이 동시에 점심 시간에 방문을 했다. 각각 일행을 모시고 왔고 각기 다른 느낌으로 드시는 것 같았다. TV를 자주 보지 않는 나는 누가 누구인지 몰랐는데 주방 직원 효경이가 설명해주어서 포털을 검색해 보고 〈수요미식회〉의 패널이라는 걸 알았다. 알베르토 씨는 쉐플로 신사점에 몇 번 왔기에 바로 알아봤고 대화하기가 편했다. 아무래도 이탈리아 사람이라 치즈와 살루미에 대한 맛의 이해도가 깊은 것 같았다. 저녁에는 〈문제적 남자〉에 나오는 화려한 출연진이 방문했다. 치즈 룸 바로 앞에 자리를 안내했는데 유쾌한 분위기로 맛있게 드신 듯해서 안심이 되었다.

토요일 오후 4시에는 박찬일 셰프가 혼자 가게를 방문하셨다. 박찬일 셰프님은 이도헌 대표가 준 토종 돼지로 만든 살루미 시식을 할 때 한 번 뵌 적이 있다. 마침 브레이크 타임이었기에 셰프님이 식사를 하는 동안 맞은편에 앉아 말동무 겸 밥동무를 해드렸다.

"일전에 토종 돼지 살루미 시식 때 여기 치즈를 처음 맛보았어요. 그때 치즈의 완성도가 높아 외국에서 오래 배워온 줄 알았거든요. 그런데 뉴질랜드에서 한 달간 배웠다는 말을 듣고 깜짝 놀랐습니다."

박찬일 셰프님의 칭찬을 듣고 전문가에게 인정받는다는 게 이런 기분이구나 생각하며 무척 기뻤다. 박 셰프님은 〈수요미식회〉 치즈 편에 함께 소개될 레스토랑 일키아쏘를 방문하시고 우리 가게에 다시 들러 냉커피를 선물로 주고 가셨다. 이도헌 대표와 함께 오셨을 때도 그랬고 내공이 꽉 차 있는 분, 자신의 지식을 겉으로 드러내지 않는 품격 있는 분이라는 생각이 들었다.

마지막 패널인 신동엽 씨는 가족과 함께 왔다. 가족들이 맛있게 접시를 싹싹 비우고 가서 기분이 좋았다. 신동엽 씨는 "나중에 와인과 함께 먹으러 다시 올게요" 하고 다음 방문을 약속하고 갔다. 신동엽 씨의 멘트에 패널들의 방문이 순조롭게 진행되었음을 느꼈다.

그렇게 수요일부터 토요일까지 한바탕의 폭풍이 지나갔다. 어느 때보다도 활기차고 긴장되고 바빴다. 그다음 주 5월 28일에는 방송국에서 패널들이 각자 먹은 경험으로 녹화를 하고 그 이야기를 토대로 업장에 와서 6월 6일 온종일 촬영하여 영상을 담는다고 했다.

방송 촬영이 있던 날은 우리가 보는 방송 프로그램 뒤에 숨은 노력과 시간을 직접 접한 날이었다. 아침부터 밤늦게까지 원하는 영상을 얻기 위해서 집중하는 모습이 존경스럽기까지 했다. 9시부터 촬영이어서 미리 서둘러 나왔는데도 촬영 팀은 8시 반부터 짐을 풀고 있었다. 치즈를 만드는 과정부터 요리하는 과정까지 담아야 하니 시간이 오래 걸릴 수밖에 없고 그런 짐을 염두에 둔 듯했다. 어쩜 저렇게까지 할 수 있을까 싶을 정도로 열심이다. 마음에 드는 영상이 나올 때까지 찍고 또 찍고 아침에 보니 모두 살짝 부은 듯한 얼굴에 피곤이 짙게 깔려 있다.

아내가 과일을 종류별로 사다가 접시에 담아 드시라고 권했는데 촬영에 집중하느라 정신이 없어 보였다. 사과가 갈변할 정도로 시간이 흘렀다. 점심 식사 한 시간 다녀온 것 외에는 쉴 틈 없는 촬영이다. 치즈 플레이팅을 해놓고 세 시간은 촬영한 것 같다. 얼린 염소 치즈 배 요리도 세 번이나 다시 플레이팅을 요청하는 바람에 직원들도 나도 서서히 지쳐가는데 촬영하는 분들의 열정은 식지 않았다.

마침내 방송이 나가던 날 대학 동기들이 치즈플로에 왔다. 방송에 나가면 예약조차 힘들 것 같다며 단체 예약을 하고 온 것이다.

"당분간 오지 못하니 오늘 맘껏 먹고 즐기자."

"축하한다!"

"이제야 맛집을 알아 주네."

"대박 나서 돈 많이 벌어라."

친구들의 덕담과 축하가 이어졌다. 모두 늦게까지 먹고 마시고 웃고 수다를 떨었다. 방송을 하는 줄 뻔히 알았지만 볼 수 없는 상황이었다. 그럼에도 그간에 보여준 친구들의 응원은 우리 부부에게 큰 힘이 되었고 자신의 일처럼 기뻐해주는 친구가 이렇게 많다는 사실에 고마웠다.

친구들이 가고 우리 부부는 집에 들어가 새벽 2시까지 다시보기로 방송을 보았다. 다행히 과장되게 맛있다는 평보다는 한국에서 셰프가 직접 치즈를 만들어 요리를 한다는 사실을 알려주는 정도의 평가라 더 마음이 놓였다. 정말 맛있다는 칭찬만 늘어놓았다면 그것만 믿고 온 손님들이 실망할 수도 있으니까. 방송을 보고 나니 드디어 방송을 준비해 온 한 달의 긴 여정의 끝이 실감났다.

방송의 효과는 역시 놀라웠다. 다음 날부터 가게에는 예약 전화가 끊이지 않았고 예약하지 않고 찾아오는 손님도 많았다. 방송이 나간 후 첫 번째 주말에는 평소 매출의 세 배 이상을 기록했다.

일주일쯤 지났을 무렵 반달 군만두로 유명한 쟈니 덤플링을 운영하는 친구에게 전화가 걸려왔다.

"장현아, 가게 많이 바쁘냐?"

"응. 정말 방송의 효과가 크네."

"그렇구나. 주변의 다른 식당을 보면 평소보다 두세 배 정도 매출을 올리다가 점차 줄어 결국은 1.4배 정도의 손님이 는다고 하더라. 바쁠수록 단골손님에게 잘해야 돼. 방송을 보고 온 사람은 궁금해서 한 번와 보는 경우가 많아. 그런데 손님 북적인다고 꾸준히 오던 손님한테 혹시라도 서운하게 대하면 그 손님들을 다 잃을 수 있어."

사업 선배인 친구의 소중한 조언이었다.

신기하게도 그 말이 딱 맞았다. 주말에는 세 배의 매출을 기록하기도 하고 평일에도 두 배 이상의 매출을 기록했다. 다행히 가게가 작아서 좌석 수가 한정되어 많은 손님을 동시에 접대하는 것이 아니라 한 분 한 분 최선을 다해 대접할 수 있다. 그래서 불편함을 느끼기보다 식사를 마치고 나가는 모습에서 만족스러운 웃음을 볼 수 있었다. 단골손님들은 자신의 일처럼 바쁜 가게의 활기를 좋아하고 더 자주 오신다.

단골손님들은 평소에 좋아하는 음식을 골고루 주문하는 데 비해 방송을 보고 오신 분들은 방송에 나온 부라타 샐러드와 치즈 플레이트를 주로 드신다. 치즈에 관심이 많은 손님은 혼자서 네 종류의 치즈가 나오는 플레이트를 주문하시는 경우도 종종 볼 수 있다. '와인 한 잔 안 곁들이고 저 치즈를 어떻게 다 드실까?' 걱정하면서 지켜보지만 손님이 가신 뒤 싹싹 비운 접시를 보면 치즈를 만들면서 힘들었던 시간이 보람으로 변하며 깊은 감동이 밀려온다.

음식이 마음에 드신 손님들은 자연스럽게 치즈 진열장을 구경하고 치즈를 구매하니 구매량도 늘었다. 알베르토가 치즈플로를 평가하면서 "요리를 먹는 것도 좋지만 저는 치즈를 구매하러 가고 싶은 곳이에

요. 내일이라도 당장 치즈 사러 가고 싶어요"라고 소개해 준 덕분이 아닌가 싶다.

방송 이후 치즈플로의 존재를 몰랐거나 관심을 기울이지 않던 손님들이 많이 방문하고 있다. 그들은 우리 음식을 먹고 나서 냉정하게 평가할 것이고, 좋다 나쁘다 입소문을 낼 것이다. 좋은 소문이 나면 방송의 효과는 이어지겠지만 나쁜 소문이 나면 더 철저히 외면당할 것이다. 기대를 갖고 우리 가게를 찾는 손님들이 만족할 수 있도록 우리 부부와 직원들은 최상의 품질과 서비스를 유지하도록 계속 노력할 것이다. 이것이 우리 가게를 찾아주는 소중한 고객을 위한 길이자 치즈플로가 오래 살아남는 최선의 길이니까.

음식점이나 셰프들은 전문가와 대중에게 인정받기를 기대한다. 매출이 인격이라는 말처럼 손님이 많아야 재료도 신선해지고 더 좋은 직원을 뽑을 수 있는 선순환이 일어난다. 진심을 다해 좋은 음식을 만들다 보면 입소문을 타고 알려지고 '언젠가는 나를 알아주겠지' 생각하던 시절은 이미 한참 지났다. 매스컴과 SNS를 이용해 적극적으로 나를 알리는 노력이 없이는 기다리다 문을 닫는 경우가 다반사다. 치즈플로는 그때나 지금이나 변한 것이 없는데 방송에 나간 후 달라진 것을 생각하면 홍보의 힘이 얼마나 큰지 실감한다.

가끔 TV를 통해 가수 오디션 프로그램을 본다. 개인적인 취향도 있지만 특별히 재능이 뛰어나 보이는 가수도 있다. 아직 세상에 알려지지 않은 원석이 좌절과 시련 속에서 갈고 닦은 실력을 드러낸다. 혹독한 평가에 그 길을 포기하고 다른 길을 모색하든지 아니면 극찬을 받으며 성공의 단초를 약속 받든지 모두 괜찮다. 하지만 어중간한 칭찬과 결과에 모든 것을 버리고 음악에 올인하는 경우 그들의 미래에 대한 걱정도 하게 된다. 재능과 열정 사이에서 빛을 내고 전문가와 대중에게 인정받고 성공한다는 것은 결코 쉽지 않다. 재능과 노력으로 준비되어 있더라도 대중에게 알릴 기회가 없다면 아무 소용이 없다. 인맥과 연줄이 아니면 자신을 내보일 수 없는 답답한 환경을 타파하는 것이 인터넷의 발달로 구축된 온라인 오픈 마켓이다. 물론 이조차도 오염되거나 기득권이 생태계를 장악하겠지만 인류 역사상 가장 공정한 경쟁의 틀이 아닐까 한다. 스티브 잡스가 말했듯이 누군가는 "우주를 놀라게 하겠다!"는 큰 꿈을 안고 실력을 갈고 닦고 노력하되 인터넷 환경에 최적화된 홍보 마케팅에도 힘을 기울여야 하는 시대다. 매스컴은 매일 뉴스를 쫓기 때문에 결국 인터넷을 통해 뉴스거리를 탐색할 것이고 나는 언제고 그 검색망에 걸려들 준비가 되어 있어야 한다. 막상 뉴스거리가 되어 대중에게 노출되더라도 그다음이 문제다. 대중의 기대를 만족시키는 것 이상으로 준비되어 있지 않으면 오히려 나를 위협하는 칼날로 돌아올 수 있기 때문이다. 만약 치즈플로 초기에 방송에 노출되었다면 많은 미숙함과 문제점을 노출했을 것이다. 치즈의 품질이 어느 정도 안정되고 생산 능력이 구축된 후 방송을 타게 된 것은 오히려 잘된 일임에 감사하고 겸손하게 된다.

다음 해에는 '생활의 달인'에서 섭외가 왔고 몇 개월 후에는 온라인에서 유명한 푸딘코가 다녀갔다. 매장은 갑자기 손님이 넘쳐났고 주말에는 웨이팅이 걸리는 상황까지 겪게 되었다. 매장을 오픈한 지 4년이 지난 후에야 결코 일어나지 않을 것 같은 일들이 일어났다. 어떤 날은 테이블마다 치즈플레이트를 주문하는 날이 생기고 나가는 손님마다 치즈와 살루미를 하나씩 구매하기 시작했다. 이럴 때일수록 더 잘해야 한다. 품질 유지를 위해 신경을 써야 하고 메뉴도 계절에 맞게 바꿔야 한다. 치즈와 살루미의 품질을 향상시키고 새로운 제품 개발을 준비해야 한다. 바쁘다 보니 지치고 불만이 쌓이는 직원들에 대한 배려와 직원 충원 문제도 생긴다. 한고비를 넘겼지만 헤쳐나가야 할 일이 산적해 있어 갑갑함을 느낄 때 나 스스로 기도를 읊조릴 때가 있다.

"하나님, 저에게 지혜와 용기를 주십시오."

마르쉐의 정식 일원이 되다

농부가 직접 기른 채소를 가져오고, 요리사는 그 채소로 음식을 만들고, 수공업자는 음식이 돋보이도록 그릇과 집기를 판매한다. 이 특별한 장터에서는 프랑스 베이욘의 재래시장처럼 풍성한 대화가 오간다. 채소와 과일의 이름과 특성은 무엇이며 어떻게 길렀는지, 요리는 어떻게 만들고 어떻게 먹어야 하는지, 보관은 어떻게 하는지 등등. 식품 성분표를 읽는 것이 아니라 내가 먹는 먹거리를 직접 기르고 만들어내는 농부, 요리사와 그 요리를 담는 그릇을 만드는 수공업자들과 대화하며 구매할 수 있는 그곳은 바로 '마르쉐@'[25]다.

[25] '장터, 시장'의 뜻. 프랑스어 마르쉐marché에 전치사 at(@)을 붙여 지은 이름으로 어디에서든 열릴 수 있는 시장이라는 의미이다. 2012년 10월 대학로 '예술가의집'에서 첫 장을 열었으며 돈과 물건의 교환만 이루어지는 시장 대신 사람, 관계, 대화가 있는 시장을 지향한다.

어느 날 딸 민정이가 마르쉐라는 장터가 우리와 잘 맞을 것 같다며 참가해보기를 권했다. 관심은 있었지만 레스토랑을 세 개나 운영 중이어서 제품 생산에 여력이 없을 때라 우리와는 거리가 먼 이야기라 생각했다. 그래도 뜻이 있으니 기회가 왔다. 2018년 12월을 마지막으로 신사점 영업을 종료하고 효창동 공방을 준비하면서 신사점 직원들과 함께 명동에서 열린 마르쉐 장터에 찾아가 보았다.

직접 기르거나 만들어 온 야채와 음식을 생산자가 소비자에게 설명하면서 판매하는 모습은 사람 사는 온기로 가득했다. 직원들과 함께 둘러보고 난 후 디저트와 커피를 맛보면서 이야기를 나눈 끝에 마르쉐에 지원하기로 결정했다. 마르쉐의 규정에 따르면 세 번의 파일럿 참여 후 마르쉐 정식 멤버의 자격이 주어진다.

모든 추억은 첫 번째 경험이 인상에 남기 마련이다. 마르쉐에 파일럿 자격으로 처음 참가했을 때 전날부터 부지런히 치즈를 만들고 마음이 바빴다. 비가 올까 봐 걱정을 많이 했는데 다행히 비는 피해가고 미세 먼지도 심하지 않은 일요일 아침이었다. 마로니에 공원에 펼쳐진 장터에는 소규모 생산자들이 저마다 정성스럽게 준비한 상품을 판매대에 진열하느라 정신이 없었다. 처음이라 모든 것이 새롭고 긴장되었지만 어색함을 뒤로하고 옆 상점과 인사를 나누었다.

장터도 신규 가게 오픈하는 것처럼 '오픈빨'이 있다고 했다. 그 덕분인지 중간에 치즈가 다 떨어져 치즈플로에 가서 치즈를 더 가져왔는데도 다 팔렸다. 아내는 "저희 치즈는 다 팔렸습니다. 이건 그냥 맛보시라고 드리는 거예요"라며 쉴 새 없이 크래커에 부라타 치즈를 얹어서 손님들에게 권했다. 치즈를 맛보고 좋아하는 손님들의 웃음을 보면서 힘든지도 몰랐다는 아내를 보며 나도 힘을 얻었다.

마르쉐 참가는 식당에서 음식을 제공하는 것과는 또 다른 역동적인 재미와 보람이 있었다. 우리는 세 번 연속 참가해 정식 팀원이 되었고, 마르쉐 여름학교에도 참가했다. 여름학교는 즐거운 포틀럭 음식 나눔부터 마르쉐의 정신이 깃든 모임이었다. 손수 키우거나 만든 음식을 나누면서 회의가 시작되니 함께한다는 마음이 쉽게 모아지는 것 같았다. 2부의 그룹별 논의가 인상 깊었다. 농부와 요리사의 협업에 관한 이야기는 귀를 쫑긋 세우고 열심히 들었다. 농부들이 허브를 심으면 요리사들이 알아봐 주고 관심을 가져주니 농작물이 세분화될 수 있어서 좋다고 하셨다. 반대로 힘들었던 부분에 관한 이야기와 미래의 나아갈 방향도 제시해 주셨다.

"요리사들이 모르는 것이 있어요. 펜넬과 레디시, 비트를 비롯한 모든 농산물은 사시사철 있는 것이 아니거든요. 아무 때나 전화해서 농작물이 있는지 물어보면 당황스러워요. 채소 구입 시기를 미리 숙지하면 좋겠어요. 그리고 어떨 때는 너무 많이 생산되는 것도 있답니다. 예를 들면 토마토가 많이 나올 때는 일괄 구입하여 소스를 만들 수 있지 않을까요? 제철에 많이 나와 처리가 고민될 때 요리사와 저희 농부팀이 서로 연결할 수 있는 네트워크가 있다면 상생할 수 있을 거예요."

"언젠가는 오이를 심었는데 꽃만 많이 열린 적이 있었어요. 그런데 그 꽃을 먹어보니 맛이 좋아 가니시로 활용할 수 있겠다고 어느 요리사께서 말씀하셨어요. 꽃으로 부각을 만든다는 거예요. 그런 식으로 참나무 꽃도 훌륭한 식자재가 됩니다. 옥수수잎이나 호박잎도 그냥 버려지는데 이런 것도 요리에 이용할 수 있지 않을까 생각해보았습니다. 요리사들이 농장에 자주 방문해 주시면 좋겠어요. 농부들이 과잉 생산된 제품 정보나 그달의 농산물을 공유한다면 요리사들은 그 재료를 이용한 아이디어를 낼 수 있지 않을까요."

그해 10월 현대 미술관 행사의 '한입 먹거리'를 준비할 기회가 생겼다. 제철 재료를 활용하고 싶었던 우리는 마르쉐에서 알게 된 '자연의 뜰'에서 생산하는 태추단감을 이용해 치즈 스프레드를 만들어 보기로 했다. 10월에만 수확한다는 태추단감을 처음 샘플로 받았을 때 정말 놀랐다. 아삭거리는 단맛의 절정을 보여주는 최고의 단감이었다. 샘플을 너무 많이 보내주셔서 샘플만으로도 충분히 행사용 치즈 스프레드를 만들 수 있을 정도였다.

2019년부터 합류했기에 아직 햇병아리 수준이지만 열심히 참여하면서 많은 것을 배우고 있다. 매번 바뀌는 부스 덕분에 옆 부스의 농부 팀이나 요리 팀과 인사하고 음식을 나누고 구입도 하면서 친목을 다지는 것도 좋았다. 아침부터 준비해 저녁까지 장을 여는 중노동이지만 끝나고 나면 무엇인가 꽉 채운 느낌이다. 함께하는 분들의 좋은 에너지 덕분이 아닌가 싶다.

마르쉐의 가치는 농부와 요리사와 소비자를 연결하여 지역 경제를 활성화하고 일회용품을 지양하면서 환경을 생각하는 것이다. 또한 생산자(요리사, 농부, 수공예팀)와 소비자가 직접 만남으로써 유통 마진을 줄이고 서로의 가치를 이해하고 존중하는 것이다. 소비자들은 신뢰할 수 있는 먹거리를 찾으려는 욕구가 있고 가치 있는 작은 기업과 농가를 후원하면서 보람을 느낄 수 있다. 소비자와 생산자가 한자리에서 만나 이야기를 나누고 자연 친화적인 슬로푸드 정신을 떠올리고 환경을 생각하며 함께 협력하여 건강한 먹거리와 소비를 배우는 곳, 거기에 자원봉사하는 젊은이들의 웃음까지. 마르쉐의 에너지는 앞으로도 계속되면서 좋은 방향으로 발전하리라 믿는다.

《집에서 즐기는 치즈》

"여보세요? 테이스트북스라는 출판사인데요. 조장현 대표님과 치즈에 관련하여 책을 출판해보고 싶은데 어떠신지요?"

"네, 제안은 감사한데 제가 치즈 전문 서적을 출판할 만한 자격이 되는지 잘 모르겠어요."

"셰프이면서 동시에 치즈를 만들고 계시니 제가 생각하고 있는 치즈 책의 콘셉트에 가장 잘 맞을 것 같습니다. 한번 만나 뵙고 의논드리고 싶습니다."

2020년 새해, 테이스트북스의 김옥현 대표의 전화 한 통으로 내 인생에 또 하나의 이정표를 만들게 되었다. 정보를 전달하는 실용서라면 한번 도전해 볼 수도 있지 않을까? 책은 전문가나 문장력 있는 작가가 출판하는 것이라고 생각했는데 부끄럽지만 어느새 나도 전문가로 인정받고 있다는 것을 처음으로 깨달았다. 아직 경지에 이르지 못한 상태에서 어설프게 책을 써 세상에 나의 무지를 드러내는 것이 부담스럽다는 소극적인 생각도 잠깐 들었지만 최선을 다해보리라 마음먹었다.

"조 셰프님, 제가 책의 대략적인 구성안을 미리 잡아 보았는데 한번 검토해 보시죠."

한눈에 매우 디테일하고 깐깐해 보이는 김옥현 대표는 세밀하게 책의 구성안을 제시했다. 기존에 출판된 모든 치즈 관련 책들을 미리 검토하고 그들과의 차별성을 위한 고심의 흔적이 보였다. 김옥현 대표가 생각하는 치즈 책은 사전식으로 나열하는 치즈 정보 책이 아닌 치즈에 대해 철저하게 모르는 일반인 입장에서 궁금증을 풀어내는 실용적인 책이었다. 국가별 대표 치즈, 집에서 치즈 만들기, 대표 치즈를 이용한 간단한 음식, 치즈를 이용한 요리와 레시피, 치즈 다루기 등 관련된 모든 정보를 책 한 권에 넣기를 원했다.

9월 출판을 목표로 빡빡한 일정이 시작되었다. 4월, 5월에 사진 촬영 일정이 잡혔다. 책에 들어가는 수많은 사진을 직접 촬영해야 했고 상상을 초월하는 분량의 작업이었다. 촬영이 있는 날 김 대표와 스태프들은 한 보따리의 기물과 그릇을 실어 날랐고 나는 아침 10시부터 오후 6시가 넘도록 녹초가 되어 음식과 치즈를 만들고 자르는 장면을 연출해야 했다.

"브라운 치즈에 대한 내용과 먹는 방법을 넣고 싶은데 준비해주시면 좋겠습니다."

"브라운 치즈요? 그건 치즈가 아닌데요. 유청을 하루 종일 끓여 캐러멜라이징한 것으로 치즈라고 하기에는 좀 그렇습니다."

"요즘 아주 핫하고 일반인이 관심을 많이 가진 치즈여서 책에서도 다루면 좋겠습니다."

"이 요리에는 이 그릇보다 저 그릇이 좋을 것 같아요. 이건 식었으니 다시 만들어 주세요. 바질 잎이 시들었고, 딸기가 무른 것 같으니 다른 것으로 바꿔서 사용해 주세요. 치즈의 녹는 느낌을 살려야 하는데 다시 만들면 좋겠어요."

김 대표의 깐깐함은 촬영을 시작하면서 구체적으로 드러나기 시작했다. 김 대표가 요구는 굉장히 디테일했고 한 치의 흐트러짐도 용납하지 않았다. 아침부터 저녁 무렵까지 잠깐의 휴식도 없이 업장이 쉬는 월요일마다 촬영이 이루어졌다. 촬영 초기에는 너무 세밀하게 간섭해서 불만스러운 마음도 들었지만 나중에는 김 대표를 이해하게 되었다. 수많은 책을 출판하면서 축적된 경험으로 철저히 일반 소비자의 시각에서 바라봤고 요리사이기에 당연히 여기고 건너뛰는 부분도 놓치지 않고 보완을 요구했다. 그런 김 대표의 기획력과 통찰력, 리드가 없었다면 만족할 만한 수준의 책이 세상에 나오지 못했을 것이다. 두 달에 걸친 촬영이 끝나고 남은 6월 한 달은 온전히 나의 시간이었다. 데드라인의 부담으로 일하는 중간중간 업장 근처의 카페에서 책의 내용을 쓰기 시작했다. 카페의 마일리지에 비례하여 책의 분량도 점점 많아졌다. 유난히도 비가 많았던 그 해 그 계절, 숱한 밤을 지새우며 내용을 채웠지만 6월 마감일을 맞추기는 쉽지 않았다. 마감일을 지연시키면서 진전 없이 꾸벅꾸벅 졸며 밤을 새는 날도 늘었다. 대학교 입시 이후로 이렇게 밤을 새본 적도 드물었다. 원고를 넘기고 홀가분함도 잠시 김 대표의 수정 요청 사항은 책을 새로 쓰는 것만큼 많았다. 원고의 30퍼센트 이상은 편집되어 간추려졌다. 너무 전문적이거나 어려운 내용은 가차 없이 편집되었고 누가 읽어도 쉽게 이해할 수 있게 수정되었다. 재치 있는 문장이나 강한 감정이 드러난 문장도 생략되거나 단순한 문장으로 다듬어졌다. 책의 초안이 만들어지자 점점 수정할 기회가 없어지고 입벌김은 강했다. 이쯤이면 되겠지 생각해도 수정할 것이 계속 나오고 사진과 설명이 불일치한 것도 계속 발견되었다. 목표로 한 9월 출판을 위한 마지막 초안이 완성되었을 때는 이미 지쳐 얼른 끝났으면 하는 생각으로 가득 차 있었다. 바쁜 일상, 매일 아침 부라타 치즈를 만들고 서비스 시간에 맞춰 음식을 만드는 것이 육체적으로는 힘들어도 스트레스는 널 받았는데 마감일에 쫓겨 쥐어 짜내는 시간은 큰 부담으로 늘 긴장하게 만들었다. 세상에 나온 많은 책이 이렇게 힘든 과정을 거쳐 출판된다는 것이 대단하기만 했다. 마침내 초판이 인쇄되고 김 대표를 저녁 식사에 초대해 뒤풀이를 하며 그동안의 수고에 진심으로 감사를 드렸다. 나에게는 영원히 이어질 것만 같던 숙제가 끝났지만 김 대표는 그새 다른 책의 기획과 출판을 진행하고 있었다. 출판 기념 디너 초청 행사, 사인회 등의 마케팅 계획을 들었다. 책의 저자로 나를 세상에 드러내는 것은 의미 있는 일이지만 그만큼 부담스러웠다. 시간이 한참 흐른 어느 날 점심 서비스 시간, 치즈플로에서 가족과 점심 식사를 하신 어느 손님께서 독자라며 책에 사인을 요청하셨다. 그분이 가져온 책에는 북마크와 문장에 그어놓은 밑줄뿐 아니라 메모가 빼곡했다. 내 책으로 이렇게 열심히 공부하고 사인까지 요청하시니 기쁘기도 했지만 그보다 막중한 책임감이 느껴졌다. 세상에, 이런 일이 나에게도 일어나다니 인생은 참 열심히 살고 볼 일이다.

내가 만든 치즈, 신라호텔에 납품하다

2013년에 뉴질랜드에서 치즈를 배우고 2019년까지 5년 동안 치즈를 만들었지만 품질이 들쑥날쑥했다. 2019년 프랑스에서 치즈를 배우고 나서 1년여 동안의 시행착오 끝에 비로소 품질이 안정되기 시작했다. 뉴질랜드에서 배운 기술은 우유가 항상 일정하다는 가정하에 일정 레시피로 만드는 공장식이었다면 프랑스에서 배운 것은 우유의 조건이 다르다는 전제의 가변적 레시피였다. 공정의 이유와 디테일에서 좀 더 전문적이었다. 물론 실무 경험 후 두 번째 교육이었기에 더 많은 것을 받아들일 수 있었다.

트리플크림브리, 프로마주 블랑, 모차렐라, 부라타, 카망베르, 셰부르Chevru, 크로틴Crottin, 블루 치즈Blue Cheese, 르블로숑Reblochon, 탈레지오Taleggio 등의 치즈가 안정적으로 나오기 시작했고, 2020년부터는 명절 선물 세트를 본격적으로 판매했다. 정성들여 만든 치즈와 살루미, 수제 잼을 세트로 판매했는데 생각보다 반응이 좋았다. SNS와 입소문으로 명절 선물 판매가 점점 늘었다. 2021년에는 VIP용 최고급 선물에 치즈플로의 치즈를 넣고 싶다는 대기업의 요청을 받았다. 이후 다른 기업에서도 비슷한 선물을 의뢰하는 등 선순환의 연속이었다.

하루는 신라호텔에서 트리플크림브리 치즈를 프렌치 레스토랑인 콘티넨탈에서 사용하고 싶다는 연락이 왔다. 내가 만든 치즈를 최고급 호텔에 납품하고 싶은 꿈이 있었는데 현실이 된 것이다. 치즈를 스테이크 위에 올려 자르면 녹아 흐르면서 소스가 되고 송로버섯을 슬라이스해 뿌려주는 요리였다. 그 메뉴를 위해 특별히 60그램 정도의 작은 치즈를 원했고 비록 맞는 몰드가 없었지만 긴급히 방산 시장에서 무스링을 구해 샘플을 만들었다. 처음 만든 제품은 오븐에서 잘 녹지 않아 레시피를 바꾸기도 했다. 수입된 치즈를 고집하기보다는 품질을 알아보고 편견 없이 사용해준 셰프에게 감사하다. 몇 번의 수정 작업과 파주 공장의 오디트(검증)를 통해 호텔 측에서 원하는 스펙의 제품이 안정적으로 나오기 시작했고 수요가 가장 많은 12월 메뉴에 적용되었다. 한 번에 300개 정도 납품했는데 한 달 매출로는 크지 않지만 '신라호텔에 납품하는 치즈'의 상징성은 대단했다. 호텔뿐 아니라 바, 음식점, 카페 등 고급 치즈를 필요로 하는 수요는 앞으로도 증가할 것으로 전망한다. 문제는 원가 경쟁력과 제품의 다양성인데 이 또한 해결할 과제다. 아직은 치즈 문화가 낯설지만 온·오프라인에서 새로운 치즈와 치즈 활용 방법 등의 교육을 병행해 치즈 소비 문화를 만드는 데 맨 앞에서 이끌어 가고 있다.

2021년에는 슬로푸드문화원이 주관한 참발효어워즈의 치즈 부문 심사위원으로 국내 목장에서 만든 치즈를 평가할 기회가 있었다. 아직 평가 방법이나 세부 사항이 미흡하고 국내 전문가도 부족하며 참여하는 생산자도 한정적이어서 당장은 권위를 갖기 어렵지만 이런 시도가 점차 누적되면서 발전할 것이다. 국내 생산자들이 앞으로 어떻게 한 차원 발전하고 수입품과의 경쟁력을 키울지 진지한 고민이 필요하다. 외식업을 하면서 체험한 것이지만 시장은 오픈되고 소비자의 입맛과 수준은 높아질 것이다. 해외 수입품 대비 경쟁력 있는 품질과 가격을 넘어 독창적이고 독보적인 품질의 제품을 만들어야 한다는 최고의 목표를 향한 노력을 경주해야 할 것이다.

2부

오롯이 잘 만들고 싶습니다

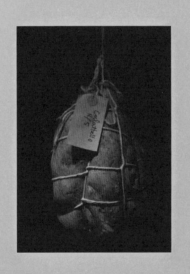

1장

아티장 푸드 이야기

아티장 푸드

다섯 살쯤 됐을까? 현실과 동화 속의 이야기가 마구 섞여 있던 시절이었다. 미아리의 어느 주택에 살고 있었는데 어느 날 갑자기 전기가 나갔다. 그 시절에는 자주 있던 일로 아버지가 마당으로 뛰어나와 다급히 외치셨다.

"불 나갔다!"

"도깨비집이 나갔나 봐!"

"도깨비집이 어디 있지?"

어머니도 작은 삼촌도 마당으로 뛰쳐나왔고 어른들은 마루에서 촛불을 켜고 도깨비를 쫓아내려고 우왕좌왕했다. 《혹부리 영감과 도깨비》를 읽고 이 세상 어딘가에 뿔 달린 도깨비가 살고 있다고 굳게 믿던 나는 두꺼비집을 도깨비집으로 알아듣고 이불 속에 얼굴을 파묻은 채

두려움에 떨었다. 한바탕 소동이 일고 흰 쌀밥에 간장과 버터를 섞어 김에 싸 먹던 저녁밥이 기억으로 남아 있다. 갓 지은 쌀밥이 고소한 버터를 부드럽게 녹이고 간장의 향과 우마미가 입에 착 달라붙는다. 거기에 김 한 장이 다른 차원의 감칠맛과 깊이를 제공하고 몇 숟갈만 먹어도 어린아이의 작은 위장에 탄수화물과 지방이 주는 포만감으로 두려움과 울음을 그치게 한다. 밥 먹기 싫어하는 아이에게 반찬 없이 뚝딱 한 그릇 먹일 수 있는 별미였다. 버터와 간장으로 밥을 비벼 먹는 맛은 프랑스 사람들이 바게트에 버터를 두껍게 얹어 먹는 것에 견줄 정도로 단순하지만 나이가 들어도 생각나고 끌리는 맛이다.

인간이 태어나서 본능적으로 섭취하는 모유를 생각하면 우유, 버터, 치즈가 단순히 외국 음식이 아닌 인류에게 가장 본질적인 음식이라고 표현해야 옳을 것이다. 태어나서 일 년 넘게 먹던 최초의 음식이 모유이고 분유이므로 어찌 보면 당연한 것이다. 서양에서 발달된 발효 음식인 치즈에 쉽게 적응하는 것도 이런 원초적 기억 때문일 것이다.

어린 시절의 혼돈처럼 무지와 암흑의 고대에도 신화와 더불어 지어낸 이야기가 현실과 구분되지 않은 때가 있었을 것이다. 그 시절의 사람들은 현대인의 퇴화된 감각과 달리 발달된 후각과 청각을 가지고 있었다고 한다. 또한 먹을 것을 구하기 위해 높은 나무나 절벽을 오르거나 사나운 짐승을 만나는 등 일상의 어려움이 컸을 것이다. 이런 결핍과 시련은 감각과 기억을 더욱 강렬하게 단련시켰을 것이다. 몸에 해로운 과일이나 식물을 후각으로 가려내고 마음에 드는 이성을 고르거나 병든 사람도 알아차렸을 것이다. 갓 짜낸 신선한 우유에서는 들판의 꽃과 풀 냄새를 맡았을 것이다. 들판을 뛰다니던 멧돼지와 들소를 사냥해 굶주림 끝에 나눠 먹는 맛은 현대를 사는 우리가 마트에서 사 먹는 맛의 강도와는 견줄 수 없을 만큼 강렬했을 것이다. 그 맛을 재현하기 위해 수 세대에 걸쳐 발효과정을 발견하고 어둡고 춥고 배고픈 겨울을 나기 위해 음식을 보존하는 방법도 발견했을 것이다. 현대의 모든 발효 식품, 저장 식품, 아티장 식품은 인류의 후각과 미각, 기억력, 관찰력이 배고픔, 생존의 위협, 추위와 가뭄 등 극심한 결핍과 결합되고 계절에 따른 온도 습도의 변화와 지역에 따른 미생물의 분해 작용이 어우러져 만들어진 것이다. 수백 년 이상 학습과 관찰의 반복으로 우연과 얽혀 현존하는 식품—치즈, 맥주, 와인, 빵, 살루미, 식초, 오일—이 만들어진 것이다.

인류가 정착하며 농사를 짓고 가축을 사육하면서 고기의 공급이 원활하고 일정해지자 발효와 저장하는 기술은 더욱 진화했다. 또한 경작과 동시에 와인, 빵, 치즈, 살루미를 비롯한 다른 발효 식품도 나타나기 시작했다. 장인들의 오감과 직관, 경험에 의해 1000년 이상 레시피와 기술을 발전시켜 왔다. 또한 향신료와 소금을 비롯한 재료를 배우고 심장, 방광, 콩팥, 내장, 혈액 등의 부산물을 어떻게 이용할지 고안하여 지속적으로 유지 가능한 생태학적 균형과 조화를 추구해 왔다. 온도와 상대 습도를 어떻게 조절해야 곰팡이, 박테리아를 제어하며 발효를 촉진시키고 최적의 맛과 질감을 낼 수 있는지 개발해 왔다. 많은 비용과 노력을 감수하며 최고의 품질을 구현하려는 장인 정신이 있었다. 현대 식품 산업의 아이러니는 최고 품질의 소량 생산품을 더 이상 구하기 쉽지 않다는 데 있다. 과학과 문명이라는 미명하에 멸균되고 적당한 비용으로 타협된 제품이 정부의 제도와 맞물려 모든 식품에 획일적으로 강요된다. 수십 년간 대를 이어 이바지 음식으로 육포를 제작해온 분과 제도의 불합리성에 대해 대화를 한 적이 있다.

"2024년부터 육가공품에 HACCP이 의무화된대요. 육포를 만들기 위해 공장을 계획하고 계시나요?"

"그렇잖아도 그것 때문에 여기저기 알아봤는데 아무래도 힘들 것 같아요."

"아니 왜요? 요즘 편의점에서도 육포를 많이 판매하던데⋯."

"저희 어머니는 육포를 햇볕에 말리면서 참기름을 발라 만드시는데 HACCP 공장에서는 제품을 그렇게 햇빛에 노출시키면 안 된답니다. 공장 내부의 기계 건조기에서 말려야 하는데 아무래도 그 맛이 안 나서⋯."

이런 식의 제도라면 이탈리아 장인의 쿨라텔로도 스페인의 이베리코 하몽도 존재할 수가 없다. 프랑스의 아티장 치즈도 세상에 나올 수 없을 것이다. 그들도 방충망 친 창고나 호텔 건물 지하실에서, 헛간의 숙성실에서 자연의 변화에 따라 만들어 내고 있으니. 장인이 아닌 대기업의 기계 설비가 만들어 낸 제품만을 소비자와 만나게 하는 이런 제도로 "우리나라의 식품 위생 수준은 전 세계에서 가장 높습니다"라며 자랑스러워하는 공무원과 불합리를 지적하는 현장의 목소리는 간극이 너무 크다.

이렇게 최고의 품질을 경험할 수 있는 기회를 잃고 장인의 권위는 실험실과 컴퓨터 등 장비로 대체되는 것이 현실이다. 과학적이고 이론적인 해석과 과잉 법규가 인간의 직관과 오감에 의한 최상의 품질을 오히려 저해하며 오직 비용 대비 효율성을 최고의 가치로 추구하게 되었다. 과거 50년 동안 식품업계는 수 세기에 걸쳐 만들어 낸 장인 정신과 지혜를 버리고 질에서 양으로의 퇴행길을 걸어왔다. 과학이 지원하는 기술의 발전으로 더 많은 양과 효율성을 추구하며 가격만이 최고로 중요한 가치가 되었다. 이런 공급의 풍요는 과잉된 포장으로 품질을 위장하고 환경 오염을 초래하며 생태계의 교란을 가져왔다. 과학과 기술에 기댄 효율적인 제품들은 역설적으로 더 낮은 영양, 건강에 더 안 좋은, 더 맛없는 평범한 제품을 잉태해 왔다. 미국이나 우리나라의 식품에 대한 과도한 규제는 평범하고 규격화된 경쟁력 없고 매력 없는 모범생을 양산하는 교육제도와 비슷하다. 이런 산업구조는 고대로부터 이어온 인간의 예민한 감각과 경험, 최고의 질을 추구하는 본성을 잃게 만든다. HACCP이라는 제도가 품질을 보장하는 전가의 보도인 것처럼 강조되는 것은 아쉬운 부분이 많다. 수많은 업체를 관리하기 위한 편의적인 제도이지 최고의 품질을 보장하는 것이 아니라는 것을 인정해야 한다.

프랑스에서 치즈를 배울 때 치즈 사이언티스트인 이반 라처Ivan Larcher와 대화를 나눈 적이 있다.

"이반, 한국에서는 HACCP 기준이 대량 생산하는 대기업에 유리하게 되어 있어 소규모의 생산자는 적용하기 힘들거나 적용하는 순간 전통적인 방식을 사용할 수 없는 경우가 많은데 프랑스의 소규모 아티장들은 어떻게 HACCP 기준을 맞추고 있지?"

"프랑스는 소규모의 아티장에게 적용되는 HACCP 기준이 별도로 있어서 기존 전통 방식의 제조에도 큰 문제가 없어. 예를 들면 만드는 과정에 대한 과도한 간섭보다는 최종 제품의 품질 검사가 더 중요하지. 이번에 미국 아마존에 Mons의 치즈 판매 때도 미국 FDA의 HACCP 기준과 프랑스 아티상 제품의 기준이 달라서 논쟁이 있었지. 치즈를 숙성시키기 위해 필수적인 나무 선반이나 숙성실의 환기구는 미국 기준에 따르면 플라스틱이나 스텐리스로 바꾸어야 하고 숙성실은 완전히 밀폐된 공간이어야 하는데 이건 말도 안 되는 조건이거든."

"궁금한 것이 또 있는데 한국에서 수입하는 미국이나 홀란드 치즈를 도매가로 구매해보니 국내산과 비교가 안 될 정도로 싸더라. 도대체 어떻게 만들기에 그렇게 물류비와 유통 마진을 감안하고도 싸게 만들어 팔 수 있지?"

"대규모 치즈 공장의 경우 소를 1000마리 넘게 키우고 착유 전에 옥시토신 주사를 놓아 유량을 늘려. 기계적으로 착유된 우유는 관을 타고 저장 탱크로 옮겨지고 제어판의 버튼만 누르면 살균, 유산균 투여, 레닛 투여 등의 작업이 자동으로 이루어져 이동 숙성 포장까지 거의 사람의 손을 거치지 않고도 완벽하게 되기 때문이지. 그런 대규모 공장들은 치즈로 이익을 남기지 않고 유청을 처리해서 유청 단백질 가루Whey Protein Powder를 만들어 이익을 낸다고.”

“….”

“그렇게 싼 가격에 대량으로 만들어지는 치즈 때문에 많은 아티장 치즈 메이커가 사라지고 있지. 프랑스는 그래도 소비자들이 고급 제품과 저가 제품의 차이를 알기 때문에 치즈숍에서 비싸더라도 AOP제품이나 아티장 제품을 소비하는 문화가 있어 다행이야. 아무런 취향도 맛도 없이 공장에서 대량으로 쏟아져 나오는 치즈는 주로 학교 급식이나 패스트 푸드 쪽에서 소비되거나 수출되는 거지.”

이렇게 공장에서 기계가 치즈를 만들기 시작하면 사람은 더 이상 치즈에 대해 아무것도 알지 못하게 된다. 복잡하고 미묘한 차이와 숙성에 대한 탁월성을 잃어버리게 된다. 블루힐의 셰프 댄바버는 고무 타이어 트랙터의 역사를 예로 들어 설명했다. 고무 타이어로 인해 이동이 쉬워지면서 필연적으로 농장의 규모가 커졌고 그로 인해 수익이 많아졌다는 것이다. 수익이 많아지면 당연히 더 많은 땅을 차지할 테고 그렇게 되면 작물의 다양성을 감소시키고 더 많은 기계를 사용하게 된다는 것이다. 오래 가지 않아 농장을 향한 농부의 애착은 줄고 애착이 줄면 무지가 들어서면서 결국 농사는 실패하게 된다고 그의 책《제3의 식탁》에 언급했다.

‘아티장Artisan’은 프랑스어이고 독일어로는 ‘한트베르크Handwerk’

다. 손과 수작업 도구를 이용해서 일하는 사람을 의미한다. 큰 보상이 없어도 일 자체에서 깊은 보람을 느끼고 이렇다 할 이유가 없어도 세심하고 까다롭게 일하는 인간, 바로 장인이다. 일 자체를 위해 일을 잘 하려는 욕망으로 최고의 경지를 향해 나아가는 사람이다. 이런 모습은 시간이 흐르고 세월이 갈수록 사라져가는 인간의 원초적 정체성이 아닐까? 생각하는 손이 아닌 기계에 의존하여 표준화된 공정으로 대량 생산하고 소비하는 현대에는 찾아보기조차 어려운 단어가 되었다. 아티장 치즈도 이런 맥락에 닿아 있다. 하지만 장인의 손길 이전에 반드시 해결되어야 할 문제가 있다. 그것은 바로 원재료인 우유다.

다양한 풀을 가리지 않고 뜯는 더치 벨티드 소Dutch Belted Cow의 우유는 밝은 노란색 치즈가 된다. 까다롭게 풀을 뜯는 케리와 쇼트혼의 잡종 소는 상아 빛이 도는 흰색 치즈를 만드는데 여름에는 황금빛으로 변하고 파운드 케이크 맛이 난다. 치즈는 소 품종뿐만 아니라 풀과 물의 상태와도 관련이 있다. 곡물 사료로 맛을 평범하게 만들어 버리지 않으면 치즈의 특성은 풀의 질에 따라 달라진다. 비가 내린 후 짠 우유로 만들었는지 헛간 근처의 풀과 향기 나는 꽃을 뜯은 소젖으로 만들었는지에 따라서 우유와 치즈의 맛이 달라진다.

-《Mastering Cheese》, Max MeCalman · David Gibbons

와인처럼 치즈 맛에도 테루아르가 반영된다. 우유라고 다 같은 우유가 아니다. 비범함은 토양과 씨앗부터 다르다. 숙련된 기술로 잘 만드는 것도 중요하지만 제대로 된 재료가 출발선인 것이다. 거기에 장인 정신이 더해져야 한다. 큰돈을 벌겠다고 생각하면 안 된다. 생산량을 늘리면 사람을 더 고용하거나 기계를 갖추어야 하고 더 넓은 장소가 필요할 것이다. 고정비가 늘어난 이상 일정량 이상의 생산 판매가 항상 이루어져야 하고 더 많은 원유와 에너지를 소비해야 한다. 사람을 고용하는 데도 최소의 인건비가 필요할 것이고 자본과 노동이 점점 분리될 것이다. 필요 이상으로 많은 에너지를 사용해 지구 환경, 생태계를 오염시키는 것도 싫고 누군가를 노동자로 부려 값싼 노동력을 찾는 것도 싫다. 그저 먹고 살면서 최고의 제품을 만드는 것에서 기쁨을 얻고 이웃과 교류하며 항상 배우고 발전하는 '행복'이라는 가치관이 필요하다. 생산도 그렇지만 소비도 마찬가지다. 대량 생산된 획일적 소비재의 한계점을 인지하고 무절제한 양 위주의 소비를 지양해야 한다.

공장에서 대량 생산되는 치즈와 아티장 치즈를 칼로 자르듯이 명확하게 구분할 수 없는 경우도 많다. 기계의 힘을 빌리지 않고 수작업으로만 해야 아티장 치즈가 되는 것은 아니다. 테루아르를 반영한 좋은 우유의 특성을 최대한 반영한 레시피로 일정한 품질을 유지하여 탁월성을 추구하는 것이 아티장 치즈라면 성분 조정으로 평준화되고 균일화된 우유를 공정에 투입하여 일정한 프로세스로 기계에 의존하면서 충분한 숙성을 거치지 않고 짧은 시간에 대량 생산하여 평범하고 마일드한 맛의 치즈를 공장 치즈라고 할 수 있다.

수천 마리의 소에 호르몬 활성제를 사용해 대량으로 우유를 생산하고 화학 공장 설비 장치를 통과하여 개성 없이 매우 저렴한 가격으로 생산되는 치즈는 시장에 넘쳐나고 있다. 치즈 문화가 발달하지 않은 국가에서는 가격에 밀려 소규모의 치즈 메이커들은 살아남을 수조차 없다. 심지어 프랑스에서도 대량 생산 치즈 공장에 의해 아티장 치즈가 점차 줄고 있다고 한다. 다행히도 소비자들이 그 가치를 인정하여 조금 더 비싸더라고 값을 지불하고 아티장 치즈를 소비하여 명맥을 유지한다고 한다. 대형화하는 치즈 산업에 목장들은 결국 값싼 우유를 생산하여 공급하는 역할로 전락하고 만다. 다행히 유럽의 문화 전통과 신세계 국가에서의 아티장 치즈 운동으로 어느 정도 균형을 맞추고 있지만 결국 소비자의 눈높이와 선택이 중요하다. 이런 맥락에서 탄생한 것이 슬로푸드Slow Food 운동이다.

슬로푸드 운동

　　슬로푸드 운동은 패스트푸드Fast Food에 대항하여 시작되었다. 1986년 로마의 스페인 광장에 미국 패스트푸드의 대명사인 맥도널드가 문을 열자 이탈리아 북부 피에몬테 지방의 언론인 카를로 페트리니가 슬로푸드 운동을 시작했다.

　　슬로푸드 운동은 맛을 획일화하고 전통 음식을 소멸시키는 패스트푸드와 달리 식사의 소중함과 미각의 즐거움을 되살리고 전통 음식을 보존하려는 운동이다. 현재 160여 개국 8만 명의 유료 회원을 가진 세계적 운동으로 발전했다. 슬로푸드 운동은 패스트푸드를 반대하는 데 그치지 않고, 현대 음식의 문제점을 해결하는 방안을 제시한다. 현대 음식은 식재료를 주로 산업화된 농업에 의존하기 때문에 안전성에 문제가 있다. 이는 산업형 농업보다 전통적인 농업을 더 중시하고, 특히 거대 기업농보다는 소생산자를 보호하는 데 역점을 두고 있다. 또한 친환경적일 뿐만 아니라 지역 농산물을 사용하기 때문에 소비자가 잘 알고, 음식을 먹을 때 먹는 즐거움이 커진다고 본다. 농업 생산 역시 세계 시장보다는 지역 주민을 위한 생산임을 강조한다. 슬로푸드 운동은 각 지역의 역사, 조건과 특성, 필요한 농업 생산을 중요하게 여긴다.

　　산업화에 의한 대량 생산은 제품 가격을 낮춰 대중화에 기여한다는 장점도 있지만 희생되는 부분도 많다. 마치 대형 영화관에서 대자본에 의한 흥행작만 스크린을 점유하므로 다양한 장르의 영화를 접할 수 없는 경향과 비숫하다. 대량 생산을 위해 원료육, 원료 식물, 원료 우유 등을 가장 짧은 기간에 적은 비용으로 생산하는 시스템으로 변해가면서 원료의 다양성이나 특이성이 사라지는 것이다. 대형 자본에 의해 생산 유통되는 획일화한 식품 공급 체계가 궁극적으로 인류 공동체를 파괴할 것이라고 여긴다. 획일적인 식품 공급은 식재료의 품질이나 원산지에 연연하지 않는다. 대형 식품 기업이 공산품화한 식품은 식재료인 신선 농수축산물이 어느 지역의 농민이 어떤 씨앗을 심어서 생산한 것인지에는 관심이 없다. 결국 식품 대기업은 제한된 먹거리의 대량 생산에 몰두하고 이를 유통시킬 수 있는 대형 유통업체와 광고 마케팅에 중점을 둔다. 이로 인해 기대 자본을 바탕으로 한 식품 기업, 유통 기업, 매스컴의 카르텔이 형성된다. 오늘날 다국적 금융 자본이 만들어 낸 곡물 메이저, 기업 축산, 패스트푸드, 프랜차이즈, 대형 할인점, 대규모 식품 기업, 거대 언론의 등장은 이와 맥락을 같이 한다.

슬로푸드 운동은 미각을 중요시하여 미각 교육 프로그램을 운영하고 있다. 현대 음식은 지역에 관계없이 미각을 표준화하는 경향이 있다. 맛이 표준화되면 각 지역의 특산물이나 음식에 대해 가졌던 미각을 잃고 결국 지역의 전통적인 음식이나 농산물에 대한 수요나 관심마저 줄게 된다.

마지막으로 슬로푸드 운동은 음식의 다양성을 지지하고 지원한다. 음식에 대한 쇼비니즘이나 문화적 우월성에 반대하고, 각 지역에서 생산된 재료로 그 지역에서 오랫동안 내려온 지역 음식이나 민족 음식이 중요한 의미를 갖는다고 생각한다. 최근에는 홈페이지에 슬로푸드 플래닛planet을 열었다. 여기서는 특정 지방의 음식과 볼거리, 숙박할 곳 등을 소개함으로써 음식의 다양성 및 생활의 다양성 유지에 기여하고 있다.

슬로푸드 운동은 멸종 위기에 처한 음식, 농산물, 고유 문화를 살리고 가치를 부여하는 의식화 운동이라고도 할 수 있다. 올바른 음식, 안전한 음식, 공정한 음식에 대한 관심은 생태 환경, 사회 환경과 분리할 수 없다. 음식의 원료가 생산되는 땅과 바다, 또 원료가 유통되고 가공되는 사회 경제적 조건에도 관심을 기울여야 하므로 생태 환경 운동 및 사회 경제적 운동으로 확장되고 있다.

2년마다 이탈리아 북부의 브라에서는 슬로푸드 치즈 축제Slow Food Cheese Festival가 열리는데 전 세계 아티장 치즈 메이커와 관련된 단체와 회사와 개인들이 참여하여 치즈에 대한 소개와 판매를 통해 슬로푸드 정신을 공유한다. 2019년 9월, 1박 2일로 참가했을 때 세계 각국의 다양한 치즈를 맛보고 비살균 우유에 대한 콘퍼런스에 참가해 교류한 적이 있다. 주인공으로 참여하여 자신들의 치즈를 자랑스럽게 홍보하고 판매하는 치즈 메이커들을 보고 참으로 부러웠다. 이런 움직임에 대한 관심이 약한 우리나라도 언젠가는 세계인과 교류하고 경쟁하는 기회가 생기기를 기대한다. 다음 축제는 2021년에 개최 예정이었지만 코로나19로 인해 무산되었고 앞으로의 계획은 알 수 없다. 코로나19는 산업화로 인한 생태계 혼란이 인류에게 어떤 재앙으로 다가오는지 극명하게 보여주는 사례이며 슬로푸드 운동의 의미를 더욱 선명하게 해준 계기가 되었다.

비살균 우유 콘퍼런스

"날생선의 초밥과 생굴을 먹는 선택권이 우리에게 주어진다면 왜 비살균 우유Raw Milk로 만든 치즈를 먹는 선택권은 부정하는 것인가?"

비살균 우유를 이용한 치즈의 논쟁에 대한 촌철살인의 비유다.

1862년 루이 파스퇴르가 저온 살균법을 발견하기 전까지 치즈는 비살균 우유로 만들었다. 비살균 상태에서 위생에 소홀하면 기하급수로 증식하는 박테리아에 의해 질병에 걸리는 경우가 다반사였을 것이다. 현재 전통적으로 치즈를 만드는 유럽 및 일부 국가를 제외하고 대부분의 국가는 비살균 우유 사용을 법으로 규제하고 있다. 비살균 우유를 이용해 만든 치즈와 살균 우유를 이용해 만든 치즈의 맛은 차이가 있다. 비살균 우유 치즈는 맛의 스펙트럼이 좀 더 넓고 살균 우유 치즈는 맛의 폭이 좁다. 건강한 소에서 짠 우유에는 몸에 좋은 유산균이 풍부하고 지역의 테루아르를 간직하고 있으므로 우유의 특성을 훨씬 더 살린 고품질의 치즈를 만들 수 있다. 반면 살균 처리한 우유를 사용하면 살균 후 공장에서 생산된 유산균을 이용함으로써 치즈의 맛이 획일적이고 단순하게 느껴진다. 또한 어차피 살균을 하기 때문에 비살균 우유보다 소홀히 다루는 문제도 있다. 이 이슈는 뜨거운 논쟁을 일으키는데 미국과 우리나라는 살균 우유를 사용하도록 법으로 규제하고 있으며 수입산 치즈의 경우 비살균 우유를 사용한 치즈는 60일 이상 숙성한 경우에만 예외적으로 수입이 가능하다. 비살균 우유 치즈는 공무원과 정치인에게는 사고가 나더라도 굳이 위험과 비난을 감수할 이유가 없기 때문에 대부분의 나라에서 허용하지 않고 있다. 중요한 것은 무분별한 의심과 두려움보다는 과학적인 근거와 이해가 필요하다.

치즈를 제조할 때 가장 위협적인 Big 4는 대장균E-Coli, 살모넬라Salmonella, 포도상 구균Staphylococcus Aureas, 리스테리아Listeria다. 가장 이상적인 것은 착유한 우유를 깨끗하고 빠르게 다루어 곧바로 치즈를 만드는 것이다. 착유한 우유를 탱크로 옮겨 냉각시키고 저장하는 사이에 오염될 확률이 높다. 특히 차가운 환경에서도 살아남는 병원균 사이크로트로픽박테리아Psychrotrophic Bacteria에 오염될 위험이 있다. 따라서 냉장고에 보관하면 안전할 것이라는 것은 환상에 불과하다.

생우유(비살균 우유)를 마시는 것과 생우유로 치즈를 만드는 것은 다르다. 스웨덴의 경우 비살균 우유 음용은 금지하지만 치즈를 만들 때는 허용한다. 영국에서는 비살균 우유의 장점이 부각되면서 비살균 치즈가 새로운 유행이 되고 있다. 치즈를 만들 때는 소금, 박테리아 유산균, 산, 곰팡이와 같은 보존제 효과를 갖는 재료를 이용해 병원균을 추방하고 발효를 촉진시킨다. 좋은 균까지 살균하는 경우 오히려 나쁜 균의 침투에 더 깨지기 쉬운 환경을 제공할 수 있다. 살균 우유로 치즈를 만들면 단점이 있다. 비용 증가, 저품질 우유 사용, 스타터가 작동되지 않았을 경우 발효 과정의 실패, 레닛 효소 작용의 지연, 약한 커드, 느린 유청 빠짐, 열등한 품질의 질감, 단편적이고 획일적인 맛 등이다. 건강하게 생산된 비살균 우유를 이용해 올바른 방법으로 치즈를 만든다면 다른 음식보다 위험성이 더 적다.

2019년 9월 프랑스에서의 치즈 교육 중 이탈리아 브라에서 2년마다 열리는 슬로 치즈 페스티벌에 1박 2일로 다녀왔다. 이틀째 아침 Mons의 수전Susan의 배려로 비살균 우유 콘퍼런스에 참석하게 되었다. 세계 각국의 치즈 메이커 및 관계자 들이 비살균 우유의 중요성과 각국 정부의 규제에 대한 대책을 협의하는 자리였다. 그 회의의 내용을 간략하게 정리해 보았다. 통역과 진행을 담당한 수전의 호명으로 얼떨결에 세계 각국의 치즈 메이커 앞에서 부끄러움을 무릅쓰고 한국을 대표해 나도 몇 마디 하게 되었는데 '비살균 우유가 허용되지 않은 한국의 상황에서는 공무원과 정치인을 설득하기 위해 비살균 우유 치즈의 과학적인 연구 결과에 대한 공유가 필요하다고' 했다. 지금 생각하면 등골에 땀이 나는 상황이었다.

날짜 2019년 9월 22일

장소 xxx Hotel

주제 비살균 우유 콘퍼런스

주관 ICCM International Confederation Cheese Mongers

목적 Cheese makers and mongers talk about cheese supporting raw milk in BRA

사회자 비살균 우유에 대한 정부 규제가 점차 강해지고 있습니다. 이에 대해 세계 각국의 아티장 치즈 메이커의 목소리를 듣고 힘을 모을 수 있는 자리가 될 수 있으면 좋겠습니다.

Quebec Canadian 프랑스의 영향을 많이 받은 지역입니다. 비살균 우유로 만든 치즈는 60일 이상 숙성시키는 경우에만 허용합니다. 60일 이하로 숙성되는 소프트 치즈 Soft Ripened Cheese에 비살균 우유를 사용하는 것은 아주 엄격한 관리하에 일부 허용하고 있습니다. 음용 우유는 무조건 살균 우유를 사용합니다. 10년 전 비살균 우유 섭취로 인한 문제 Listeria가 있었습니다. 이런 문제가 한 번 생기면 비살균 우유에 대한 신뢰를 회복하는 데 많은 시간이 걸립니다. 소비자로부터 비살균 우유에 대한 요구 Demand가 없어 더 어렵습니다.

Holland 비살균 우유 치즈는 농가에서만 허용됩니다. 그러나 치즈 섭취

전 끓일 것을 요구 조건으로 하고 있어 엉터리 같은 법입니다.

Sweden 살균 또는 비살균은 치즈 생산자의 선택입니다. 그러나 음용 우유는 반드시 살균해야 합니다. 작은 규모의 치즈 메이커는 농가에서 모은 우유를 사용하므로 잠시 냉장 보관하게 되는데 이런 경우는 살균해야 합니다. 30~35년 전부터 소규모 치즈 메이커를 보호하는 법이 입법되었는데 수입산 비살균 치즈는 허용하지만 자국산 비살균 치즈는 허용하지 않습니다. 일주일에 70리터 이하는 자기 용기에 구매 가능합니다. 임산부니 이기들은 살균 우유를 믹어야 합니다.

UK 최근 비살균 우유가 인기를 끌고 있습니다. 비살균 우유를 사용하기 위해서는 높은 기준이 필요합니다. 우유에서는 문제가 없는데 생산 설비 기계에서 E-Coli 문제가 생기는 경우도 있습니다. 한 번 문제가 발생하면 비살균 우유 사용에 대한 안 좋은 인식이 생기기 쉽습니다. 대형 회사와 정치인의 유착이 있습니다. 입법을 하는 정치인 입장에서 문제가 생길 경우 비난을 감당하기 어려우므로 굳이 비살균 우유를 허용할 이유가 없습니다.

France 법으로 AOP 치즈는 비살균 우유 사용이 가능한데 살균 로크포르, 살균 콩테 등 AOP도 살균 우유 사용이 많아지고 있습니다. 전체 치즈 생산 중 13퍼센트만 비살균 우유를 사용하고 있습니다. 프랑스도

살균 우유 사용에 대한 압력이 점차 높아지고 있습니다.

Mexico   비살균 우유를 사용하지 못하게 되어 있습니다. 정부에 아무리 호소해도 바뀌지 않습니다.

Brazil   비살균 우유 사용에 법적인 문제가 없습니다. 외국의 치즈 기술자들이 들어와 활동하고 있습니다.

ACSAmerican Cheese Society Jeremy   미국은 전체 치즈 중 30퍼센트는 비살균 우유를 사용하고 있습니다. 입법자들Regulator과 협력하고 소통해야 합니다. 미국 FDA의 60일 Rule이 안전을 충분히 보장한다고 생각하지 않습니다. 1년 숙성한 치즈에서도 문제가 발생할 수 있습니다. 치즈 페이스트(속)는 문제 없었으나 껍질에서 리스테리아균Listeria이 발견되었습니다. 결국은 Rule로 과정을 제어하는 것보다는 최종 결과물에 문제가 없도록 해야 합니다. 소프트 치즈는 비살균 우유를 사용하지 못합니다. 더 세밀하게 세분화하는 방법으로 법을 바꾸려고 하고 있습니다. 이런 과정에서 결국 과학자가 필요하며 소비자를 교육하고 정치인, 법제정자, 관료, WHO, FDA를 모두 교육해야 합니다. 미디어를 통해 소통하고 대중 공론을 만들어 나가야 합니다. 가장 큰 적敵은 소통을 못하는 것입니다.

미국 Oregan Creamery 기업Industrial 쪽은 살균 우유를 사용하기 때문에 문제가 없다는 논리는 문제가 많다고 생각합니다. EU 쪽의 연구에 의하면 리스테리아 문제가 소비자 가정에서 또는 이동 중에도 발생하는 경우가 있기 때문입니다.

한국 조장현 우리나라는 유럽보다 주로 미국의 기준을 따릅니다. 그리고 소비자들의 위생 관심이나 기준도 세계 어느 나라보다 높습니다. 전통적으로 비살균 우유를 사용하여 치즈를 만들던 유럽의 경우 비살균 우유가 허용되기도 하시만 치스가 새로운 제품인 나라들에서는 비살균 우유가 허용되지 않는 경우가 많습니다. 우리나라는 대부분 음용유로 우유를 생산하고 있으며 비살균 우유 치즈는 허용되지 않습니다. 각 국가에서 공무원과 정치인 들을 설득할 수 있는 과학적이고 논리적인 비살균 우유 치즈의 장점이 연구되고 언론 등을 통해 공유되면 좋겠습니다.

종과 품종

좋은 우유 없이는 결코 훌륭한 치즈가 탄생할 수 없다. 따라서 우유의 품질은 매우 중요하며 그것을 결정짓는 것은 동물의 종류와 품종일 수밖에 없다. 동물은 소, 양, 염소를 대표적으로 들 수 있다. 이 중에서 염소유(산양유)가 음용 용도로는 가장 적합하며 양유는 가장 부적합하다. 왜냐하면 양유는 고형분이 많아 목넘김이 부담스럽게 느껴지기 때문이다. 그런 이유로 오히려 양유는 치즈를 만들기에 가장 적합하다고 할 수 있다. 염소유는 소우유와 구성 성분의 비율이 비슷하지만 지방구의 크기가 작아 목 넘김이 좋으므로 음료로 사용하기에도 적합하다.

	지방	카세인 단백질	유당	총고형분
소	3.7	2.6	4.8	12.7
염소	3.6	2.6	4.5	12.5
양	7.4	3.9	4.8	19.5

※총고형분은 결국 치즈의 수율과 같다.

소

소Cow의 수유 기간은 약 300일로 거의 일 년 내내 우유를 생산한다. 물론 출산 후 초기 3주 정도의 우유는 치스를 만늘기에 적합하지 않아 사용할 수 없고 말기의 우유도 성분이 떨어져 사용하지 않는다. 소의 종류는 800종이 넘고 고기를 얻기 위한 소와 우유를 얻기 위한 소가 다르다. 소의 사육 방법이나 지역에 따라 우유 생산량이 달라지지만 품종별로 비교하면 대략 다음과 같다.

홀스타인Holstein: 1만 909kg/year(지방 3.5 %, 단백질 3.27%)

저지Jersey: 7106kg/year(지방 5.13%, 단백질 3.87%)

에이셔Ayrshire: 8159kg/year(지방 4.15%, 단백질 3.41%)

브라운스위스Brown Swiss: 8982kg/year(지방 4.22%, 단백질 3.55%)

건지Guernsey: 7276kg/year(지방 4.74%, 단백질 3.51%)

홀스타인이 압도적으로 많은 양의 우유를 생산하며 지방 함량은 가장 낮다. 따라서 가장 묽기 때문에 음용 우유로는 적합하지만 전체 고형분이 낮으므로 치즈를 만들기에는 적합하지 않다. 소의 품종에 따른 우유의 질적인 차이는 지방구의 크기에서 시작된다. 지방구가 클수록 빨리 분해되지 않고 산화되거나 맛이 변하는 결점으로 이어질 수 있다. 오래 숙성하지 않는 치즈는 이런 문제에서 좀 더 자유롭지만 오래 숙성하는 블루 치즈에서는 이런 문제가 생길 수 있다. 에이셔종의 우유는 저지종의 우유보다 지방구가 작아 블루 치즈나 외피세척Washed Rind/Smear Ripened 치즈를 만드는 데 유리하다. 한편 저지종의 우유는 상대적으로 더 큰 지방구와 크리미한 성격을 띠고 블루 치즈나 외피세척 치즈를 만들면 산패Rancid되거나 쓴맛이 날 가능성이 크다. 그래서 저지종의 우유는 더 경쾌하고 부드럽거나 덜 숙성시킨 치즈를 만드는 데 적합하다.

치즈의 품질에 영향을 미치는 요소로 품종이 가장 중요할까? 그밖에도 테루아르, 먹이, 레시피 등이 있다. 어떤 이는 품종이, 또 어떤 이는 무엇을 먹느냐가 중요하다고 한다. 좋은 목초를 먹이면 홀스타인에서도 나쁜 목초를 먹인 저지보다 더 좋은 치즈를 얻을 수 있다고 한다. 따라서 사료가 치즈 품질에 미치는 영향은 70~80퍼센트 차지한다고 볼 수 있다. 우리나라는 우유가 맛이 없어 좋은 치즈를 만들 수 없다는 편견을 가진 사람도 많다. 음용 용도로 디자인된 우리나라의 사료 프로그램을 생각하면 맞는 말 같지만 얼마든지 의지를 가지면 바꾸고 개선할 수 있다. 프랑스나 이탈리아에서도 홀스타인을 이용해 레지아노 치즈를 만들고 생넥테르 치즈를 만들고 있다.

품종은 치즈 제조에 어떤 영향을 미칠까? 그 전에 알아야 할 중요한 지표가 있는데 P/F와 FDM 비율이다.

Protein/Fat 비율 = 단백질 지방 비율

FDM_{Fat in Dry Matter} = 고형분 중 지방의 비율

지방이 많으면 커드가 유청을 배출하기 힘들고 적은 양의 소금을 흡수한다. 따라서 P/F 비율이 작으면(지방이 단백질보다 상대적으로 많다는 뜻) 치즈에 수분이 많고 덜 짠 치즈가 된다. 다시 말하면 P/F가 낮으면 소프트한 흰곰팡이 치즈_{Bloomy Rind Cheese}가 어울리고 P/F가 높으면 경질 치즈에 어울린다. 품종이나 계절에 따라 이러한 비율이 달라지므로 치즈 메이커는 우유의 상태에 따라 레시피를 조절하거나 다른 종류의 치즈를 만들어야 한다. 품종별 P/F 비율은 저지 0.74, 에이셔 0.87, 홀스타인 0.96~0.81, 이에 대한 치즈 종류별 값은 브리 0.86, 하우다 1.07, 체더 0.91이다. 그러므로 에이셔 우유는 브리 치즈를 만들기에 적합하고 홀스타인은 체더 치즈를 만들기에 적합하다.

브리와 카망베르 치즈는 FDM 값이 50퍼센트 이상이어야 하며(지방이 많아 수분이 많은 치즈) 이것은 0.85 이하의 P/F 비율을 가진 우유가 적합하다. 체더 타입의 치즈는 50.8퍼센트 이상의 FDM이 필요하며 이는

P/F 비율이 0.91 이상인 우유가 적합하다. 하우다 치즈는 FDM이 46퍼센트 이상이어야 하며 P/F 비율은 1.1 이상인 우유가 적합하다.

종과 품종, 계절에 따라 우유의 지방과 단백질 비율이 달라지므로 원하는 품질의 치즈를 만들기 위해서는 성분을 조정하거나 만드는 과정을 조정해야 한다.

농부들은 세대를 넘어 품질을 위해 선별적인 사육을 해왔다. 가축을 대하는 마음가짐, 우유 품질(지방 단백질의 고농축), 우유 산출량, 성격과 기질 등 가축의 건강과 행복을 우선순위에 두었다. 양Quantity에 대한 고려는 우선이 아니었다. 아티장 치즈를 생산하는 농부는 우유의 기본 성분, 즉 단백질, 지방, 유당을 더 많이 생산할 수 있는 개체를 선택적으로 번식시켜 왔다. 그것을 위해 더 좋은 크림과 풍성한 우유를 생산하는 종을 수입해서 인공 수정시킴으로써 유전자 풀을 더욱 다양화한다. 하지만 이러한 인공 수정을 통한 종의 합성과 교배에는 생각할 부분이 많다. 콩테 치즈를 만드는 프랑스의 몽벨리어드Montbeliard라는 소의 품종은 한해 평균 7500킬로그램의 우유를 생산한다. 하지만 에이셔 품종으로 만들면 더 많은 양을 생산할 수 있다. 상업적인 성과를 위해 후자를 선택하면 몽벨리어드 소는 점점 줄어 결국 도태될 것이다. 레지아노 치즈도 원래는 옛 레기아나 품종이었는데 현재는 모두 홀스타인으로 대체되었다. 맛으로 두 가지 품종의 차이를 감별하기는 전문가도 쉽지 않을 것이다. 이럴 때 우리는 경제적 가치를 위해 특정 품종을 인위적으로 희생시킬 것인가 하는 윤리적, 도덕적, 철학적 문제에 부딪히게 된다. 특정한 품종의 우유로 생산한 특정 지역 치즈에서만 느낄 수 있는 차이점을 발견하고 그것에 공감할 수 있는 소비자가 있다면 경제성에 의한 무차별적인 종의 단순화를 방지할 수 있을 것이다.

양

양Ewes[26]은 소보다 더 척박한 환경에서도 키울 수 있다. 그래서 높은 산이나 바위, 메마른 황무지에서도 양을 키우고 지스를 만들어 낸다. 양유로 만든 스페인의 대표적인 치즈 만체고는 라

만차 지방에서 만들어지는데 이 지역은 황무지와 다름없다. 스페인이나 이탈리아 모두 산과 메마른 지역에서는 양을 키우고 치즈를 만든다. 양은 8개월 정도 젖을 생산한다. 지방이 우유의 두 배이며 단백질도 50퍼센트 많다. 종합적인 고형분이 소보다 50퍼센트 많으므로 음용보다는 치즈를 만들기에 적합하다. 강한 맛, 오래 숙성된 맛, 야생동물의 향이나 헛간 향을 좋아하는 입맛이라면 양유로 만든 치즈가 베스트다. 다른 동물의 젖보다 더 원초적이고 고대의 맛에 가깝다. 고형분이 많기 때문에 농축된 맛과 균형이 잘 잡혀 훌륭한 치즈를 생산한다. 또한 많

---

26 양을 통칭하여 Sheep이라고 하는데 12개월 이상된 암양은 유Ewe, 수양은 램Ram이라고 한다. 12개월 이하의 어린양은 램Lamb 이라 한다.

은 지방산을 가지고 있기 때문인데 리놀레산과 관련되어 있다. 비록 많은 지방을 가지고 있지만 지방구의 크기가 작아 소화에는 더 유리하다. 또한 양유로 만든 치즈는 소나 염소유로 만든 치즈보다 다양한 와인이나 음료와도 궁합이 좋다. 열처리나 저온 살균 처리에도 잘 견디기 때문에 염소 치즈처럼 텍스처에 영향을 받지 않고 얼려도 영향을 적게 받는다. 비닐 랩으로 싸 두어도 괜찮고 외피세척 치즈의 경우 염소 치즈처럼 야생동물 향을 내지 않는다. 또한 살균 처리한 양유는 소나 염소유보다 더 오랫동안 보관할 수 있다.

염소(산양)

염소Goats는 비교적 척박한 지역에서 방목하여 키울 수 있다. 수유 기간은 10개월 정도이며 하루에 3~4킬로그램의 젖을 생산한다.

새넌Saanen, 알파인Alpine, 누비안Nubian, 라만차La Mancha 등의 품종이 있다. 산양유의 특성을 보면 αs-1-casein 단백질이 거의 없거나 낮은 유전적 특성으로 레닛에 의한 응고에 약하고 열에 약하며 커드의 단단함도 약해 사람의 소화관 내에서 소화율이 높다. 또한 심혈관질환에 좋은 영향, 콜레스테롤 낮춤, 골밀도 향상, 면역력 증진, 노화 방지 등 인체에 유익한 면이 많다.

산양유는 3월 중순부터 10월까지 생산되며 4월부터 따뜻한 달에는 유량이 많아진다. 여름에 산양유 치즈가 더 많은 이유다. 숙성 정도, 부드러운 정도, 수분량, 크기, 모양, 표면 코팅 재료에 따라서 분류 구별되는데 신선할수록 더욱 흰색을 띤다. 그 이유는 산양유의 지방은 베타 카로틴을 저장하지 않고 비타민 A로 전환시키기 때문이다. 수분이 빠지고 드라이해질수록 강한 아로마와 톡 쏘는 맛이 발달되며 보다 복잡한 맛이 나타난다.

2장

치즈, 우연과 필연의 결과물

만약 손이나 콧잔등에서 꼬물거리는 세균까지도 눈에 또렷하게 보인다면 큰 시련에 빠질 것이다. 눈앞의 여인이 아무리 아름다워도 모공 사이의 포도상구균이 보인다면 질겁하여 도망칠 것이다. 눈에 보이지 않는 세상의 모든 존재는 실존하지만 못 보거나 안 보이니 그저 모르고 살 뿐이다. 마찬가지로 맛있는 치즈 한 조각을 분자 상태로 쪼개고 미생물에 의한 분해 과정으로 분석하는 행위는 마치 아름다운 여인의

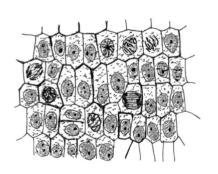

X-ray 사진을 분석하는 것과 같이 노벨상을 꿈꾸는 과학자가 아닌 이상 그리 흥미로운 일은 아닐 것이다. 눈에 보이지 않는 미시 세계의 작용과 원인이 우연과 만나고 반복과 중첩을 거쳐 역사,

문화, 기후, 환경, 사회, 정치, 경제와 같은 거시적인 배경과 결합하여 그 시대 그 지역만의 독특한 치즈가 만들어지는 것을 알아 가는 과정은 그리 무미건조하지만은 않을 것이다. 마찬가지로 나를 규정하는 특성도 유전자에 염색체 배열로 새겨져 있으며 비록 발현되지 않고 보이지 않더라도 그것이 나의 본질이다. 운명론처럼 들리겠지만 아니기도 한 것이 외부 세계의 변수가 어떻게 작용하느냐에 따라 달라질 수 있기 때문이다. 세상 속에 나를 맞추기 위해 나의 본성을 거스르기보다는 나의 본질을 바탕으로 세상에 다가가는 것이 어렵더라도 올바른 방향일 것이디.

우유라는 원재료가 치즈 형태로 바뀌어 각기 다른 수백 가지의 맛과 향과 색, 텍스처로 분화되는 것은 매우 놀라운 일인데 이는 우유가 눈에 보이는 것과 달리 미시 세계에서 복잡한 과정을 거치는 것을 의미한다. 인류가 만들어 온 치즈는 나라마다 지역마다 다른 개성과 특성으로 진화해 왔으며 거시적 진화의 배경에는 작은 세상 속의 미생물학이 숨어 있다.

20세기 들어 생물학과 화학이 발전하기 전까지 치즈가 아티장 Artisan 또는 크라프트Craft의 영역에 있었다면 이제는 과학의 힘으로 눈에 보이지 않는 영역의 현상을 이해할 수 있게 되었다. 그럼에도 아티장 치즈는 예술과 과학 사이에 있다고 볼 수 있는데 이는 안정성, 일관되고 높은 품질, 다양성 그리고 독창성이라는 부분에서 서로 연관되어 있기 때문이다.

고대의 치즈

기원전 8000년 빛이 사라진 겨울밤, 사피엔스들은 맹수와 추위, 굶주림의 위협과 두려움 속에 전해 내려오던 신화와 현실이 뒤섞인 혼란스러운 날들을 보냈을 것이다. 제한적인 경험과 지식으로 어느 날 우연히 치즈가 만들어졌고 반복과 개선으로 발전된 형태의 치즈를 만들어 추운 겨울을 버텨냈으리라 상상해 본다. 티그리스와 유프라테스강 유역, 지금의 이라크 지역에서 기원전 7000~6500년 전에 살던 사람들은 어떻게 치즈를 만들기 시작했을까? 고대와 중세를 거쳐 현대에 이르기까지 완성된 형태의 치즈가 어떻게 만들어졌는지 그 이면의 눈에 보이지 않는 미생물의 세계에서 과학은 어떻게 개입하며 치즈의 역사를 만들어 왔는지 합리적 추론을 해보자.

 인류가 치즈를 만든 시기는 수렵·채집 생활을 하다가 한곳에서 식물을 경작하고 야생동물을 길들여 생활하는 농업 혁명기로 추정된다. 치즈를 만들었다는 것은 정기적으로 동물의 젖을 얻을 수 있다는 것이고 그것은 동물을 우리에 가두고 키울 수 있는 환경이 구축되었다는 것을 의미한다. 초기에는 염소나 양같이 쉽게 키울 수 있는 작은 동물에서 젖을 얻었을 것이다. 야생의 소는 크기 때문에 다루기 힘들었으며 주로 경작을 위해 키웠을 것이다. 동물을 키우는 것은 먼저 고기를 얻기 위함이고 젖을 이용하는 것은 상대적으로 나중 일이었을 것이다.

치즈와 버터는 기원전부터 종교, 의례, 제사에서 빼놓을 수 없는 중요한 세물이었고 생산과 유통을 장악하는 것이 권력의 상징이었다. 기원전 3000년 수메르의 유적으로 발견된 점토판에는 이난나 사원에 공급하는 양젖, 염소젖, 소젖에 대한 방대한 회계장부와 더불어 치즈와 유제품을 만드는 장면이 매우 상세하게 기록되어 있다. 7000~5500년에 걸쳐 '비옥한 초승달'의 레반트 지역에서 기원한 치즈 기술은 튀르키예를 거쳐 메소포타미아, 이집트, 유럽으로 전해진 것으로 추측된다.

치즈를 한마디로 정의하면 우유가 응고되어 고형분의 커드와 유청으로 분리된 상태라고 할 수 있다. 기원전의 인류는 우유를 응고시키는 방법을 어떻게 알아냈을까?

우유는 물 87퍼센트, 지방 3.7퍼센트, 단백질 3.2퍼센트(카세인 2.5퍼센트+Whey Protein 0.7퍼센트), 락토스 4.8퍼센트, 미네랄 0.7퍼센트로 구성되어 있고 그밖에 수많은 종류의 박테리아가 있다. 그중 LAB Lactic Acid Bacteria는 산을 배출하는 유산균이다(LAB에는 Lactococcus,

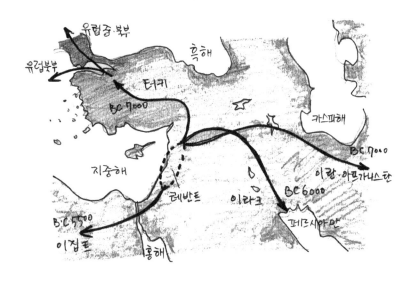

Lactobacillus, Streptococcus, Enterococcus, Leuconostoc, Pediococcus 등 복잡한 이름을 가진 유산균 들이 있다).

우유를 구성하는 성분은 분자 단위에서 양전하와 음전하를 띤 원자로 구성되어 있기 때문에 서로 밀어내거나 잡아당기는 성질을 나타내며 에멀전Emulsion 상태를 유지하게 된다. 즉 물 분자는 양전하의(+) 수소원자와 음전하(-)의 산소원자가 결합된 형태인데 단백질의 카파카세인(K⁻)은 음전하를 띠고 있어 단백질끼리는 서로 밀어내고 물 분자의 수소이온(+)과는 결합하여 에멀전 상태를 유지한다.

한편 극성이 없는 분자인 지방Fat은 물과 섞이지 않지만 지방구를 둘러싼 지방막Membrane이 극성을 가짐으로써 물 분자와 에멀전 상태를 유지하게 된다. 그런데 충격이나 원심분리로 지방구의 극성을 가진 막이 파괴되면—버터를 만드는 원리—비극성인 지방구Fat Droplet가 물과 분리된다.

한편 유산균LAB은 우유 안의 유당Lactose을 먹어 에너지로 활용하며 부산물로 유산Lactic Acid을 만들어 낸다. 따라서 가만히 두면 적절한 온도(21도의 상온)에서 산이 계속 만들어지고 pH 6.7 정도의 우유 산성도가 pH 4.6까지 떨어지게 된다. 이렇게 산성도가 떨어지면 카파카세인의 음전하가 떨어져 나가면서 서로 밀치던 단백질이 서로 달라붙고 물 분자와는 서로 밀쳐내는 상태가 된다. 이때 단백질이 서로 뭉치면서 온선한 지방구를 골고루 포위하여 껴안게 되는 것이 치즈를 만드는 데 매우 중요하다. 이런 pH 4.6 상태를 등전점Isoelectric Point이라고 한다.

이런 반응은 매우 자연스러운 과정이므로 고대인들은 우유가 상온에서 응고되는 경험을 했을 것이다. 이렇게 만들어진 젤리 형태는 상당히 안정적인데 여기에 충격이 가해지면 커드Curd와 유청Whey으로 분리된다. 이것이 가장 원시적인 형태의 치즈라고 할 수 있다. 토마토의 pH가 4.3~4.9이므로 자연적으로 pH 4.6에서 응고된 치즈는 약간 신맛을 띨 수밖에 없다. 이런 방식으로 만들어지는 치즈가 프로마주 블랑, 락틱 커드 등이다. 또한 산과 더불어 열이 가해져도 응고된다는 것을 우연히 발견했을 것이며 이것이 바로 리코타 치즈의 기본 원리다. 고대인들은 우유의 발효와 부패 사이의 경계에서 복통을 일으키거나 사망하는 경우도 있었을 것이다. 그러다가 우유를 발효시켜 굳히고 말리거나 소금에 절여서 안정적으로 먹는 방법을 찾아냈을 것이다. 포유류는 유아기에는 위장 내에 락타아제라는 유당 분해 효소가 있어 우유를 섭취하는 데 문제가 없지만 젖을 떼면 락타아제 효소가 없어지므로 유당이 장내에서 미생물과 작용하여 설사나 가스를 만들어 내게 된다. 따라서 성인이 우유를 섭취하기 위해서는 우유가 젖산 발효를 통해 유당이 소모된 상태의 치즈 형태여야 한다.

여기까지는 무지의 시대에 미생물의 활동으로 우연히 만들어진 치즈다. 어린 송아지의 위를 말리거나 소금에 절여 그 조각을 넣어 우유를 응고시키는 기술은 의도적이고 천재적인 발견이다. 오늘날 이 방법이 발견되었다면 생화학 역사에 남을 만했을 것이다. 하지만 이 역시 우연히 발견한 현상에서 기인한 것이다. 수유기의 염소나 양이 죽은 경우 위장에서 굳은 젖을 관찰하면서 응고 방법을 알게 되었을 것으로 추측한다. 우유(젖)를 동물의 위에 넣어 보관하거나 이동하면서 응고되는 현상을 목격하였다는 가설은 신빙성이 떨어진다. 성인이 유당불내증으로 음용하기 위해 우유를 동물의 위장 주머니에 넣어 가지고 다니기는 어려웠을 것으로 추측되기 때문이다. 기원전 440~420년으로 추정되는 이탈리아의 무덤에서 출토된 유물을 보면 청동으로 만든 치즈 그레이터가 있는데 이것으로 추정하면 레닛으로 응고시켜 만든 경질의 페코리노 치즈가 만들어졌다는 것이다. 단단한 형태의 치즈를 만들기 위해서는 레닛의 사용이 필수이기 때문이다. 그럼 송아지 위 속에서 응고가 일어나게 되는 이유는 무엇일까?

동물의 수유기의 위에는 키모신Chymosin이라는 효소가 존재하며

(키모신 80~90퍼센트+펩신 10~20퍼센트+ 리파아제) 수유기가 끝나면 키모신이 펩신Pepsin으로 바뀌게 된다. 그러므로 키모신을 얻기 위해서는 어린 송아지의 수유기가 끝나기 전에 도축을 해야 했다. 두 효소 모두 카세인 단백질 응고에 작용하지만 키모신이 펩신보다 응고에 더 효과적인 효소다. 그 이유는 레닛의 키모신 효소

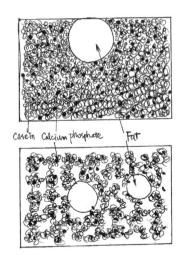

Casein Calcium phosphate   Fat

가 단백질의 카파카세인(음전하)을 잘라내는 역할을 하는데 이때 칼슘 Ca++과 인Phospate의 연결체P-Ca-P가 카파카세인이 떨어져 나간 자리를 메워 카세인 단백질을 서로 연결하여 뭉치게 하고 물 분자와는 분리되게 한다. 이렇게 단백질이 서로 응고되는 과정에서 지방구를 둘러싸게 된다. 이 현상은 초기 10분 동안 일어나는데 85퍼센트 정도의 카파카세인이 떨어져 나가게 된다. 앞서 설명한 pH 4.6의 등전점에 도달하지 않아도 응고가 일어남으로써 치즈를 만드는 데 얻을 수 있는 특징이 있다.

1. 응고 시간이 짧다(레닛: 10~30분 vs 상온발효: 6~15시간)

2. 산도 pH가 상대적으로 높다(레닛: 6.7~6.5 vs 상온발효<4.6)

3. 텍스처에 영향을 주는 미네랄의 양이 많다(레닛: 1~1.2g Ca/100g cheese

vs 상온발효 : 0.1g Ca/100g cheese). 주 미네랄 성분인 칼슘이 많으므로 부서지는 특성이 적고 탄성이 높다.

4. 수분이 잘 빠지므로Synerisis 단단한 치즈를 만들기에 적합하다.

레닛을 이용한 치즈가 언제부터 만들어졌는지 정확하지는 않지만 레닛 사용의 최초 증거는 기원전 3500년경 청동기 히타이트 시대 아나톨리아(현대의 튀르키예 지역)에서 발견된 기록에서 찾아볼 수 있다. 즉 작은 치즈, 큰 치즈, 부스러뜨린 치즈, 닦거나 손질한 치즈, 숙성시킨 군인 치즈라는 단어가 발견되는데 이것은 레닛으로 응고시킨 경성 치즈의 특징을 암시하고 있다.

알파인 치즈

《톰과 제리》라는 애니메이션을 즐겨보았다. 약삭빠른 생쥐 제리와 둔하고 힘만 센 고양이 톰이 티격태격하는 모습을 보며 빈틈없이 영리한 제리가 얄밉기도 했다. 애니메이션에서 제리는 치즈를 좋아해서 구멍이 숭숭 뚫린 치즈를 가지고 톰을 피해 도망 다니는 장면이 자주 등장한다. 어릴 때는 '저게 뭘까?' 궁금했지만 나중에 치즈라는 것을 알게 되었다. 물론 그것이 에멘탈Emmental 치즈라는 것은 훨씬 후에 알았지만. 덕분에《톰과 제리》에서 제리가 좋아하던 에멘탈 치즈는 구멍이 숭숭 뚫린 모양으로 치즈의 대표적인 이미지가 되었다.

그런데 문득 궁금증이 생긴다. 다른 치즈와 달리 왜 에멘탈 치즈는 구멍이 뚫려 있을까? 멜론 볼러로 파낸 듯 작고 동그란 구멍을 스위스 사람들은 어떻게 만들었을까?

에멘탈 치즈의 주요 생산지인 알프스산에서는 주로 40~100킬로그램의 하드 린드 치즈Hard Rind Cheese가 만들어진다. 견과류Nutty, 부드러움Smooth, 매우 단단하게 짜인Tight Knit, 구멍난Holes Eyes 텍스처가 특징이며 에멘탈, 그뤼에르Gruyere, 콩테, 아펜젤러Appenzeller, 보포르가 대표적이다. 알프스 지역이나 프랑스 동부 지역은 목장이나 마을이 높은 산과 계곡에 의해 고립되어 있으며 목초들은 높은 산 정상까지 펼쳐져 있다. 이곳에 사는 사람들은 거칠고 추운 겨울을 나기 위해 여름 동안 먹을거리를 미리 준비해 왔다. 알프스산은 농사를 짓기에는 적합하지 않지만 이곳의 목초는 소가 먹고 우유를 생산하기에 적합하다. 따라서 염소나 양보다는 튼튼하지 않지만 우유 생산이 많은 소를 방목하기 시작했다. 처음엔 낮은 지역에서 방목을 하며 작은 치즈를 만들었지만 시간이 지나면서 가축들을 점점 높은 지역에서 방목하기 시작했다. 목초를 따라서 초여름에 산에 올라갔다가 여름 끝 무렵 눈이 오기 전에 산 밑으로 내려온다. 트랑쥐망스Transhumance는 이동식 목축 또는 방목을 의미하는데 여름에는 산, 겨울에는 계곡이나 평지로 옮겨 다니는 방식이다. 이 방식은 유럽 전역에 걸쳐 산악 지대에서 행해졌다. 그러나 알프스는 다른 산악 지대와 달리 매우 먼 거리를 이동함으로써 독특한 방식으로 치즈 만드는 기술이 발전하게 된다.

첫째는 공동 목축과 공동 치즈 제조의 필요성이다. 농가마다 소가 몇 마리씩 있었는데 농가의 목동Cowmen이 소를 70마리 이상의 규모로 모아서 여름에 산 위로 몰고 나가는 것이 훨씬 효율적이다. 소몰이와 치즈 제조 의무가 소규모의 목동에게 위임되어 여름 내내 소 떼와 산에 살면서 치즈를 만들었다. 개인별 소규모가 아닌 공동의 대량 소 떼로부터 착유한 우유로 치즈를 만들다 보니 시설이 커질 수밖에 없었다. 따라서 샬레Chalets(치즈 제조 시설)와 숙성실이 각각 다른 고도에 만들어졌다. 한편 양유 치즈 제조와 관련하여 유사한 시스템이 프랑스와 스페인 국경의 피레네산맥에서도 발전했다. 피레네산 치즈 아르디가스나Ardi-Gasna는 알프스 치즈의 친척뻘이다. 양유로 만든 폰티나Fontina와 몬타시오Montasio는 북이탈리아의 알프스에서 만들어지는 치즈로 현재는 우유로 만들고 있다. 치즈를 만들기 위해서는 통으로 만든 무거운 배트를 가파른 산 위의 샬레까지 옮겨야 했다. 소 떼의 수가 많아 매일 만들어야 하는 치즈의 양도 많았다. 이런 환경에서 저녁에 착유한 우유와 아침에 착유한 우유를 모아서 만들 만큼 큰 배트는 실용적이지 않았다. 당연히 작은 배트에 아침과 저녁으로 나누어 치즈를 만들었다. 아침에 짠 우유로 오전 오후에 걸쳐 치즈를 만들고 저녁에 짠 우유로 저녁 내내 치즈를 만든다는 것은 생각만 해도 끔찍하다. 치즈를 만들어 보면 알겠지만 하루에 한 번 만드는 것도 매우 힘들고 고된 작업인데 소 떼를 몰고 돌아와 착유하고 그것을 매일 아침 저녁으로 두 번이나 만든다는 것은 매우 고단한 일이다. 마을을 떠나 100일가량 산속에서 소 떼를 몰고 치즈를 만들다 보면 지치고 힘들고 외로웠을 것이다. 목동들은 알프스 고지대에서 자라는 풍부한 목초를 소 떼에게 먹이고 갓 짜낸 우유를 치즈 공방으로 가져가 오래 보존할 수 있는 산 치즈Mountain Cheese

를 만들었다. 알프호른이나 돌 던지기, 씨름 등의 축제가 발달한 것도 목동들의 외롭고 고된 여름 알프스 생활에서 비롯된 것이다. 목동에 관한 영화 〈파드레 파드로네Padre Padrone〉(1977)를 보면 일반적으로 생각하는 전원 생활의 낭만적 목동과는 거리가 멀다. 어려서부터 정해진 고된 삶과 운명에서 얼마나 탈출하고 싶을까 하는 느낌을 영화 내내 곱씹게 된다.

여름이 지나고 수확의 계절인 가을이 돌아오면 겨울을 대비해 목동들은 소 떼와 함께 알프스에서 만든 치즈를 가지고 산에서 내려온다. 이때 알프스의 가을 축제가 시작되고 목동들이 몰고 내려오는 소와, 여름 내내 만든 치즈가 축제의 주인공이다. 캐슈타일레트Chästeilet는 치즈 분배 축제로 마을 사람들이 목동에게 맡긴 소의 마리 수와 비례해 골고루 분배된다.

치즈를 만드는 데 꼭 필요한 소금도 수입하여 마을에 도착하면 목동들이 머무는 산 중턱까지 힘들게 운반해야 했다. 그렇기 때문에 치즈를 만들 때 본능적으로 소금을 아껴서 사용했다. 또한 시즌이 끝나면 산 밑 마을로 치즈를 운반하는 일도 큰 장애물이었다. 이런 조건에서 만들 수 있는 치즈의 종류는 한정적일 수밖에 없다. 다른 지역에서는 대부분 여자들이 치즈를 만들었으나 알파인 치즈Alpine Cheese는 남자가 만들었다. 알파인 치즈는 단단하고 약간 탄성이 있는데 이는 마을이나 시장까지 운송 과정에서 부서지지 않아야 하기 때문이다. 또 크기가 커야 운송에도 효율적일 것이다. 뿐만 아니라 유통 기한이 길어야 하므로 수분이 적어야 했다. 그들은 큰 사이즈, 내구성, 긴 유통 기한을 위한 치즈를 만드는 기술적 과제를 해결해야 했다. 갓 짜낸 신선한 우유로 하루에 두 번 치즈를 만듦에 따라서 락틱애시드박테리아LAB가 충분히 증식될 시간이 부족했으며 이는 pH를 충분히 낮추어 커드에서 유청이 빠져나오기 힘든 조건이었다. 유청을 많이 빼내야만 수분이 적고 유통 기한이 긴 단단한 치즈를 만들 수 있는데 너무 신선한 우유를 사용함으로써 애로 사항이 된 것이다. 이런 조건에서 알파인 치즈 제조의 특성이 나타난다.

1. 유청을 많이 배출시키기 위해 커드를 작게 잘라준다.
2. 50~54도의 고온으로 가열Cooking하고 열심히 저어줌으로써 커드를 단단하게 만든다.
3. 압착 과정을 통해 유청을 최대한 빼내고 단단하게 만든다.
4. 소금 운반이 힘들기 때문에 소금의 양은 적게 사용한다.
5. 산성화Acidification가 매우 느려 칼슘이 적게 빠져나가 탄력 있는 질감을 낸다.

이런 현실적이고도 기술적인 실행이 화학·미생물학적으로 다음과 같이 영향을 미친다.

1. 오전 오후 갓 짠 신선한 우유를 이용하면 산 생성이 느려지고Slow

Acid Production 높은 칼슘을 함유한다. 칼슘은 치즈의 텍스처와 밀접한 관련이 있어서 pH가 낮아지면 칼슘이 많이 떨어져 나가며 부서지는 질감Crumble이 나타난다. 페타 치즈나 블루 치즈의 부서지는 질감이 좋은 예라고 할 수 있다. 반면 칼슘 함량이 높으면 부드럽고 신축성 있는 질감이 나타난다.

2. 소금을 적게 사용해 프로피오니박테리움 셔머니Propionibacterium Shermanii라는 특정한 박테리아가 자랄 수 있는 환경을 만든다. 소금이 많거나 pH가 낮으면 박테리아가 자라는 것은 불가능하다. 프로피오니박테리움 셔머니는 이산화 탄소와 프로피온산을 생성한다. 이산화 탄소는 기포로 팽창하여 구멍을 내며 에멘탈 치즈에 필수적인 맛과 풍미를 낸다. 상대적으로 높은 pH(low acidity)는 산소가 필요한 박테리아Aerobic Bacteria가 자라도록 하는데 붉은색을 내는 브레비박테리움 린넨스Brevibacterium Linens와 다른 코리네폼 박테리아Coryneform Bacteria와 같이 균이 치즈 표면에 자라나서 알파인이나 그뤼에르 치즈 숙성에서 중요한 역할을 한다.

3. 높은 미네랄 함유와CaCl₂ 높은 pH는 커드에 어느 정도의 탄력성을 주고 그 탄력성은 이산화 탄소CO_2가 치즈를 깨고 나오기보다는 구형의 홀을 만들도록 도움을 준다. 알파인 치즈 패밀리는 모두 프로프로피오니박테리움 셔머니와 브레비박테리움 린넨스가 중요한 역할을 하지만 어느 정도는 숙성 과정에서 성질이 달라진다. 예를 들면 프로피오니박테리움 셔머니에 의한 가스 생성에는 따뜻한 온도를 필

요로 한다. 그래서 좀 더 차가운 온도에서 숙성되는 보포르 치즈는 에멘탈 치즈에 비해 더 작고 적은 양의 가스 구멍을 만든다. 그뤼에르 치즈의 표면에 자라는 브레비박테리움 린넨스는 높은 습도가 필요하고 치즈 메이커가 표면 박테리아를 활성화시킨다. 반대로 에멘탈은 깨끗하고 부드러운 표면을 위해 더 낮은 습도에서 숙성시키고 표면을 연마하는 노력이 더해진다. 이렇게 알파인 치즈 들은 같은 화학·미생물학적 배경으로 만들어지지만 숙성 과정의 차이로 다른 성격의 치즈가 된다.

산악 지대 치즈와 비슷한 경질 치즈로 평원에서 생산되는 치즈가 있다. 이탈리아 북부 포강 유역의 경질 치즈 그라나Grana인데 파르미지아노 레지아노Parmigiano-Reggiano와 그라나 파다노Grana Padano가 가장 유명하다. 이 치즈 들도 알프스 치즈에 기원을 둔 것으로 보인다. 포강을 끼고 있던 베네딕트 수도원과 시토 수도원은 포강 유역을 개간하고 개발하여 대규모 낙농을 이루는 데 핵심적인 역할을 했다. 그라나 치즈를 만드는 데 필요한 장비와 기술은 상당히 정교하고 알프스 치즈와 매우 비슷한 형태를 갖추고 있으므로 알프스 치즈 장인들로부터 생산 기법을 배웠을 것으로 추측된다. 비록 알프스 치즈의 생산 기법을 차용했더라도 포강 유역의 치즈는 새롭고 색다른 것이었다. 소금이 풍부했던 이 지역은 알프스 치즈보다 많은 소금을 사용해 염분 함량은 높으면서 수분은 적은 치즈를 만들었다. 이런 치즈는 숙성 중에 표면의 수분 증발이 많이 일어나지 않아도 오래가고 단단했다. 형태도 알프스와 달리 크고 길쭉한 원통형으로 선반 공간을 덜 차지한다. 염분 함량이 높아 염분에 민감한 프로피오니 박테리아의 성장이 억제되어 알프스 치즈와는 다른 생화학적 숙성 과정으로 풍미도 달랐다. 레지아노의 맛을 본다는 것은 이탈리아의 기후, 토양, 풀, 역사와 식문화를 맛보는 것과 같다. 에밀리아 로마냐 지역의 모데나, 파르마, 에밀리아, 볼로냐 및 롬바르디아 지역의 만토바에서만 생산되며 특별히 관리되는 소에서 착유한 우유로만 만들어진다. 지방을 제거한 우유로 만들며 매우 단단하고 숙성이 되면 수분 함량이 매우 낮다.

1300~1400년대에 수도사들은 이 치즈에 대한 독점권을 가지고 이탈리아의 다른 지역에 판매했으며 점차 인기를 얻자 다른 유럽 지역에도 퍼져나가기 시작했다. 인기로 인해 다른 지역에서 모방한 치즈가 만들어지기 시작했고 이탈리아는 이 치즈의 독점적인 생산과 판매를 통제하기 위해 법령을 발표했다. 1955년 정통 '파르메산' 치즈의 공식 명칭은 파르미지아노 레지아노가 되었다. 이탈리아 북부 에밀리아 로마냐 지역을 중심으로 한정된 지역에서 만들어지는 최고급 경질 치즈다. 전날 저녁 착유한 우유를 다음 날 지방을 제거한 후 아침에 짠 우유와 섞어서 하루에 한 번만 만들 수 있다(그러나 파다노는 오전 오후에 짠 우유를 부분 탈지하여 만들기 때문에 하루에 두 번 생산한다). 단단하고 옅은 황금색 껍질과 풍부하고 예리한 향의 밀짚색 페이스트가 특징이다. 1년 숙성한 것을 지오바네Giovane, 2년 숙성한 것을 베키오Vecchio라고 한다. 스트라

베키오Stravecchino 라벨이 붙으면 3년 이상 된 것이고 스트라베키오네Stravecchiones 라벨이 붙으면 4년 이상이다. 제조는 1일 1회이며 최소 1년 이상 숙성하며 철저하게 품질을 관리한다. 복잡한 풍미와 세밀한 질감은 오랜 시간 숙성된 결과로 레지아노는 모든 치즈의 왕King of Cheeses이라고 불리며 치즈의 나라 프랑스 사람들조차도 인정하는 치즈다. 껍질에 파르미지아노 레지아노라고 새겨져 있으면 볼로냐, 만토바, 모데나 또는 파르마 지역 중 한 곳에서 생산된 것이다. 이탈리아 법에 의해 이 지역에서 생산된 것만 파르미지아노 레지아노라는 이름을 붙일 수 있다. 레지아노 치즈를 그라나라고도 하는 것은 주로 치즈를 갈아서grating 사용하다 보니 Grain(그래인, 곡물처럼 갈려져 있는)과 같은 의미의 Grana(그라나)라고 한다.

그라나 파다노 치즈는 파다나 평원에서 만들어진 GranaGrain라는 의미가 있다. 롬바르디아, 베네토, 에밀리아 로마냐(피아첸차Piacenza주), 트렌티노, 피에몬테에서만 생산할 수 있다. 레지아노에 비해 규제에서 자유롭게 하루에 2회 제조할 수 있고 숙성도 최저 9개월로 짧게 할 수 있다.

흔히 알고 있는 '파마산'은 파르미지아노를 영어로 파마산이라고 부르면서 생긴 이름이다. 미국에서 판매되는 Kraft사의 파마산 치즈는 이탈리아의 파르미지아노 레지아노나 그라나 파다노와는 완전히 다른 종류의 치즈다. 우유, 소금, 레닛 이외에 셀룰로스파우더, 칼륨소르베이트 등의 첨가물을 넣어 가루 형태로 만든 치즈에 파마산이라는 이름을 붙인 것이다. 이밖에도 아르헨티나 등 남미에서 만든 것에 파르메산, 파르미지아나, 파르메사나, 파르마본, 레알파르마, 파르메자노 등의 이름을 붙여 미국에서 판매하고 있다. 따라서 명확히 파르미지아노 레지아노, 그라나 파다노라고 구분해서 불러야 하며 파마산이라고 하면 미국산 치즈를 의미한다.

소프트 치즈

처음 맛본 카망베르 치즈는 생각보다 매력적이지 않았다. 하얀 곰팡이 껍질에 크리미한 상아색 속살은 맛있어 보였지만 상상하고 기대했던 맛과는 달랐다. 쫄깃한 질감에 특별한 냄새는 없고 맛도 특별하지 않았다. 진공 알루미늄 깡통이나 플라스틱 통에 든 공장 생산품이었다. 이 치즈가 왜 유명한지 이해할 수 없었다. 대부분의 치즈 초보자들이 접하는 이런 종류의 치즈는 유통 기한이 1년이나 되는 공장 대량 생산품이다. 나폴레옹이 그렇게 좋아하고 프랑스 왕과 귀족들이 열광했다는 치즈의 맛을 기대한다면 실망하기에 충분하다. 치즈를 공부하고 만들면서 그런 멸균 치즈는 그저 고상해 보이는 단백질 덩어리에 불과하다는 것을 알게 되었다. 호주 시드니에 빅터 처칠을 견학하고 들렀던 치즈숍 오셀로에서 맛본 카망베르와 브리야사바랭은 완전히 다른 것이었다.

크리미하고 부드러운 질감과 더불어 단백질과 지방이 숙성되어 나타나는 최고의 맛이었다. 곁들여 나온 빵과 살구잼은 그 맛을 한층 더 끌어올렸고 차갑고 상큼한 화이트 와인은 천상의 궁합이었다.

소프트 치즈Soft Cheese(연성 치즈)는 두 가지로 분류할 수 있다. 하나는 흰곰팡이 치즈Bloomy Rind/White Mold Ripened인데 대표적으로 카망베르와 브리가 있다. 같은 흰곰팡이 치즈지만 만드는 방법이 약간 다른 치즈로 브리야사바랭, 크로탱 같은 락틱 스타일 치즈도 있다. 다른 하나는 외피세척 치즈로 뮌스터, 림버거, 리바롯, 에푸아스, 퐁레베크 치즈가 대표적이다. 이들 치즈는 알프스의 산악 치즈와 달리 어떤 이유와 사연으로 만들어졌을까?

유럽 서북부는 작은 농가로 구성된 마을들이 점점이 펼쳐진 평야 지대다. 이런 지리적 환경으로 알파인 치즈와 달리 험한 운송 과정을 견디거나 오랜 시간 보관이 필요하지 않아 크고 딱딱하고 장기간 보관이 가능한 치즈를 굳이 만들 필요가 없다. 아낙들이 바쁜 농사와 가사 중에도 짬짬이 만들고 가족과 즐겁게 먹거나 마을 시장에 내다 팔 수 있는 치즈를 만드는 것이다. 가난한 장원의 소작농들은 대개 한두 마리의 소를 키웠으며 이 당시 소 한 마리에서 착유할 수 있는 우유량은 3.8리터에 불과했다. 연성 치즈 450그램 정도를 만들 수 있는 양이다. 따라서 두세 번 짠 젖을 모아 한 번에 치즈를 만들었고 이는 자연발효 과정으로 높은 산도(낮은 pH)의 치즈가 되었을 것이다. 카망베르의 주산지인 노르망디는 버터 생산으로도 유명하다. 우유에서 크림을 걷어내기 위해 대여섯 시간 가만히 둠으로써 마찬가지로 유산균이 활성화하여 산을 만드는 시간을 주게 된 것도 원인 중 하나라고 볼 수 있다.

치즈 제조의 다른 변수는 우유의 응고 과정에 있는데 레닛을 많이 넣어 응고시키는 경우 응고 시간이 짧은 대신 낮은 산도(높은 pH)와 수분 함량이 높은 치즈가 만들어진다. 이 치즈를 서늘하고 습도가 높은 환경에 보관하면 치즈 표면에 효모와 곰팡이의 작용으로 흰색 외피 치즈가 만들어진다.

다른 방법으로 저온에서 24시간 이상 유산균에 의한 젖산 발효를 시기고 소량의 레닛을 넣어 응고시키면 수분 함량이 적고 조직이 매끄러우며 산도가 높은 치즈가 만들어진다. 흰색 외피 치즈와 유사해 보이지만 조직과 질감은 다르다. 이를 락틱 치즈라고도 하는데 대체로 염소를 키우는 루아르 지역에서 만들었고 크로탱, 생모르 등의 산양유 치즈가 대표적이다.

카망베르로 대표되는 흰곰팡이 치즈는 북프랑스(노르망디와 일드프랑스)에서 기원했다. 1791년 프랑스 혁명으로 혼란하던 때 도망치던 한 사제가 노르망디 카망베르 마을의 어느 농부 집에 숨어 지냈는데 고마움의 표시로 농부의 아내 마리 아렐에게 브리 치즈 제조법을 가르쳐줬다고 한다. 그녀가 리바로라는 치즈 틀에 치즈를 만들면서 카망베르 치즈의 기원이 되었다고 한다.

같은 흰곰팡이 치즈로 브리 드 모Brie de Meaux, 브리 드 믈랭Brie de Melun, 쿨로미에Coulommiers는 브리 3총사로 서로마 황제 샤를마뉴, 루이 14세, 루이 16세 등 왕들이 좋아한 치즈로 유명하다. 파리 근교에서 생산된 치즈 들은 베르사유 궁전이나 귀족들에게 매주 50대나 되는 마차에 실어 날랐다고 한다. 그 당시 왕과 귀족 들이 먹던 사치스런 음식임을 알 수 있다. 브리 드 모는 1815년 비엔나 회의에서 60여 종의 치즈 중 만장일치로 그랑프리를 수상하면서 치즈의 왕이란 호칭을 얻었다.

전통적인 방법으로 만드는 카망베르는 페니실륨Penicillium과 지오트리첨Geotrichum에 의해 만들어지는 벨벳 같은 흰 표면이 특징인데 완전히 숙성되면 옅은 갈색으로 변한다. 지름 10.5~11센티미터에 무게는 약 250그램이며 숙성 초기에는 약간의 산미와 함께 겉은 부드럽고 속은 딱딱한 질감을 보인다. 숙성될수록 부드럽고 크리미한 질감으로 변하며 껍질 쪽에서 약간의 암모니아 향을 느낄 수 있다. 숙성 기간은 12~15일며 유통 기한은 최소 25~30일이다. 목표값 45퍼센트 F/DM(법적 값 최소 40퍼센트 F/DM)이므로 보통 전유Whole Milk 이용 시 55퍼센트 F/DM을 고려하면 Fat을 걷어내는 과정Standardization이 필요하다. 그렇지 않고 전유를 이용할 경우 드레인이 잘 되도록 해야 하므로 레닛을 넣는 온도나 시간 및 유청을 빼는Synerisis 과정에 유의해야 한다. 현대적인 제조 방법의 카망베르는 외피는 거의 같지만 풍미는 좀 더 마일드하다. 페이스트는 좀 더 부드럽고 신축성이 있다. 숙성이 천천히 발전되므로 유통 기한이 길지만 맛의 특성은 전통적인 카망베르보다 약하다.

범위를 넓혀 연성 숙성 치즈의 기원을 찾아보면 시간을 거슬러 올라가 로마 제국의 몰락과 베네딕트 수도원의 성장과 연결된다. 6세기 누르시아의 베네딕트Benedict of Nursia는 유럽에서 가장 영향력 있는 수도원으로 치즈 생산을 장려했다. 로마 교황 그레고리오 1세는 아일랜드 수도회의 선교 활동에 위기감을 느껴 '교육과 학습, 공공 봉사와 사회적 책임을 중시하며 로마 교황의 권위를 인정한' 베네딕트 수도회를 지지하게 된다. 이곳에서 만든 베네딕트 규칙Rule of St. Benedict은 1000년 동안 유럽 수도승의 실행 규칙이 되었는데 농업과 문화에도 영향을 주었다. 이 규칙서의 제39~40장에서는 먹는 음식의 양과 질에 관한 규정을 소개한다. 하루에 두 끼와 두 접시를 먹을 것을 권한다. 육식 금지 때문에 치즈가 주요 단백질 공급원이 되어 수도원에서 중요한 식품이 된다. 베네딕트는 자급자족 시스템으로 농가에서 배운 치즈 제조 기술을 상황에 맞게 개량하게 된다. 처음에는 자급자족을 위한 양만 만들다가 나중에는 내다 팔게 되면서 수도원의 주요 수입원이 된다. 10세기경에는 베네딕트 수도원이 방대한 장원(수도원이나 영주에 귀속된 소작농)과 자산을 소유하기 시작한다. 1098년에는 지나치게 부유한 베네딕트 수도회에 반발하여 프랑스 부르고뉴 지역에서 시토 수도회가 개혁 운동을 시작한다. 시토 수도회는 장원과 농노의 기부를 거부하고 수도원에서 육체노동을 하는 평수사 제도를 통해 직접 농업 경영을 하게 된다. 이때 수도회의 중요한 농업 활동 중 하나가 치즈 생산이었고 중세 유럽의 경제 발달과 유럽 치즈 역사에 발전을 가져왔으며 표면 세척 치즈 Smear Ripened Cheese는 많은 경우 이들 수도원과 관련이 있다.

같은 줄기에서 시작된 다른 특성의 치즈 중 왜 수도원에서는 외피 세척 치즈가 만들어지고 일반 농가에서는 흰곰팡이 치즈가 만들어졌을까? 외피세척 치즈가 수도원에서만 만들어진 것은 아니었다. 일반 농가 중 소를 서너 마리 이상 키울 수 있는 곳에서는 우유 생산량이 넉넉해 착유 후 바로 치즈를 만들기도 했을 것이며 따뜻한 생우유를 레닛으로 빠르게 응고시켰다면 pH가 높은 치즈가 만들어졌을 것이다. 이를 서늘하고 습도가 높은 지하 저장고에 보관하면 치즈 표면에 효모가 증식하고 나중에는 주황색을 띠는 브레비박테리움 린넨스 박테리아가 번식하게 된다. 이렇게 농가에서 만들어진 외피세척 치즈가 퐁레베크와 같은 것이다.

한편 수도원의 규모와 특성상 수도원 주변의 농가에서 수거한 많은 양의 우유로 치즈를 만들다 보니 일반 농가처럼 전날 저녁과 다음 날 아침 우유를 모아 치즈를 만들기보다는 아침과 오후에 한 번씩 하루 두 번 치즈를 제조했다. 우유 안에 존재하는 유산균Lactic Acid Bacteria이 많은 양으로 번식하기 전에 치즈를 제조함으로써 산의 생성이 느리게 Slow Acidification 되어 산성도가 높은 치즈가 만들어지고 이것이 브레비박테리움 린넨스라는 박테리아가 활성화되는 조건을 만든 것이다.

이 두 가지 치즈를 만드는 방법은 비슷한 과정을 거치지만 최종 결과는 맛, 향, 텍스처, 외피의 모양에서 다른 결과를 가져온다.

흰곰팡이 치즈의 산 생성 과정

24시간 안에 pH 4.6까지 급격히 떨어지며 치즈 표면에 산에 내성이 있는 Mold(곰팡이)가 성장한다. 하지만 표면을 붉은색으로 만드는 표면숙성균Aerobic Coryneform Bacteria의 성장은 방해한다. 습도, 소금양, 커드의 수분량, 온도가 맞아떨어지면 흰곰팡이Penicillium Camemberti가 치즈 표면에 활성화된다.

외피세척 치즈의 산 생성 과정

24시간 안에 pH 5.2로 느리게 떨어진다. 치즈 표면의 pH 5.2는 브레비박테리움 린넨스와 같은 붉은색을 내게 하는 박테리아가 표면에 강력히 자라게 한다. 숙성 과정의 브러시질과 같은 손질도 중요하지만 가장 중요한 것은 24시간 내의 pH 변화에 의해 결정된다.

이처럼 치즈의 기술 발전은 수도원에 의해 이루어진다. 웬즈데일Wenslydale, 포르 뒤 살루Port du Salut, 생 폴린St. Paulin, 프로마주 드 타미Fromage de Tamie, 마루알르와 같은 치즈가 수도원에서 만들어지게 된다.

운송 수단이 부족하던 시절 생산된 치즈는 지역 소비 후 남은 것은 저장하여 겨울을 나게 된다. 유럽의 춥고 습도가 높은 날씨는 발효와 염장에 가장 효과적인 조건으로 고기, 생선, 맥주, 와인, 채소, 치즈 등 발효 저장 식품이 발달했다.

대부분의 치즈 종류는 특별한 조건—지역, 특수 종, 화학적 성분, 미생물 등—에 의해 우연히 진화해 왔다. 제조 과정이나 숙성 과성에 의도하지 않은 사건, 즉 곰팡이나 다른 미생물Microorganisms의 성장에 의해 진화되어 왔다. 추측건대 이런 의도치 않은 사건들이 치즈 품질에 좋은 영향을 미쳐 제조 방법을 개선시켰을 것이다. 최근까지 치즈 제조는 표준화되지 않았고 전해 내려오는 기술Craft이었지만 근래 들어 화학적 지식과 미생물학의 발전에 의해 제어된 환경에서 안정적으로 제조할 수 있게 되었다.

블루 치즈

ROQUEFORT

대리석과 같은 푸른 무늬의 블루 치즈는 호불호가 극명하게 갈린다. 갈리는 만큼 좋아하는 편에 선다면 블루 치즈의 매력은 치명적이다. 아미노산과 지방산의 분해로 입안에서의 부드러운 감칠맛과 페니실륨 로크포르티Penicillium Roquforti의 톡쏘는 맛, 소금에 의한 짭짤한 맛, 코를 자극하는 꼬릿한 향까지 중독적이다. 강한 맛과 향 때문에 위스키나 주정 강화되고 스위트Sweet한 포트 와인과 매우 잘 어울린다.

　블루 치즈의 원조격인 프랑스의 로크포르는 양젖으로 만드는데 특유의 맛이 있어 블루 치즈의 왕이라고 할 만하다. 이는 양유의 지방산과 관련되어 있는데 유지방Milkfat은 치즈의 맛과 향에 중요한 역할을 하며 중성 지방Triglycerides(트리글리세라이드)으로 구성되어 있고 이 중성 지방은 글리세롤Glycerol과 세 개의 지방산으로 구성되어 있다. 이 지방산은 수소 원자에 의해 탄소 원자의 체인으로 구성되어 있다. 우유 지방은 18개, 12개, 4개의 탄소 체인으로 이루어져 있는데 탄소 체인이 길수록 물과 잘 분리된다. 라드 같은 동물 지방이나 식물성 지방은 대부분 16개, 18개의 탄소 체인으로 이루어져 있다. 이와 달리 우유 지방은 짧은 탄소 체인의 비율이 높은 것이 특징인데 4, 6, 8, 10개로 구성되어 있다. 이 짧은 지방산Fatty Acid이 치즈를 만드는 데 중요한 역할을 한다. 이들이 효소(리파아제)의 작용에 의해 글리세롤로부터 떨어져 자유로운 상태인 유리지방산Free Fatty Acid이 되면서 치즈 특유의 강한 아로마와 맛을 낸다. 양과 염소유의 지방산은 짧은 지방산이 집중되어 있어 소의 우유보다 강한 후추향Peppery, 톡 쏘는 맛과 향Piquant Flavor, Aroma을 낸다. 유지방은 얼리거나 세게 휘저을 경우 파괴되기 쉬운데 전하를 띄고 지방을 둘러싼 막이 깨지면 카세인Casein Micelles에 붙어 있던 리파아제 효소Lipase Enzyme에 의해 짧은 지방산Short Chain Fatty Acid이 끊어진다. 치즈가 숙성되는 동안 리파아제 효소 작용으로 서서히 분해되어야 하는데 초기에 끊어지면 유리지방산이 유산균Starter Culture을 방해해 산화Acidify가 늦어진다. 그렇게 되면 치즈의 품질에 영향을 주고 결과적으로는 빨리 산패Rancid한다. 따라서 지방이 충격에 깨지지 않도록 매우 조심스럽게 우유를 다뤄야 한다. 양유Sheep Milk는 리파아제 효소가 적어서 상대적으로 영향을 덜 받는다.

1070년 수도사와 소작농들이 함께 치즈 생산 기법을 개량하였고 로크포르 치즈의 생산이 크게 확대되었으며 로크포르 치즈가 콩크의 베네딕트 수도원에 기부되었다고 한다. 라르작 고원의 고산 목초지에서 로크포르 북동쪽에 이르는 지역까지 양 떼를 이동시켜 풀을 먹였고 치즈를 생산했다. 이렇게 고산 지대에서 생산된 로크포르 치즈는 숙성 장소인 캉발루Combalou 동굴로 옮겨서 숙성시켰다. 캉발루 동굴은 길이 2킬로미터, 넓이 300미터의 천연 동굴로 온도 8~12도, 습도 95퍼센트가 자연적으로 유지된다. 특히 석회암 재질로 인한 동굴의 미세한 균열이 공기 통로가 되어(플뢰린) 공기의 자연 순환을 돕는다. 11세기경 로크포르 치즈가 시장에서 인기를 얻자 성전 기사단과 시토 수도회가 라르작 고원의 목초지를 상악하여 양젖과 캉발부 동굴의 치즈를 독점한다. 이들 수도원이 로크포르 치즈 생산에 끼친 영향력 때문에 1411년 최초로 로크포르 마을이 아펠라시옹 도리진Appellation D'origine(원산지 증명)을 부여받게 된다. AOP 규정에 따르면 라콘느 종의 양젖으로 만들어야 하는데 12월부터 다음 해 6월 말까지 착유한 젖으로 만든다. 3개월가량 숙성하므로 4월에서 10월에 판매하는 로크포르 치즈가 최상의 품질이다.

전설에 의하면 한 목동이 캉발루 동굴에서 쉬던 중 지나가는 아름다운 소녀에게 반해 쫓아가는 바람에 점심으로 준비했던 빵과 치즈를 잃어버렸다가 몇 주 뒤에 다시 가보니 치즈에 푸른곰팡이가 피어나 있었다고 한다. 이런 전설은 종종 후대 사람들이 만들어 내는 이야기로 좀 더 과학적인 분석이 필요하다.

블루 치즈의 가장 큰 특징은 푸른곰팡이균의 존재인데 이것이 어떻게 치즈 내부에 대리석처럼 피어나게 되었을까? 동굴 안의 낮은 온도와 높은 습도는 각종 곰팡이의 성장에 이상적인 조건을 제공했으며 치즈의 산도와 염분 함량이 높으면 특히 페니실륨 로크포르티의 성장에 적합했을 것으로 추측된다. 푸른곰팡이의 번식이 치즈의 풍미와 질감에 미치는 영향을 알아낸 치즈 장인들이 푸른곰팡이의 성장을 촉진시키는 방법을 고안했을 것이다. 푸른곰팡이는 호밀의 식물 병원균에서 유래한 것으로 추측되는데 구운 호밀빵을 습도가 높은 동굴 안에 두면 푸른곰팡이가 피어난다. 이것이 페니실륨 로크포르티다. 현재 대부분의 푸른곰팡이는 공장에서 만들지만 전통을 중시하는 몇몇 회사들은 아직도 호밀빵을 이용하는 방식으로 곰팡이균을 만들어 사용하고 있다. 푸른곰팡이균은 산소를 만나야 활발히 작동하므로 치즈에 송곳으로 구멍을 뚫어 산소가 공급되도록 한다. 푸른곰팡이가 충분히 피어나면 이것을 멈추기 위해 알루미늄 포일로 감싸 산소를 차단하고 숙성시킨다.

3장

살루미, 고대의 염장 발효 기술

만약 내가 강원도 산골 어디쯤에 친구들과 사냥을 나와 추운 겨울바람을 맞으며 헤매다 운 좋게 멧돼지나 뿔이 근사한 사슴을 잡았다고 상상해 보자. 시대는 냉장고가 세상에 나오기 전, 그러니까 200년 전쯤이 좋겠다. 500년 전 유럽 한가운데도 좋고…. 잡은 짐승을 마을로 운반하고 따뜻한 모닥불을 피우고 한바탕 축제가 벌어질 것이다. 배부르게 먹고 난 다음 날 아침 아직도 고기가 많이 남아있다면 어떻게 해야 할까?

기원전 고대의 인류는 이런 현실적인 문제의 해결책을 염장과 건조에서 찾아 먹거리가 결핍된 겨울을 견뎌냈을 것이다.

대부분의 학자는 중국에서 돼지를 처음 사육했고 이후 유럽으로 전해졌다고 믿는다. 기원전 1000년 이탈리아반도에도 중국에서 전해온 야생 돼지들이 자유롭게 돌아다녔다. 기원전 100년 로마 학자 바로

Varro는 어떻게 돼지를 사육해야 가장 맛있고 많은 양의 고기를 얻을 수 있는지에 대해 기술했다. 당시 로마의 돼지 시장은 소금 시장 옆에 위치했고 그들은 소금을 이용해 염장하여 안전하게 보존하는 방법을 알고 있었다. 로마 멸망 후 돼지는 유럽에서 가장 중요한 식용 고기의 원천이 되었다. 가을마다 농부들은 돼지를 도축하였고 먹고 남은 고기를 염장해서 저장했다. 겨울이라는 자연 냉장고를 이용하기 위해 가을부터 초겨울에 대량으로 도축하는 전통이 있었으며 가을은 수확과 축제의 계절이었다. 돼지의 뒷다리, 목살, 등심, 삼겹살 등의 부위를 소금으로 염장했는데 과학적으로 보면 고기 단백실에 붙어 있는 물 분자를 제거함으로써 미생물의 번식과 부패를 방지하는 것을 알고 있었던 것이다. 이렇게 계절의 변화에 따라서 단순한 것부터 복잡한 제품까지 다양하고 정교하게 만들어 왔고 소비자들도 그 시즌에 맞춰 제한된 제품들을 소비해 왔다.

살루미가 되기까지

동물

동물들은 약 1만 7000년 전에 시작된 몇 개의 야생종에서 유래했으며 수천 년 동안 번식해오다 특정한 인류의 환경에 적응하며 사육되기 시작했다. 몇 세기 전 유럽에서는 동물의 품종이 고기의 품질과 형태 그리고 외모를 위해 선택되고 다듬어졌다. 즉 아름다움과 조화가 문명의 본질이던 시대였다. 비용은 목적이 아닌 결과였고 동물들은 계절의 순환에 따라서 자연스럽게 성숙되었다. 하지만 현대의 경제, 경영, 과학기술의 시대는 생산성과 자본의 수익에 더 많은 관심을 가지고 있다. 옛날에는 육즙이 더 많고 조밀한 식감, 풍미를 위한 지방과 잘 익은 맛을 위해 충분히 오랜 시간 키웠다면 현대에는 수익성을 위해 어리고 마르고 수분이 많은 동물로 짧은 시간에 키운다. 다행히도 옛 품종은 세계 곳곳에 지속 가능한 옛날 방식의 환경과 좀 더 인간적인 조건에 살아남아 있다. 버크셔, 햄프셔, 듀록, 친타 세네제, 망가리차와 같은 품종이다. 이 품종들은 들판에서 운동을 하며 더 오래 키움으로써 마블링이 생기며 육즙이 풍부해지고 더 건강해진다. 가장 중요한 것은 이들이 먹는 사료나 먹이인데 아무리 품종이 뛰어나도 먹이가 안 좋으면 포화지방산을 함유한 부드럽고 기름기 많은 지방을 얻게 된다. 불포화지방산이 많은 돼지를 사육하기 위해서는 넓은 공간에서 활동할 수 있고 항생제를 투여하지 않아도 자연적으로 면역력이 생기도록 하는 것이 중요하다. 돼지고기 지방의 품질을 평가하기 좋은 방법은 신장(콩팥) 주변의 지방을 확인하는 것이다. 최상급 품질은 냉장 상태에서 밝은 흰색에 단단한 지방인데 손가락으로 부수기 힘들 정도다. 반면에 안 좋은 품질은 신장 주변의 지방색이 누르스름하고 광택이 나며 손가락으로 만졌을 때 부드럽다.

이탈리아의 돼지는 1200년대에 마르코 폴로가 아시아에 다녀오는 길에 더 큰 돼지 종자를 가져오면서 개량이 시작되었다. 18세기에는 영국 제국의 영향으로 더 큰 종자를 만들 수 있었다. 개량되지 않은 돼지는 역삼각형의 체형으로 앞다리가 크고 뒷다리가 작은 형태지만 개량종은 뒷다리가 더 크다. 현재 살루미용으로 키우는 종은 네라파르미지아나Nera Parmigiana라는 품종으로 220~280킬로그램이 되도록 24개월 동안 키운다. 이탈리안 살루미를 만드는 목적은 오래 키우는 것이 중요하며 랜드레이스 계열의 흰 돼지는 12개월을 키우고 저렴한 가격의 살루미로 만들어진다. 살루미에 적합한 품종의 선택과 더불어 키우는 환경과 먹이 역시 매우 중요하다. 무조건 살을 찌우기보다는 성장 단계별로 먹이를 바꾸어 가는 다이어트 프로그램이 중요하다.

표는 프랑스의 사육 기간별 사료 급여 프로그램이다. 어떤 품종, 어떤 사료를 먹이는가는 최종 결과에 중요한 영향을 미친다.

단위: 퍼센트

	8~30킬로그램	30~80킬로그램	80~200킬로그램
밀wheat	58	23	51
보리barley	15	36	28
옥수수corn	–	20	5
콩soy bean	22	18	13
기름oil	0.5	0.3	0.3
비타민 미네랄	4.7	3.3	2.8

해부학

각 부위의 뼈대, 근육, 뼈, 지방조직, 장기 등의 구성 구조를 알아야 부위별 최적의 활용도를 결정할 수 있다. 정확한 정형과 트리밍, 핸들링을 통해 각 부위 고유의 품질을 얻는 기술을 숙련시켜야 한다. 각 부위는 단순한 소시지 용도부터 최고 부가가치의 프로슈토까지 다양하게 이용할 수 있는데 그밖에도 하찮게 여겨 버려지는 부위들—콩팥, 혈액, 간, 심장, 비장, 폐, 양, 창자, 컬펫, 코, 혀, 볼살—도 요긴하게 사용할 수 있다.

보통 고기는 세 가지로 이루어진다. 첫째, 근육 조직은 미오신과 액틴으로 이루어져 있는데 운동을 관장하는 단백질 모터라고 할 수 있다. 뼈와 연결되어 부위와 역할에 따라서 크기가 다르다. 둘째, 콜라겐과 엘라스틴 조직은 근육 섬유를 한 덩어리로 묶어주며 힘줄에 의해 뼈에 붙어 있도록 한다. 셋째, 지방은 에너지를 저장하고 근육과 장기의 완충 역할을 하며 근육 조직 사이의 콜라겐 막, 피부와 복부 아래에 축적된다.

어깨(전지)는 더 미세한 섬유 조직인데 작고 많은 근육으로 구성되어 있나. 너 붉은색을 띠고 더 단단한데 이유는 촘촘한 막과 힘줄로 지탱하기 때문이다. 힘줄 막이 많아 질기기 때문에 갈아서 살라미로 이용하는 것이 좋다. 반면 다리 근육(후지)은 크고 무거운 근육 섬유로 이루어져 있으며 창백하고 부드러운 질감이므로 프로슈토와 같은 생햄으로 적합하다. 등심은 운동량이 적어 산소 공급이 적은 근육으로 이루어져 있어 적색근섬유의 비율이 낮다. 따라서 연한 핑크색을 띠며 근막이 적어 질기지 않다. 등지방을 제거하면 저지방 고단백으로 고기 100그램당 140칼로리의 다이어트 부위가 된다. 목살은 등심과 연결되는 목 부위의 근육으로 운동량이 비교적 많기 때문에 붉은색을 띠며 여러 개의 근육과 지방층으로 이루어져 있다. 맛이 진하고 감칠맛이 풍부하다.

도축

Pig를 Pork로 바꾸는 것을 도축Butchering이라고 한다. 도축장까지의 운송 과정이나 도축 방법은 특별한 주의를 요구한다. 수년 동안 아무리 훌륭하게 키웠어도 이 과정에서 잘못되면 모든 것을 망칠 수 있다. 도축된 지육을 받으면 범죄 현장에 도착한 경찰 감식반장처럼 면밀하게 관찰해야 한다. 부러진 곳과 혈액 반점이 있는지, 항생제 주사로 인해 농이 찼는지, 육색은 창백한지 짙은지 등.

PSE육Pale, Soft, Exudative은 주로 돼지고기에서 발견되는데 스트레스를 많이 받아 근육 내 글리코겐 소비가 증가하면서 젖산이 빠르게 축적된 상태다. pH가 정상(5.4~5.8)보다 낮아 보수성이 낮고 유화성과 결착력이 떨어진다. 반면 DFD육Dark, Firm, Dry은 주로 소나 양에서 발견되는데 장거리 운송으로 스트레스가 심한 경우 도축 전 에너지원의 대사가 급속히 진행되어 젖산이 생성되지 않아 pH가 6.0~6.5로 높은 상태다. pH가 높으면 미생물의 번식이 유리해 저장성이 떨어진다. 대신 보수력(물을 붙잡아 두는 능력)이 높아 햄·소시지 생산에는 유리한 조건이 될 수 있다.

운송 과정 중 발생하는 스트레스는 이동 시간, 온도, 습도, 밀도, 도로 사정, 운전 습관 등에 따라 달라진다. 미국의 경우 무진동 차량을 동원하고 수송 밀도를 적게 하여 스트레스를 최소화하는 노력을 하고 있다. 도축장에 도착하면 계류장에서 하루 정도 휴식을 취하게 하는데 도축량이 많을 때는 휴식 시간이 충분하지 않아 스트레스로 인한 품질 문제를 야기한다.

또한 계류장에서 돼지를 몰아가는 과정에서 편의상 전기봉을 사용하는데 이때 충격과 스트레스를 받게 되어 돼지의 육질 저하로 이어진다. 이후 생체 검사를 통과하면 타격법, 전기 충격법, 총격법, 가스 마취 등의 방법으로 기절을 시킨다. 이중 CO_2를 이용한 가스 마취가 가장 인도적인 방법이지만 시간과 비용이 많이 든다. 방혈은 목동맥을 절단하여 신속히 혈액을 방출시키는 단계로 육질에 많은 영향을 미친다. 방혈 과정이 지체되면 의식이 회복되어 근육 경련, 혈압 상승에 따라 이상육, 혈반육의 발생 빈도가 높아진다. 우리나라는 전기 충격법이 전체 도축장의 90퍼센트 이상 차지하는데 약 10퍼센트의 개체가 기절 상태에서 깨어나 방혈 과정을 거치는 것으로 추정된다. 반면 이산화 탄소를 이용하는 경우 1.7퍼센트만이 기절에서 깨어나는 것으로 추정된다. 민간 도축업장의 경우 비용 문제로 시설이 열악해 동물복지 차원에서 법 개정이 필요하다. 하루에도 수백 마리 이상 도축하는 과정에서 상당한 변수가 문제점으로 작용할 수 있으며 육질 저하뿐 아니라 인도적인 면에서도 개선이 필요하다. 소분된 포장육에서는 육안으로 확인할 수 없지만 지육으로 받을 경우 약 10퍼센트는 도축 과정의 문제로 인한 결함을 확인할 수 있기 때문이다.

정형

경찰 감식반장의 눈으로 지육을 관찰했다면 이제는 숙련된 외과의사의 솜씨와 해부학 지식을 동원해 정형Fabrication해야 한다. 최종적인 사용 용도가 정확하다면 그에 맞게 정밀한 작업을 통해 낭비하는 부분이 없도록 한다. 한국과 이탈리아는 정형 방법이 다른데 그 이유는 값어치 있는 부위와 활용법이 다르기 때문이다.

　지육에서 제일 먼저 제거하는 것은 안심 밑에 붙어 있는 콩팥으로 하얀 지방과 같이 단단하게 붙어 있다. 다음으로 등심과 삼겹살 사이에 붙어 있는 안심을 칼로 세밀하게 절개하여 제거한다. 안심 역시 지방과 같이 붙어 있어 무리해서 칼로 자르지 않고 뜯어 낼 수 있는데 두꺼운 끝부분은 해부학적 지식으로 칼로 깨끗하게 절개하는 것이 중요하다. 삼겹살, 갈비뼈 밑부분부터는 소프트한 지방이 많이 붙어 있는데 이 부분은 절개하여 파테 혹은 테린으로 사용한다. 이 지방을 절개하고 나면 삼겹살 부분의 윤곽이 뚜렷해지고 정리된다. 이제 등뼈에서 꼬리뼈로 이어지며 꺾이는 부분에 칼을 넣어 몸체에서 뒷다리를 떼어낸다. 톱을 이용해 뼈를 자를 수도 있지만 칼로 관절 부분을 끊고 무게를 이용해 자연스럽게 해체하는 방법도 가능하다. 뒷다리를 분리하면 다음으로 목부터 꼬리 쪽으로 이어지는 등뼈와 등뼈에 붙은 갈비뼈를 떼어내는 작업이 중요하다. 민첩하고 세밀한 칼 작업으로 손실되는 부위를 최소화하고 가장 거대한 뼈 부분을 지육으로부터 분리한다. 이 작업은 한국과 유럽의 방식에서 차이가 가장 크다. 우리나라는 삼겹살의 값어치가 높아 삼겹살을 많이 뽑아내기 위해 갈비뼈에 붙은 삼겹살 부분을 최대한 살려서 정형한다. 유럽에서는 목살, 등심, 뒷다리가 중요한 부위로 코파Coppa, 론자Lonza, 프로슈토로 가치가 높다. 목뼈부터 꼬리뼈로 이어진 등뼈와 갈비뼈를 분리시킨다. 우선 갈비뼈 밑단에 칼을 넣어 갈비뼈를 들어 올리면서 삼겹살로부터 분리해 나간다. 한편 목뼈와 등뼈 부분도 칼을 비스듬히 넣어 결국 갈비뼈와 연결된 등뼈를 한꺼번에 분리한다. 여기서 두 가지 방법이 있는데 하나는 등뼈와 갈비뼈만 삼겹살, 등심, 목살, 앞다리로부터 발라낸다. 또 하나는 뼈에 등심과 목살을 붙이고 삼겹살만 따로 분리해내는 방법이다. 전자는 프랑스에서 후자는 이탈리아에서 사용하는 방법이다. 목살과 등심은 하나의 덩어리로 연결되어 있는데 등심과 목살이 연결되는 부분은 등심 덧살 또는 가브리살이라고 한다. 살루미를 만드는 입장에서 코파를 더 얻고 싶을 경우 이 부분이 녹살 쪽에 붙도록 정형한다. 반대로 론자를 더 얻고 싶다면 이 부위를 등심 쪽에 붙도록 한다. 등심에 붙은 지방을 등지방이라고 하는데 잘 녹지 않으므로 살라미나 소시지를 만들 때 사용한다. 이 부분만 떼어내 라르도를 만들 수도 있지만 우리나라에서는 6개월 동안 키워 도축하므로 등지방이 얇아 좋은 라르도를 구하기 어렵다. 목살을 앞다리에서 분리할 경우 어깻죽지뼈에서 잘 분리하는 것이 중요하며 목살에는 혈관이 숨어 있어 피가 고여 있을 수 있다. 도축 후 거꾸로 매달아 방혈하는 과정에서 피가 목살 쪽으로 몰리기 때문이다. 신선육으로 구이용은 문제가 없지만 염장, 건조 숙성의 살루미로 이용할 때는 고여 있던 피가 썩어 나중에 문제가 된다. 따라서 정형 후 피 빼는 작업을 세심하게 수행해야 한다. 살루미로 만들 경우 너덜거리거나 패인 곳 없이 매끈해야 하며 각지지 않고 둥근 모양으로 외형을 다듬어야 한다. 그 이유는 매끈하지 않은 부분에 공기가 들어가고 곰팡이가 피기 때문

이다. 또한 둥근 형태여야 케이싱에 잘 들어가고 끈으로 매듭을 묶기에
도 편리하다.

전작업

해체 후 적절한 전작업Pre-conditioning은 소시지 가공이나 염지 작업에
서 중요하다. 도축 후 신속히 냉장되어 단단해진 고기와 지방은 약간
건조해지며 다음의 염지, 그라인딩, 초핑 작업을 수월하게 한다. 도축
후 하루 이틀 사이에 물리적, 화학적 작용이 고기 표면에서 일어나고
박테리아가 발달한다. 이런 박테리아는 다음의 염지나 발효 과정에 도
움을 주어 최종 제품의 맛에 중요한 역할을 한다. 고대에는 이런 작업
환경이 건조하고 깨끗하며 환기가 잘되는 곳에서 이루어졌다. 와인의
테루아르처럼 그곳의 전형적인 박테리아는 그 지역만의 특별한 맛을
결정한다. 대신 같은 맛을 항상 일정하게 유지하기는 어려웠을 것이다.
현대에는 완전히 무균 환경의 공장에서 생산되고 같은 스타터 컬처를
사용하기 때문에 항상 일정한 품질을 유지할 수 있다. 도축 후 냉장육
상태를 유지할 경우 별도로 스타터 컬처를 사용하지 않고 그라인딩 상
태에서 하루 이틀 냉장 상태로 자연적인 발효과정을 거쳐 살라미로 만
들어진다. 하지만 냉동되었다가 해동시키는 경우에는 스타터 컬처를
넣어야 발효 과정이 진행된다. 이탈리아에서 전통적인 방식으로 만드
는 살라미는 전자의 경우처럼 만들어진다. 즉 고기, 소금, 후추, 기타 향
신료 외에 첨가되는 것이 없다. '악화가 양화를 구축한다'는 말과 '80 대

20의 법칙'은 인간 사회나 미생물의 미시세계에도 적용되어 한번 좋은 박테리아가 그곳 환경을 지배하면 해로운 박테리아가 쉽사리 침범하기 어렵다.

왜 사전 환경 조성이 중요한지 좀 더 자세히 알아보자.
근육섬유Muscle Fibers - 미오신, 액티닌
결합조직Conjunctive Tissue - 콜라겐
지방조직Fat Tissue - 콜라겐 매트릭스의 지방

소금이 최소 1.5퍼센트의 농도로 존재할 때 미오신은 달걀 흰자와 비슷하게 용해되고 접착제가 된다. 이 접착제는 단백질과 물, 지방이 서로 결착되도록 하는데 있어서 중요하다. 용해성 미오신은 65도 이상 또는 발효식품처럼 pH 5.5 이하로 떨어질 경우 응고가 일어난다. 이 수용성 단백질의 물 포화 능력은 인산염을 사용하거나 물리적인 마사지(텀블링)에 의해 향상된다. 그래서 소시지는 물장사라는 말이 나올 정도로 물을 결합시키는 것이 중요하다. 한편 콜라겐은 물과 결합하는 능력은 없지만 물과 같이 가열하면 젤라틴으로 변형된다. 파테나 갈라틴의 단단함은 물과 결합된 차가운 젤라틴으로 형성된다. 데웠을 때는 비엔나소시지의 육즙이나 코테키노의 끈적한 느낌을 가져온다. 콜라겐 막의 매트릭스에 포함된 단단한 지방은 구조를 유지하므로 주로 살라미를 제조할 때 사용한다. 콜라겐 매트릭스가 적은 부드러운 지방은 단백질, 콜라겐, 물과 결합해 유화 소시지를 만들 때 이용한다.

살라미를 만들 때는 주로 단단하고 세밀한 섬유 조직의 어깨살(전지)과 목이나 등에 붙은 단단한 지방을 이용하는데 −2도 정도로 살짝 얼려 수분이 없고 단단한 고기를 최소한의 그라인딩으로 갈아야 한다. 등지방은 미리 작은 크기로 썰어서 −9도 정도로 얼려서 갈아야 한다. 간고기와 지방은 최소한의 혼합과정으로 소금에 의해 미오신이 작동하여 결합되도록 한다.

반면에 유화 소시지는 고기 단백질의 수분 포화능력을 향상시키기 위해 도축 후 바로 고기에 소금을 뿌려 미오신의 용해성을 향상시킨다. 그런 이유로 어떤 공장은 도축한 다음 해체와 발골 과정을 바로 실행한 후 냉장고로 옮기거나 소금을 치는데 이것은 소시지를 만들 때 더 좋은 질감과 색과 맛을 내고 물을 더 많이 흡수시키기 위해서다.

집에서 만드는 살루미

이탈리아어 살루미는 일부 익힌 고기가 포함되지만 생고기를 염지 처리한 것이다. Sale는 라틴어로 Salt를 의미하며 프로슈토(뒷다리), 판체타(삼겹살), 코파(목살), 론자(등심), 살라미Salami(간 고기를 케이싱에 넣어 말린 소시지), 모타델라Mortadella 등을 일컬어 살루미라고 한다. 살루미는 대부분 돼지고기로 만드는데 예외로 브레사올라Bresaola는 소고기로 만든다. 뒷다리를 생으로 염장 건조 숙성한 것을 프로슈토 크루도 Prosciutto Crudo라고 하며 익힌 것은 프로슈토 코토Prosciutto Cotto라고 한다. 에밀리아 로마냐에서는 뒷다리의 엉덩이쪽 살을 돼지 방광에 싸서 말리는데 이를 쿨라텔로라고 하며 비싸게 팔린다. 마블링이 발달된 목살은 코파라고 하며 가장 맛이 좋은 부위 중 하나다. 론자라는 등심은 지방이 없어 다른 부위에 비해 맛이 담백하다. 삼겹살을 둘둘 말아

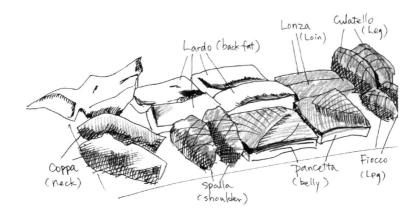

말린 것은 판체타라고 하며 얇게 저며 먹거나 파스타에 넣어 풍미를 더하기도 한다. 볼살은 구안칠레Guanciale, 단단한 등지방은 라르도Lardo라고 한다. 러시아 사람들은 이 라르도 한 장을 입에 넣고 혀에서 녹이며 독한 보드카를 한입에 털어 마신다. 샤르퀴트리라는 단어도 많이 쓰이는데 이것은 살루미뿐 아니라 다른 육가공 제품들, 생선류의 염장과 훈제 등 더욱 광범위한 제품에 사용한다.

정원과 창고가 있는 집이라면 좋겠지만 좁은 아파트에서도 다용도실을 이용하거나 작은 와인 셀러에 충분히 도전해 볼 수 있다.

기본 재료인 돼지고기는 맛의 90퍼센트 이상 좌우할 정도로 중요한데, 어떤 품종이고 무엇을 먹여 키웠는지, 얼마나 오래 키웠는지가 중요하다. 가정에서는 돼지 한 마리를 전부 사용할 수 없으므로 정육점에서 원하는 부위를 받는 것이 좋다. 백돼지(랜드레이스, 요크셔)보다는 흑돼지(듀록, 버크셔)가 좋으니 고기를 선별해서 구하면 된다.

뒷다리살을 의미하는 프로슈토는 나라마다 용어가 다르다. 스페인에서는 하몽, 프랑스에서는 잠봉, 이탈리아에서는 프로슈토라고 한다. 뼈를 포함해서 만드는 방법과 뼈를 분리해서 만드는 방법이 있는데 뼈를 포함하면 건조 기간이 더 길다. 또한 건조 기간은 부피와 지방에 밀접한 연관이 있으므로 가정에서 만들 때는 작은 부피 단위로 만드는 것이 시간을 단축시킬 수 있다. 정육점에서 뒷다리살(후지, 박피) 또는 앞다리살(전지, 박피)을 덩어리로 구매한 후 집에서 적당한 모양과 크기로(직경 10센티미터×길이 30센티미터) 정형하되 갈라지거나 칼집이 생기지 않도록 주의해야 한다. 목살이나 등심은 다시 소분할 필요 없이 그대로 사용하면 되고 삼겹살은 너무 크면 작게 소분한다.

염장

염장 방법은 나라와 지역마다 조금씩 차이가 있다. Salt Box법과 중량에 따른 소금량 계산 방법이 있는데 어느 것을 사용해도 무방하다.

Salt Box법이란 바스켓이나 볼에 소금과 후추(적당량)를 넣고 정형된 고기에 적당히 소금을 묻혀 주는 방법이다. 지방이 붙은 부위나 두꺼운 부분은 소금의 양을 두텁게 묻히고 반대의 경우는 소금을 적게 묻히는 경험적 방법이지만 숙달되면 매우 효율적이다. 소금의 양을 계량할 경우 고기 무게의 2.5퍼센트를 고기에 골고루 묻혀 준다.

소금을 묻히기 전에 레드 와인이나 화이트 와인을 뿌려 주기도 한다. 와인이 묻은 표면에 소금이 더 잘 달라붙기도 하지만 와인의 알코

올 성분과 산도로 나쁜 박테리아가 자라지 못한다. 또한 후추 이외에 다른 향신료―훈제 파프리카, 코리앤더, 펜넬씨, 정향 등―를 첨가하기도 한다. 그러나 고기 자체의 맛을 방해하는 지나친 향신료를 사용하는 것은 좋지 않다. 염장 기간은 고기의 부피나 무게에 따라 다르다. 2~3일에서 7~8일이 적당하며 그 기간 동안 소금이 고기 중심까지 침투하게 된다. 삼투압에 의해 수분이 배출되어 고기를 건조시키기 좋은 상태를 만들게 된다. 소금은 굵은 천일염을 사용하는데 간수를 뺀 소금이나 토판염이 더 좋다. 누룩장을 이용해서 염장을 해본 적도 있는데 좋은 천일염에 비해 유의미한 결과를 보지 못했다.

네팅&타잉

염장이 끝나면 끈으로 묶거나 케이싱에 넣어 끈으로 묶는다. 이때 프랑스의 Jambon de Noir(잠봉 드 누아르)는 굴뚝 밑에 걸어 두어 적당히 훈연한다. 훈제는 고기의 표면에 박테리아가 서식하기 힘든 환경을 만들어 흰곰팡이 Mold가 생기지 않는다. 그러나 아주 좋은 고기를 사용할 경우 오히려 고기의 맛을 해치므로 훈연하지 않는 것이 좋다. 이탈리아의 에밀리아 로마냐에서 만드는 쿨라텔로는 돼지의 방광으로 싼 후 끈으로 묶는다. 돼지 방광으로 싸는 이유는 건조 숙성 과정에서 생기는 외부의 곰팡이나 유해해충으로부터 보호할 수 있기 때문이다. 방광은 건조 과정에서 피부처럼 쿨라텔로에 압박 밀착되어 외부로부터 보호하며 내부에도 공기가 차는 것을 방지한다. 단점은 돼지 한 마리에서 방광이 한 개 밖에 나오지 않기 때문에 옛날에는 염통(심장)을 사용하기도 했다.

뒷다리살의 부피가 크기 때문에 이것을 감쌀 수 있는 부위는 방광이 유일한데 작다면 두 개를 이어 부치기도 한다. 또 방광 이외에 소의 네 번째 위인 홍창(막창)을 사용하기도 한다. 세척할 때는 흐르는 물에 여러 번 씻어낸 후 식초물에 6시간 이상 담갔다가 사용한다. 방광으로 싼 후 마무리는 실과 바늘로 꿰매서 외부 공기를 완전히 차단해야 한다. 네트를 사용하면 편리하지만 쿨라텔로를 쌀 만큼 큰 것이 없고 럭비공 모양을 잡기에도 적합하지 않아 굵은 끈으로 한 땀 한 땀 매듭을 지어가며 묶어야 한다. 상당한 숙련도가 필요하며 시간이 걸리는 작업이다. 프랑스 장인에게 배울 때는 염장 후 방광 같은 케이싱을 하지 않고 바로 네트로 묶었는데 이 방식은 공기와 닿는 외부가 빨리 건조하고 곰팡이가 생겨 먹기 전에 도려내야 하는 단점이 있다. 따라서 쿨라텔로뿐 아니라 코파, 론자, 판체타 등 모든 부위를 방광으로 감싸고 끈으로 묶는 작업을 하는 것이 가장 바람직하다.

건조

건조실은 온도와 습도가 적절히 유지되어야 한다. 습도가 높고 온도가 낮은 지하실이 좋지만 일반 가정에서는 사용하지 않는 냉장고나 와인 셀러도 좋다. 온도는 17~18도를 유지하고 습도는 단계별로 바꾸는데 초기 1~2주에는 85~90퍼센트로 높은 습도를 유지하고 이후 3~4주에는 75~80퍼센트를 유지한다. 마지막으로 다시 3~4주는 70퍼센트의 습도를 유지하도록 한다. 높은 단계에서 낮은 단계로 습도를 바꿔가는 이유는 초기에 표면이 말라 안쪽의 수분이 배출되는 것을 방해하지 않기 위함이다. 즉 안쪽의 수분이 바깥쪽으로 골고루 배출되도록 하는 것에 목적이 있다. 습도를 유지하는 것은 쉽지 않은 과제인데 우선 온도와 습도를 측정할 수 있는 제품이 필요하고 작은 냉장고나 와인 셀러를 이용할 경우 물에 적신 헝겊이나 수건을 자주 갈아 주면서 습도를 유지하도록 한다. 지하실이나 큰 룸의 경우는 가습기로 습도를 올려 주어야한다.

완성

부피나 지방 함량에 따라서 완성되는 시간에도 차이가 있다. 등심Lonza은 지방이 없는 부위로 가장 빨리 마른다. 1~2개월이면 완성되므로 가정에서도 손쉽게 도전할 수 있다. 뒷다리살은 풍미가 가장 좋은 부위이므로 작은 부피로 정형해서 도전하면 좋은 결과를 얻을 수 있다. 목살Coppa은 맛은 훌륭하지만 마블링으로 건조하기가 쉽지 않고 목살 안쪽을 관통하는 혈관의 피를 완전히 제거하지 않으면 부패할 수 있으므로 도전이 쉽지 않다. 삼겹살은 적당한 크기로 만들 경우 의외로 맛있고 여러 요리에도 사용할 수 있다. 단 둥글게 말아서 만드는 판체타 아로톨라타Pancetta Arrotolata는 실패율이 높으므로 둥글게 말지 않고 말리는 판체타 테사Pancetta Tesa를 추천한다.

완성 시점은 취향에 따라 다르지만 대체로 건조 전의 무게에서 30 퍼센트 정도 감소된 시점을 잡는다. 하지만 30퍼센트 감소 시점에도 덜 마르게 느껴질 수 있는데 이는 부위별로 지방의 양과 관계가 있다. 잘못되면 고기에서 안 좋은 냄새가 나지만 잘되면 멜론 향과 같은 냄새가 난다. 또한 슬라이스는 최대한 얇게 해야 부드럽게 먹을 수 있다. 칼로 얇게 슬라이스하기는 쉽지 않기 때문에 대부분의 프로페셔널한 곳에서는 기계 슬라이서를 이용한다.

또한 살루미 표면에 곰팡이가 피는데 일부러 Mold균을 표면에 뿌리기니 건조실에 뿌려 흰곰팡이가 선제를 점령하도록 한다. 그렇게 하면 다른 나쁜 곰팡이(푸른색, 녹색, 검은색 등)가 발을 붙이지 못한다. 표면에 곰팡이가 많이 피었다 해도 나중에 식초와 와인을 섞은 물로 씻어 내거나 칼로 도려내면 괜찮다.

염장하고 두세 달 기다리면서 퇴근 후 매일 냉장고 문을 열어 보고 관찰하며 관리하다가 어느 날 조금 베어 먹어본 맛에서 희열을 느낄 수 있을 것이다.

4장
치즈와 살루미 즐기기

치즈와 와인: 천생연분의 궁합

7000년 전 인류는 포유류의 젖을 발효시켜 영양가 있고 보존성이 있는 치즈로 만드는 방법을 발견했다. 와인 또한 포도즙을 발효시켜 오래 저장해서 마실 수 있게 만든 음료였다. 인류의 역사와 함께해 온 두 식품은 배고프고 목마를 때 몸과 마음에 영양과 균형을 주는 것이었다. 옛날 프랑스, 이탈리아, 스페인, 그리스에서 치즈와 와인은 즐기기 위한 고급음식이 아닌 농부들의 생존을 위한 음식이었다. 이 귀한 음식의 맛이 알려지면서 나중에는 영주나 귀족을 위해 만드는 일이 되었다. 따라서 파티에서 즐기는 특별한 음식이 아닌 일상의 식탁에서 즐기는 음식임이 자연스럽다.

　프랑스인들은 파머스 마켓Farmer's Market에서 사온 지역 치즈 몇 조각과 바게트와 와인으로 저녁 식사를 한다. 스페인에서는 타파스바에서 만체고Manchego 치즈 몇 조각과 셰리Sherry를 마신다. 이탈리아인은 발사믹 비네거를 뿌린 파르미지아노 레지아노, 고르곤졸라 치즈와 파시토Passito를 마실 것이다. 한국인이 소주와 막걸리에 어울리는 음식을 본능적으로 알듯이 와인과 치즈의 어울림은 그들의 DNA에 각인되어 있다. 먹어본 적도 없고 이름조차 발음하기 어려운 수많은 치즈와 와인을 페어링하다 보면 머리만 복잡해진다. 대부분은 자신이 무엇을 먹고 마시고 싶어 하는지 잘 알고 있다. 그러나 좀 더 논리적인 치즈와 와인의 궁합을 만들어 보자.

기본적으로 같은 지역에서 생산된 것이 서로 잘 어울릴 것이다. 땅, 물, 기후, 밭의 위치 등을 테루아르라고 한다. 이것은 포도와 우유뿐 아니라 와인과 치즈에도 영향을 미친다. 테루아르가 와인과 치즈에 표현되는 것은 당연하지만 같은 테루아르에서 생산되었다고 해서 모두 잘 어울리는 것은 아니다. 또한 같은 와인과 치즈여도 와인 밭으로 둘러싸인 중세 돌담 벽 아래 야외 테라스에서 맛보는 것과 형광등 불빛 아래서 TV를 보며 소파에 걸터앉아 맛보는 것은 차이가 있을 수밖에 없다.

같은 테루아르의 훌륭한 페어링으로 알자스Alsace 지역의 게뷔르츠트라미너Gewürztraminer와 뮌스터Münster 치즈, 샹파뉴아르덴Champagne-Ardenne의 샤우르스Chaource 치즈와 샴페인, 루아르밸리Loire valley의 크로탱 드 샤비뇰Crottin de Chavignol 치즈와 상세르Sancerre 와인이 있다. 반면 같은 부르고뉴 지역이어도 에푸아스Epoisses 치즈와

부르고뉴 피노 누아Pinot Noir는 좋은 페어링이 아니다.

두 번째로 치즈나 와인이나 맛의 강도 또는 무게감, 입안에 꽉 차게 느껴지는 개성, 지속성이라는 특징에 주목해야 한다. 한쪽의 캐릭터가 강할수록 다른 쪽도 그에 맞게 강해야 한다. 그렇지 않으면 한쪽의 강한 개성에 다른 한쪽이 묻혀버리고 만다. 섬세한 맛의 치즈는 섬세한 와인과, 강한 와인은 충분히 개성 있는 치즈와 함께하는 것이 좋다. 보졸레Beaujolais와 네비올로Nebbiolo를 시음해 보자. 가메Gamay 품종의 보졸레누보Beaujolais Nouveau는 가벼우며 과일향이 있고 풍선껌, 바나나, 계피를 연상시킨다. 그러나 네비올로 품종의 네비올로달바Nebbiolo d'Alba는 높은 산도와 함께 입안을 꽉 잡는데 무언가 끼는 것 같은 느낌과 강한 건조함을 준다. 바로 타닌의 영향이다. 자, 이제 파르메산 치즈를 한 조각 먹고 네비올로를 한 모금 마셔 보자. 와인 맛이 달라진 것을 느낄 것이다. 치즈의 풍부한 단백질과 유지방Butterfat이 타닌을 중화시켜 입안을 죄는 듯한 느낌이 사라지고 네비올로의 과일 풍미가 느껴질 것이다. 와인만 마시면 이 강한 와인이 불쾌하게 느껴질 수 있지만 적당한 치즈와 함께하면 와인의 맛이 살아난다. 반면 파르메산 치즈의 힘은 가볍고 타닌이 거의 없는 보졸레를 완전히 덮어버린다. 따라서 보졸레나 피노 누아처럼 섬세하고 과일향이 있는 와인은 크리미한 브리나 카망베르, 페타 치즈, 마일드한 체더나 에덤 치즈와 잘 어울린다.

그렇다면 와인과 치즈 중 어디에 우선을 둘 것인가? 훌륭한 치즈와 와인이 식탁 위에 있다면 서로 주의를 끌기 위해 경쟁을 한다. 그러므로 확실하게 주연과 조연을 정하는 것이 좋다. 즉 상당히 좋은 품질의 귀족적이고 복합적인 맛의 와인이 있다면 오히려 단순하고 일상적인 치즈와 함께할 때 조화를 이룬다. 반대의 경우라면 그냥 괜찮은 정도의 와인이 최상의 궁합이다.

세 번째는 단맛, 짠맛, 신맛의 조합이나. 혀의 삼삭에는 단맛, 짠맛, 신맛, 쓴맛이 있는데 가장 좋은 페어링은 단맛Sweet, Fruity과 짠맛Salt, Savory의 균형이다. 화학적으로 염분은 산을 중화하므로 짠맛의 치즈는 산도 높은 와인의 날카로움을 무디게 하며 잘 결합한다. '단짠단짠'처럼 짠맛의 치즈는 단맛이 강한 디저트 와인과 잘 어울린다. 달콤한 토카이 와인이나 소테른 와인과 토스트에 얹은 로크포르와 같은 블루 치즈는 황금의 궁합을 이룬다. 산도가 있는 와인은 산도가 있는 치즈와 잘 어울린다. 와인은 pH 2.5~3.5로 꽤 신맛이 있다. 치즈는 pH 5~6.5로 신맛이 있지만 와인보다는 덜 시다. 신맛의 치즈일수록 신맛이 강한 와인과 잘 어울리는데 소비뇽 블랑Sauvignon Blanc은 크로탱 드 샤비뇰이나 체셔Cheshire 치즈와 잘 어울린다.

네 번째로 위의 세 가지 원칙에 의거해 각 특성의 치즈에 어울리는 화이트 와인과 레드 와인의 사례가 있다. 절대적인 원칙은 아니지만 이것을 토대로 대체적인 페어링의 느낌을 알 수 있을 것이다.

프레시 치즈와 어울리는 와인

치즈 모차렐라, 부라타, 셰브르, 페타, 리코타, 프로마주 블랑

화이트 와인 상쾌하고 드라이하고 어린 와인(소아베, 트레비아노, 피노 블랑, 무스카데, 소비뇽 블랑, 영한 샤르도네), 약간 단맛이 나는Off-Dry 화이트 와인 (게뷔르츠트라미너, 리슬링)은 특히 짠맛의 페타 치즈

레드 와인 과일 향이 나고 오크 숙성하지 않은 어린 와인(루아르의 카베르네 프랑, 피노 누아, 가메, 발폴리첼라, 츠바이겔트)

흰곰팡이 치즈와 어울리는 와인

치즈 브리, 카망베르, 로비올라, 샤우로스, 뇌샤텔, 크로탱 드 샤비뇰

화이트 와인 드라이하고 전통 방식으로 만든 스파클링 와인 중에 샴페인, NVNon Vintage 샴페인은 덜 숙성된 치즈와 어울리고 빈티지가 있는 샴페인은 잘 숙성되고 쏘는 맛의 치즈와 어울린다. 가벼운 바디의 드라이하고 오크 숙성하지 않은 샤르도네(샤블리), 절제되고 드라이하고 가벼운 바디의 소비뇽 블랑(상세르), 드라이하고 영한 리슬링이나 그뤼너 벨트리너, 드라이한 슈냉 블랑(부브레), 숙성된 헌터밸리 세미용, 북부론의 마르산느와 루산느, 잘 숙성되고 쏘는 맛의 치즈에는 숙성한 부르고뉴 화이트나 샤토네프뒤파프 화이트

레드 와인 드라이, 가벼운 바디, 어리고 과일향이 나며 오크 숙성하지

않은 와인(피노 누아, 돌체토, 바르베라, 가메, 루아르의 카베르네 프랑, 멘시아, 츠바이 겔트)

외피세척 치즈

치즈 폰티나, 에푸아스, 르블루숑, 탈레지오, 랑그르, 리바로, 몽도르

화이트 와인 드라이하고 전통 방식으로 만든 스파클링 와인(프란치아코르 타, 캘리포니아 스파클링 와인), 드라이하거나 약간 단맛의 오크 숙성하지 않은 와인(게뷔르츠트라미너, 알자스 피노 그리, 루아르 슈냉 블랑), 드라이하고 중간 바니 이상인 와인(마르산느와 루산느, 헌터밸리 세미용)

레드 와인 보졸레, 피노 누아, 쥐라의 트루소와 풀사르

반경성 치즈

치즈 그뤼에르, 하우다, 미몰레트, 에덤, 프로볼로네

화이트 와인 드라이하고 약간 오크향의 와인(샤르도네, 피노 그리, 리오하(비우라))

레드 와인 거친 느낌의 와인(코트 뒤 론, 코르비에르, 키안티, 멘시아, 영 보르도)

경성 치즈

치즈 숙성 체더, 파르메산, 페코리노, 숙성 하우다, 만체고, 에멘탈, 캉탈, 보포르, 콩테

화이트 와인 전통 방식으로 만든 빈티지 스파클링(샴페인), 셰리(아몬티아

도, 팔로코르타도)

레드 와인 숙성된 구조감 있는 와인(바롤로, 부르넬로 디 몬탈치노, 리오하 그란 리제르바, 보르도 그랑크뤼클라세)

블루 치즈

치즈 로크포르, 고르곤졸라, 스틸턴, 캄보졸라, 대니시블루, 프르므당베르, 블루드오베르뉴

화이트 와인 스위트한 귀부와인(소테른, 바르삭, 몽바지악, 리슬링 베렌아우스레제, 트로켄베렌아우스레제), 말린 포도로 만든 디저트 와인(빈산토, 쥐라송, 레치오토 디 소아베), 늦수확 스위트 와인(리슬링 슈페트레제, 게뷔르츠트라미너, 방당주 타르디브)

레드 와인 스위트하고 주정 강화된 와인(빈티지 포트 와인, 레이트 빈티지 포트 와인, 모리, 바뉼)

　　다섯 번째로 치즈와 와인의 직접적인 궁합이 맞지 않더라도 매개체를 이용하는 방법이 있다. 치즈를 이용해 익힌 요리는 와인과 잘 어울리는데 특히 레드 와인과 친한 고기나 버섯을 이용한 요리는 더 좋다. 타닌이 강한 레드 와인과 잘 어울리지 않는 블루 치즈도 고기에 소스로 활용하면 잘 어울리는 것이 그런 사례 중 하나다. 빵, 버터, 과일, 마리네이드 올리브도 치즈와 와인의 매칭을 도와준다.

치즈와 맥주: 농부의 식사를 넘어

맥주와 치즈? 서양에서는 와인 이상으로 맥주와 치즈가 다채로운 조합의 절묘한 페어링Pairing을 선보인다. 와인은 가격이 천차만별이라 쉽게 구매할 수 없지만 수제 맥주나 치즈는 비교적 수용하기 쉬운 가격에 구할 수 있어 페어링하기 좋다. 맥주는 와인보다 친숙하지만 우리는 탄산가스로 찌릿한 감각을 자극하는 밋밋한 한국 맥주에 길들여져 있었다. 요즘은 자가 양조장Craft Beer Brewery이 많아 비교적 다양한 종류의 맥주가 만들어지고 수입되고 있으니 다행이다.

개인적으로 맥주는 주요 관심사여서 2002년에 영국으로 요리를 배우러 갔을 때 맥주 양조를 배웠다. 직장인 시절에 해외 출장을 다니면서 외국의 수제 양조 맥주에 눈을 뜨게 되었다. 2003년부터 바뀌는 맥주 법에 따라 한국에서도 수제 양조 맥주가 유행할 것이라는 기대 때문이었다. 2003년에 바뀐 법은 정해진 장소에서만 맥주를 만들어 판매할 수 있었는데 향후 유통까지 허용된다면 맥주 시장에 빅뱅이 올 것은 명확했다. 물론 유통이 허용되고 시장이 활성화되기까지 많은 시간이 걸렸다.

키트를 사서 맥주를 만들어 마시며 맥주에 대한 관심을 키웠고 마침 선더랜드대학에 Brewlab이라는 강의가 개설되어 지원을 했다. 그해 8월 가족을 이끌고 휴가 겸 맥주 양조 학습을 위해 선더랜드로 향했다. 런던에서 387킬로미터 떨어진 북동쪽 해안에 위치한 도시로 가까이에는 뉴캐슬과 더럼이 위치해 있다. 과거 석탄과 조선업이 발달한 곳인데 인구가 적고 조용하며 한적한 지방 도시다. 영국에서 가장 더운 8월이었지만 18~20도가 최고 기온인 이 도시는 사람마저 많지 않아 더욱 서늘하게 느껴졌다. 해변의 놀이기구와 반짝이는 네온사인도 황량하고 쓸쓸해 보였고 맥주 수업이 아니면 평생 올 일은 없을 것 같았다. 하지만 모처럼 복잡한 런던을 벗어나 한적한 도시에서 한 달간 살아 보는 경험도 나쁘지 않았다. 내가 맥주 양조 수업을 받는 사이 아내는 아이들과 박물관이나 바닷가에 놀러 나갔고 집에 돌아와 같이 저녁 식사를 했다. 한 달의 수업이 끝나면 스코틀랜드의 에딘버러에 가기로 했다. 돈 걱정 없으면 이 도시 저 도시에서 몇 달씩 살면 좋겠다는 생각을 했다. 아이들의 학교 때문에 현실적으로 불가능하지만 노마드의 삶을 통해 새로운 것을 알고 배운 것을 토대로 창조적인 일을 병행한다면 이 또한 삶의 방식으로 좋을 것 같았다.

강사인 어셔Usher 박사는 큰 키에 이목구비가 또렷한 호인이었다. 수업을 듣는 사람은 나를 포함해 미국인 세 명으로 네 명이었다. 맥주가 생활인 나라여서인지 영국인들은 맥주 양조에 관심이 없는 듯했다. 수업은 2주 동안 이론과 실기를 병행했고 지역 맥주 공장에서 일을 돕거나 지역 맥주 축제에 방문하기도 했다. 실습하는 양조장에는 작은 실험실 규모의 설비가 있었고 벽에는 표어가 붙어 있었다. "Brewers clean the world!"(맥주 양조가는 세상을 청소한다) 맥주 양조 과정은 시작과 끝이 철저한 청소와 소독, 위생이기에 그것을 강조한 것이다. 실제로 바닥과 벽은 물톤 상박승이 생길 정도로 모든 도구를 청소하고 소독하는 것이 일의 반을 차지했다.

술을 마시는 것은 감성적이지만 만드는 과정은 화학, 수학, 미생물학이 연관된 과학이었다. 테이스팅 과정도 훈련이 필요해서 느끼는 감각들을 적절한 언어로 표현할 수 있어야 한다. 미세한 맛의 차이를 감지하고 그것을 언어나 척도로 표현해야 기준이 생기고 일정한 품질의 맥주를 만들 수 있기 때문이다. 수십 가지의 냄새를 보관한 아로마 키트로 향을 구분하는 훈련을 했는데 생각보다 복잡하고 어려웠다. 맛의 70퍼센트는 후각에 의존한다는 말은 후각의 중요성이 어느 정도인지를 시사한다. 인간은 나쁜 것으로부터 몸에 좋은 것을 찾기 위해 시각, 후각, 미각 등의 감각이 발달했다. 지능의 발달로 점차 시각에 의존하면서 후각이 퇴화했으나 그 흔적은 여전히 유효하다. 몸에 좋은 것을 좋은 냄새, 좋은 맛으로 기억하고 있다. 식품의 좋은 맛과 향은 내 몸이 소화시킬 준비를 하게 한다. 자기 몸에 부족한 성분을 더 찾게 하고, 내 몸에 필요한 영양을 공급하도록 식욕을 갖게 한다.

맥주와 치즈의 페어링은 와인 페어링의 원칙과 같다. 다시 말해 균형Balance이 중요하다. 어느 한쪽이 다른 쪽 맛을 압도하지 않고 서로 보완하거나 대조를 통해서 균형을 추구한다. 대체로 와인은 맛의 보완을 통해 조화Harmony를 추구하는 반면 맥주는 시소처럼 균형을 추구한다. 즉 홉Hop의 쓴맛Bitterness(쌉싸래한 맛)의 균형을 신맛의 치즈에서 얻을 수 있다(맥주의 pH는 3.7~4.1로 와인보다 덜 시다). 체더 치즈는 약간의 산도가 있어 영국 에일 맥주나 벨기에 휘트Wit비어 등 여러 종류의 맥주와 어울리는 클래식한 궁합이다.

치즈와 맥주 페어링의 예를 들어 보면, 오래 숙성된 하우다 치즈는 필스너나 에일 맥주와 비교적 잘 어울리지만 하우다의 강한 맛에 압도될 수 있다. 오히려 Rich한 맛의 스타우트Stout와 잘 어울린다. 외피세척 치즈처럼 향이 강한 치즈는 홉향이 강한 에일 맥주와 잘 어울린다. 트리플크림브리 치즈는 샴페인과도 잘 어울리지만 드라이하며 쌉싸래하고 볶은 맛의 다크 스타우트와 기가 막히게 잘 어울린다. 마치 아이스크림과 초콜릿 케이크를 같이 먹는 느낌이다. 맛이 강한 블루 치즈 역시 스타우트나 발리와인Barleywine과 짠맛 단맛의 밸런스를 느낄 수 있다. 향긋한 꽃향기의 밀맥주Wheat Beer는 페타 치즈나 염소 치즈, 모차렐라, 부라타 치즈 같이 부드럽고 섬세한 치즈가 어울린다. 이를 바탕으로 페어링의 원칙을 세워 보자.

첫째, 맥주와 치즈 각각의 맛의 강도(세기)를 매칭하는 것이다. 라거나 밀맥주같이 가벼운 맥주는 같은 강도의 가볍고 프레시한 모차렐라, 부라타, 셰부르와 매칭하는 것이 좋다. 반면 벨지안쿼드Belgian Quad, 임페리얼 스타우트Imperial Stout, 발리와인처럼 강한 맥주는 오래 숙성되고 강렬한 맛의 에푸아스, 페코리노, 숙성된 체더, 블루 치즈와 매칭하는 것이 좋다.

둘째, 맛이나 질감에서 서로 보완Complement되거나 대비Contrast시킬 수 있는 페어링을 찾는다. 보완의 관점에서 보면 숙성이 얼마 안 되고 견과류 맛이 나는 그뤼에르 치즈는 몰티한 독일 복Malty German Bock이나 둔켈Dunkel과 매칭하여 맛을 보완하도록 한다. 약한 시트러스와 과일 뉘앙스의 에멘탈 치즈는 비슷한 맛의 벨지안 듀벨Dubbels이나 트리펠Tripels과 매칭하면 맛을 보완하여 상승효과를 일으킨다.

대비의 예를 들면 에푸아스나 랑그르 같은 외피세척 치즈의 탁 쏘는 향과 맛을 꿀맛의 시즌 맥주Honey Saison의 대조되는 맛으로 매칭시켜 균형감을 주는 것이다. 또 크리미하고 짠맛의 블루 치즈와 헤이즐넛 향의 단맛이 있는 스타우트와 매칭하는 것도 좋다.

그 이상의 페어링

IPA와 체더 치즈 홉의 향이 체더 치즈의 선명한 미네랄 맛과 보완효과를 가져온다.

IPA와 흑후추가 들어간 치즈나 블루 치즈 홉의 쓴맛이 치즈의 지방을 중화시켜 준다.

IPA와 노르웨이 브라운 치즈Gjetost 홉의 쌉쌀한 맛과 치즈의 단맛의 대비 효과가 있다.

밀맥주와 셰브르 코리앤더와 오렌지 제스트 향의 밀맥주와 치즈의 가볍고 경쾌함이 보완된다.

필스너와 숙성된 크로탱(염소 치즈) 숙성된 크로탱의 맛이 몰트와 홉향의 필스너와 보완된다.

헤페바이젠과 프레시 모차렐라 밀크크림 같은 치즈와 이스트에 의한 복숭아 과일향의 맥주가 마치 복숭아 아이스크림을 먹는 듯하다.

브라운 에일이나 라거와 외피세척 치즈 고약한 냄새의 외피에 비해 치즈 페이스트는 마일드한 맛이다. 따라서 너무 쓰거나 강한 맛의 맥주보다는 좀 더 마일드한 맛의 맥주가 잘 어울린다.

IPA와 블루 치즈 홉의 쌉쓸한 맛이 푸른곰팡이의 맛을 증폭시키면서 반대로 치즈의 지방의 느끼함을 잡아 준다. 또 치즈는 홉의 쓴맛을 중화시켜 준다.

도펠복이나 스카치 에일과 트리플크림브리 치즈 치즈의 짜고 버터 같은 풍부한 맛이 다크몰트의 단맛과 어울려 마치 초콜릿과 캐러멜 치즈케이크를 먹는 듯한 느낌을 준다.

임페리얼 스타우트와 3년 숙성된 하우다 치즈 하우다의 캐러멜, 버터, 고기 같은 맛이 스타우트의 캐러멜, 구운 고기 같은 맛과 어울려 치즈 버거를 먹는 듯한 착각을 일으킨다.

그밖에 수많은 맥주와 치즈의 조합이 있지만 중요한 것은 관심을 가지고 오늘 당장 마트에 가서 스타우트 맥주와 트리플크림브리나 브리아사바랭 치즈를 사다 먹어 보고 그 느낌을 노트에 적어 두는 것이다. 자기만의 조합을 하나씩 찾다 보면 최적의 맛의 조합을 발견하는 재미와 기쁨을 느낄 수 있을 것이다.

　이 세상에 존재하는 모든 것은 각자의 의미가 있고 서로 다른 개성이 어울려 만들어 내는 조화Harmony는 부분의 합을 뛰어 넘는다.

더 많은 페어링

위스키와 칼바도스

위스키와 치즈를 페어링할 때도 중요한 원칙은 대비와 보완이다. 예를 들어, 달콤한 맛의 아일랜드 위스키는 대조적으로 짠맛의 치즈와 잘 어울린다. 더블린의 싱글몰트 위스키로 달콤하고 복잡한 툴라모어 듀 Tullamore DEW 14y는 약간 짠맛이 나고 크리미한 프랑스의 양젖 블루 치즈인 로크포르와 페어링하면 완벽하다.

버번은 캐러멜과 바닐라 향이 나며 맛이 달고 부드럽다. 오래 숙성되어 수분이 날아가고 캐러멜과 견과류 맛, 짠맛과 버터 맛이 공존하는 체더와 페어링하면 좋다. 이밖에 하이랜드의 싱글몰트 위스키 오반 Oban 14y과 글랜 가리오Glen Garioch 12y, 클리넬리쉬Clynelish 14y도 매우 잘 어울린다.

콩테는 약간의 산미와 초원의 풀향도 나는 치즈인데 좀 더 달콤한 맛의 곡물 위스키인 컴퍼스 박스 헤도니즘Compass Box Hedonism과 지반Girvan No.4 Apps을 매칭하거나 꽃과 섬세한 맥아 향의 위스키로 버번 통에서 숙성시킨 임페리얼Imperial을 매칭하는 것이 좋다.

파르미지아노 레지아노 치즈는 부서지기 쉽고 바삭한 질감에 짠맛과 감칠맛이 두드러진다. 더 가벼운 스타일인 글랜 그란트Glen Grant는 파르메산과 완벽한 조화를 이룬다.

사과로 만든 브랜디 칼바도스Calvados는 노르망디 지역에서 생산된다. 소설 《개선문》에서 여주인공이 즐겨 마시던 술이다. 같은 지역에서 생산되는 카망베르나 비슷한 흰곰팡이 치즈인 브리의 크림과 사과 향의 브랜디가 절묘한 조화를 이룬다.

커피와 차

와인 및 맥주 페어링과 마찬가지로 부드럽고 마일드한 맛의 치즈는 연한 로스트 커피, 중간 강도의 커피는 중간 강도 치즈, 강한 로스트의 커피는 강한 치즈와 매칭한다.

가볍고 중간 정도의 바디와 신맛의 원두(엘살바도르, 니카라과이, 온두라스)는 리코타나 모차렐라처럼 크리미한 치즈와 잘 어울린다.

미디움에서 풀바디하고 중간 정도의 신맛을 가진 원두(에티오피아, 탄자니아)는 브리 치즈나 블루 치즈 또는 염소 치즈와 잘 어울린다.

풀바디하고 산미가 없는 원두(수마트라)는 그뤼에르나 훈제한 모차렐라와 어울린다.

미디움 풀바디에 중간 산미의 원두(콜롬비아, 브라질)는 오래 숙성한 체더 치즈와 잘 어울린다.

차는 와인과 마찬가지로 재배 지역(날씨, 토양) 및 처리 방법에 따라 달라질 수 있으며 다양한 정도의 타닌이 있다. 홍차 중 다즐링은 지방이 많고 크리미한 브리 치즈와 잘 어울린다. 와인과 달리 차는 뜨겁게 마시므로 치즈에 감춰진 맛을 더욱 잘 이끌어낸다. 뜨거운 기름에 양파를 볶아 맛을 최대한 끌어내는 것과 비슷하다. 가벼운 백차와 녹차를 샴페인이나 소비뇽 블랑과 비교할 수 있는데 녹차는 일반적으로 신선한 염소 치즈와 트리플크림 치즈와 잘 어울린다. 일본 센차의 선명하고 밝고 식물성이며 우아한 품질은 클래식한 염소 치즈와 조화를 이룬다.

중간 정도로 볶은 우롱차는 미네랄과 꿀 향이 나서 견과류 맛의 콩테 치즈와 잘 어울리고 강건하고 훈연향이 느껴지는 블랙티는 카망베르 치즈의 크리미한 맛과 잘 어울린다.

치즈와 곁들이기 좋은 안주

비스킷　맛이 복잡하거나 단맛은 피한다. 플레인하고 견과류가 박힌 비스킷, 통밀로 만든 비스킷이 잘 어울린다. 치즈를 비스킷에 얹어 먹거나 비스킷으로 치즈를 퍼먹기도 한다.

빵　마일드하거나 좀 더 복잡한 풍미의 치즈에는 중립적인 맛의 빵을 선택한다. 강한 풍미의 치즈에는 보완적인 빵이 좋다. 바게트는 식감이 바삭해 트리플크림브리나 외피세척 치즈와 잘 어울린다. 단단하고 풍미 있는 체더는 좀 더 단단한 통밀이나 호밀빵이 잘 어울린다. 블루 치즈는 호두나 건포도가 들어 있는 빵과 잘 어울린다.

잼, 처트니 가장 클래식한 페어링은 멤브리오(모과 페이스트)의 단맛과 짜고 부스러지는 질감의 단단한 치즈다. 스페인에서는 만체고 치즈와 멤브리오를 같이 먹는다. 체더와 처트니는 또 다른 클래식이다.

꿀 일반석으로 짠맛의 치즈는 달고 섬세한 꿀과 매칭하고 달고 섬세한 치즈는 강하고 굵은 맛의 꿀과 매칭한다.

아카시아꿀과 치즈 아카시아는 흐르는 질감에 섬세한 꽃향이 특징이며 약간의 바닐라 향과 산미가 있다. 고르곤졸라와 같은 블루 치즈와 어울리고 중간 정도 숙성의 페코리노 로마노, 프로볼로네 치즈와도 잘 어울린다.

밤꿀과 치즈 강한 향과 맛, 약간의 쓴맛과 긴 여운이 있는 밤꿀은 파르메산 치즈, 카시오카발로, 아시아고, 오래 숙성시킨 염소 치즈와 잘 어울린다.

오렌지꿀과 치즈 시트러스류의 꽃에서 채집된 꿀은 과일과 꽃향이 강하므로 페코리노 치즈, 양젖으로 만든 리코타 치즈와 잘 어울린다.

야생화꿀과 치즈 들꽃에서 채취한 꿀로 염소 치즈와 가장 잘 어울린다. 그밖에 폰티나 치즈, 고르곤졸라 치즈와도 잘 어울린다.

페스토　바질, 루콜라, 그린올리브, 깻잎, 고수, 시금치, 참나물의 페스토를 치즈와 매칭할 수 있다. 샌드위치의 속재료로 하우다 치즈 또는 그뤼에르 치즈, 모차렐라 치즈에 페스토와 토마토를 곁들이면 환상적이다. 맛과 향이 강한 고수 페스토는 오래 숙성시킨 만체고 치즈나 페코리노 치즈와 잘 어울린다.

견과류　치즈나 샤르퀴트리는 부드러운 식감으로 바삭한 견과류를 같이 하면 재미있는 질감의 대조와 함께 맛의 궁합도 좋다. 피칸과 하우다 치즈, 캐슈넛과 블루 치즈, 참깨 스틱과 아시아고나 파르메산 치즈의 조합도 좋다.

샤르퀴트리　치즈와 샤르퀴트리는 델리숍에서 항상 같이 가는 품목이다. Cured Meat(소금에 절여 말린 고기) 역시 인류가 고대부터 생존을 위해 먹어온 저장음식이다.

　　살라미와 하우다 치즈Salami and Gouda　살라미의 짭짤하고 발효된 지방 맛과 부드럽고 녹진한 맛의 하우다 치즈가 잘 어울린다.

　　프로슈토와 파르메산Prosciutto and Parmesan　짜고 부서지는 질감의 파르메산과 버터 같은 프로슈토의 어울림 역시 좋다.

　　소프레사타와 하바티 치즈Soppressata and Havarti　소프레사타의 허브, 스파이스 맛과 하바티의 부드럽고 버터 같은 맛도 잘 어울린다.

　　은두야와 알파인 치즈Nduja and Alpine Cheese　은두야는 돼지고기와 지방을 갈아 매운 향신료를 넣어 발효시킨 부드러운 페이스트이다. 알파인 치즈의 크리미한 맛이 맵고 강렬한 맛과 어울려 맛의 다른 차원을 느낄 수 있다.

허브   허브의 향과 맛이 치즈의 맛과 절묘하게 어울리는데 대표적으로 모차렐라 치즈와 바질의 조합이다.

산양유 셰부르 치즈와 딜 섬세한 맛의 신선한 셰부르와 달콤한 향의 딜의 조합에 훈제 연어를 곁들이면 훌륭한 애피타이저가 된다.

페타 치즈와 오레가노 또는 민트 짭짤하고 부서지는 질감의 페타 치즈와 지중해풍의 향긋한 오레가노의 조합. 그밖에 올리브오일, 마늘, 올리브, 토마토, 페퍼론치노를 섞어도 좋다.

체더 치즈와 세이지 체더 치즈의 견과류 맛과 토지 향의 세이지의 조합 그리고 사과를 곁들여도 좋다.

그뤼에르 치즈와 타라곤 견과류 맛과 복잡한 토양의 맛으로 표현되는 그뤼에르 치즈와 은은한 리코라이스 향의 조화가 좋다.

블루 치즈와 로즈메리 강렬한 맛의 블루 치즈와 강한 향의 로즈메리도 잘 어울린다.

리코타, 프로마주 블랑과 처빌 또는 타임 섬세한 맛의 프레시 치즈와 섬세한 향의 처빌 또는 타임의 맛이 조화롭다.

콘디먼츠: 렐리시/처트니/잼/마멀레이드

렐리시Relish는 갈거나 다진 채소를 새콤하게 피클처럼 만든 것이고 처트니Chutney는 인도 요리에서 유래된 것으로 설탕, 식초, 향신료를 말린 과일이나 생과일과 섞어서 만든 것이다. 잼Jam은 과일을 설탕, 펙틴과 익혀 스프레드가 가능할 정도의 질감을 가진 것이고 마멀레이드Marmalade는 시트러스 과일의 껍질과 형체가 유지되는 것이 잼과 다르다. 단일 과일이나 채소를 허브, 술, 향신료와 혼합하거나 두 가지 이상의 과일을 혼합하기도 하는데 이것을 총칭하여 곁들임 또는 조미료라는 뜻의 콘디먼츠Condiments라고 한다.

오이 피클 렐리시 **페타, 셰부르**

사과, 타임, 사과 리큐르의 마멀레이드 **카망베르, 브리, 셰부르**

금귤, 오렌지 주스, 화이트 와인 마멀레이드 **외피세척 치즈, 블루 치즈**

펜넬 마멀레이드 **블루 치즈**

배, 바닐라, 후추, 화이트 와인 마멀메이드 **셰부르**

대추, 오렌지 처트니 **체더, 스위스 치즈, 하우다, 외피세척 치즈, 블루 치즈**

발사믹, 무화과 처트니 **그릴드 할루미, 체더, 콩테**

매콤한 꿀Hot Honey 잼 **모차렐라, 부라타, 리코타**

사과 홀스래디시(서양냉이) 잼 **만체고, 하우다, 폰티나**

장미 잼 **셰부르, 프로마주 블랑, 브리야사바랭**

토마토, 모로칸 스파이스, 양파 잼 **체더, 파르메산**

산딸기, 오렌지, 코냑 잼	**카망베르, 브리**
모과 페이스트Membrillo	**만체고**

올리브 오일 요리에 넣거나 빵에 찍어 먹는 용도 외에 치즈와도 잘 어울린다. 올리브 오일과 치즈를 페어링할 때 주의할 것은 첫째, 트리플크림 치즈는 크림이 추가되었으므로 오일을 뿌려 먹는 것은 피한다. 둘째, 숙성되고 강한 맛의 치즈일수록 강한 맛의 올리브 오일과 페어링한다.

블루 치즈와 아르베퀴나Arbequina 올리브 오일 아르베퀴나 오일은 사과, 바나나 같은 과일 뉘앙스와 단맛이 살짝 노는네 블루 치즈의 강하고 매운 맛과 조화를 이룬다.

만체고 치즈와 코르니카브라Cornicabra 올리브 오일 만체고 치즈의 강하고 짭짤한 맛, 약한 매운맛이 코르니카브라 오일의 약한 매운맛과 조화를 이룬다.

염소 치즈와 피쿠알Picual 올리브 오일 염소 치즈의 산미, 버터맛, 짠맛과 매운맛이 피쿠알 오일의 토마토, 무화과 뉘앙스 및 산미와 조화를 이룬다.

올리브 올리브는 치즈 플레이트에 짭짤한 맛을 더해 주는데 칼라마타 올리브와 페타 치즈는 전형적인 지중해 스타일의 미각을 느끼게 해주며 그린 올리브는 스위스 치즈나 하우다 치즈와 좋은 궁합을 보인다.

후추　　소금은 식재료의 맛을 끌어내주고 후추는 맛을 두드러지게 해준다. 후추는 크게 네 가지로 분류되는데 흑후추Black Peppercorn, 녹색 후추Green Peppercorn, 백후추White Peppercorn, 긴후추Long Peppercorn, 기타 후추(분홍후추Pink Peppercorn, 스촨후추Sichan Peppercorn, 파라다이스 Grain of Paradise, 산초Sansho)가 있다.

　　치즈에 직접 뿌리기보다는 섞어서 만드는 경우가 많다. 하우다 치즈나 팜하우스, 몬테레이잭 같은 반경질 치즈에 흑후추를 넣어 만들면 치즈의 부드럽고 크리미한 맛에 후추의 살짝 매콤한 악센트를 주는 조화를 만들어 낸다.

　　크림 치즈나 셰부르 치즈같이 섬세하고 프레시한 치즈에는 그린페퍼콘이나 분홍후추같이 마일드한 맛의 후추가 더 잘 어울린다. 만약 후추가 들어가지 않은 치즈가 있다면 여기에 흑후추, 백후추, 분홍후추 등을 살짝 뿌려 먹어도 좋다.

발사믹　　이탈리아의 레스토랑에서 레지아노 치즈를 주문하면 오래 숙성되어 걸쭉한 발사믹 식초를 같이 준다. 신맛은 많이 사라지고 포도의 자연스러운 단맛만 남은 발사믹 식초는 역시 오래 숙성되어 둥글고 깊은 레지아노와 천상의 조합을 이룬다.

　　흔히 먹는 발사믹 식초는 샐러드용으로 1년 미만 숙성하여 묽고 신맛이 강해 치즈에 곁들여 먹기에는 적합하지 않다. 레지아노, 숙성 하우다, 숙성 체더, 페코리노에 곁들이기 위해서는 최소 10년 이상 숙성되어 걸쭉해진 발사믹 식초를 사용한다. 비싸지만 꼭 필요할 때 한 방울은 마법과 같이 기분을 좋게 한다.

과일　　과일은 치즈의 기름진 맛을 씻어 주거나 치즈의 결핍된 비타민을 보충해준다. 치즈에도 약간의 단맛이 있는데 이것이 과일과 어우러질 때 훨씬 더 섬세하고 미묘하게 우러난다. 가을 무화과는 파르메산이나 블루 치즈와 궁합이 좋은데 파티 음식이나 애피타이저로 잘 어울린다. 살구나 자두 등 말린 과일도 하우다나 체더 치즈와 좋은 궁합을 보인다. 무화과, 사과, 포노, 복숭아, 배, 멜론 등 모든 계절 과일과 잘 어울린다.

에필로그

이탈리아 안티카 코르테 팔라비시나의 지하 살루미 저장고, 프랑스 생 혼르샤텔의 치즈 숙성실, 리옹의 할레드폴보퀴즈 시장 등 직접 가보고 경험한 세계 최고 아티장의 모습이 어느새 나의 표준Standard이 되어 버렸다. 답도 없이 꿈만 꾸던 중, 잘나가는 온라인 유통 전문가에게 나의 꿈을 이야기하니 웃으면서 말한다.

"제가 셰프님처럼 장인이라고 하는 분들을 많이 만나봤는데 다들 비슷한 꿈을 가지고 계시더라고요. 거기에 한 가지 공통점이 있는데 그 꿈으로 인해 가족들을 끌고 들어와 고생을 시키는 거였어요. 남편이 일을 벌이니 할 수 없이 아내가 돕다가 허리가 휘고 결국에는 부모 고생하는 모습에 자녀들까지 하던 일 버리고 돕다가 온 가족이 매달리는 거죠. 제발 그러지 마세요. 정 하고 싶으면 나중에 돈 많이 벌고 나서 여유

있을 때 그렇게 하세요."

내 마음은 한순간에 바람 빠진 풍선처럼 초라하게 쪼그라든다. 가족이 인질로 잡히자 꿈은 현실에 질식해 버리고 치부를 드러낸 듯 부끄럽다. 가족을 데리고 끝이 어딘지 모르는 길을 헤맬 수는 없지 않은가? 가족들은 머물게 하고 단촐하게 혼자 길을 나서는 것이 현명하리라. 밤하늘의 별빛으로 방향을 가늠하고 길을 찾듯 방향만 맞는다면 시간이 걸릴 뿐 언젠가는 목적지에 가까워지지 않겠는가.

마시모Massimo 셰프 가족도 허르베Herve 가족도 모두 시작은 작고 영세했나. 한두 세대를 거치며 전문적인 기술이 발전되고 노하우가 전달되었다. 그들의 현재 모습은 여윳돈으로 하루아침에 만들어진 것이 아니다. 50~60년의 세월 동안 시간과 노력이 켜켜이 쌓여 이루어진 것이며 그러기에 값어치가 있는 것이다. 적어도 몇 세대를 거쳐 '변하지 않고 오래가는 것'에 대한 치열한 탐구와 노력이 그들의 강력한 정체성을 만들었고 이제 세계와 소통하기 위해 나 같은 사람에게도 그들을 경험할 수 있는 기회의 창을 열어주게 된 것이다. 눈에 보이지 않지만 나의 내면에 자리 잡고 있던 만들고 창조하고픈 본능에 충실히 귀 기울이고 그것이 발현되어 나의 정체성을 형성할 때 나는 비로소 세상과 자유롭고 당당하게 소통할 수 있을 것이다.

아들과 딸은 나의 사업에 관심이 없다. 매일 힘들어하고 고민하는 모습에 진력이 나 있고 자신의 전문 영역을 찾아가고 있기 때문이다. 그들은 그들의 삶이 있는데 물려받아 고생하라고 떠밀 수는 없지 않은

가? 누군가 정곡을 찌르는 질문을 한 적이 있다.

"셰프님은 지금 하는 일을 자식에게 물려주실 건가요?"

"아니요. 아이들은 관심이 없고 각자 다른 일을 하고 있어요."

"그렇다면 앞으로 길어야 체력이 받쳐주는 10년 정도 하실 수 있는 일 아닌가요? 그렇게 고생하면서 힘들게 길을 닦아 놓으면 뭐하나요? 그래서 저는 그냥 치즈 수입하고 판매하면서 좀 더 쉽게 사는 길을 찾는 게 나은 것 같아요."

나이가 오십대 중반인데도 아직 젊다고 착각하는지 그런 생각을 해 본 적이 없는데 뒤통수치는 질문에 할 말을 잃었다. 다만 분명한 것은 명맥을 잇는 문제 때문에 지금 하는 일을 미리 포기하지는 않겠다는 것이다. 나 자신의 본질을 찾고, 적합한 업을 찾고, 업 안에서 변하지 않는 가치와 지속 가능한 분야를 찾고, 배움과 연습과 수련과 끊임없는 노력의 시간을 보내고, 다시 업을 통해 주변과의 연결과 관계 속에서의 나를 찾고. 이런 과정이 지루하게 반복되고 흰머리가 늘어간대도 어쩔 수 없는 운명이다.

다행히 같이 일하는 좋은 동료들이 있다. 2005년 처음 키친플로를 오픈했을 때 스무 살의 나이에 주방 직원으로 만났던 미영이는 어느새 아기 엄마가 되었고 지금까지 인연을 이어 오고 있다. 쉐플로 신사점을 닫으며 육가공과 치즈를 가르쳐서 든든한 지원자가 되었다. 인천에서 파주까지 먼 길을 출퇴근하며 농업 법인 더플로의 치즈 생산을 담당하고 있다. 성실하고 긍정적이고 추진력이 있고 똑똑해서 어떤 일이든 믿고 맡길 수 있다. 사업이 잘 되어 그녀에게 좀 더 크게 보답하고 가족같이 오래 살아갈 수 있으면 하는 바람이다.

광희는 2013년에 쉐플로 도곡점 주방 직원으로 만났다. 조용하고 꼼꼼한 성격에 착하다. 어떤 일이든 놀랄 정도로 꼼꼼하고 완성도 높게 해낸다. 토마토 손질을 하면 그야말로 흠집하나 없이 고르게 줄을 맞춰 정리하고 아무리 복잡한 일이라도 요령 있게 쳐낸다. 고장 난 주방의 물건을 고치거나 불편한 것은 편리하고 쓸모 있게 바꾸고 만드는 일도 잘한다. 무엇이든 관심 있는 분야에 꽂히면 전문가 수준으로 잘 한다. 효창동 샤브퀴트리 공방을 맡아서 육가공품 들을 만들고 있는데 적성에 잘 맞는 것 같다. 그의 치명적 단점인 늦게 일어나고 시간을 못 지키는 것도 그곳에서는 유연 근무로 맞출 수 있어 안성맞춤이다.

가빈이 형은 대학교 동아리 선배인데 2010년에 만나서 지금까지 인연을 이어 오고 있다. 주방에서 조리 업무를 담당하면서 회계 경리 업무까지 봐주시다가 요즘은 회계 경리 업무만 도와주고 있다. 경영과 관련하여 많은 조언을 해주시는 든든한 조력자다. 나보다 더 사장처럼 생각하고 행동했던 쉐플로 도곡점 매니저 강혜란은 10년 동안이나 흔들리지 않고 든든하게 업장을 지켜줬다. 젊은 나이를 쉐플로에서 보낸 그녀에게 혼자 살아갈 수 있는 기반을 만들어 주고 싶었다. 경희대 외식경영 과정 졸업 후 나이 들어서도 할 수 있는 교육 방향으로 진로를 바꿔주고 싶었는데 적성과 잘 맞지 않았던 것 같다. 2020년 초 쉐플로 도곡점을 그녀에게 넘겨주었고 이제는 독립했다. 어느 정도 마음의 빚을 덜어낸 것 같았는데 코로나로 인해 상황이 어려워져 안타깝다. 그 밖에 어려울 때 같이 고생하고 묵묵히 따르고 도와준 직원들이 많고 그 고마움은 쉽게 잊을 수 없는 마음의 빚이다.

결국 세상의 변화와 혁신은 사람이 만드는 것이고 좋은 인재와 함께하는 것이 중요하다. 원한다고 돈이면 다 되는 것은 인연이 아니다. 각자 살아온 경험과 기회가 어떤 순간 서로 잘 맞아 떨어질 때 비로소 좋은 인연이 만들어진다. 어느새 그 인연들도 같이 나이를 먹어 가고 일터가 몸에 맞지 않는 옷처럼 작아질 때도 있고, 너무 낡고 해져 입을 수 없기도 하고, 항상 똑같은 색과 무늬에 싫증이 나기도 하고, 그렇게 언젠가 다가올 이별과 새로운 만남을 준비하게 된다. 좋은 직원들을 위해 커지거나 새로워지고 다양해지는 신나는 일터가 되도록 해야 한다는 조급함이 생기기도 하는데 그것이 생각처럼 쉽지가 않다. 나의 한계가 곧 회사의 한계가 되어 버리는 닫힌 구조에서는 답이 나오지 않기 때문이다. 한계를 뛰어넘는 열린 구조의 회사를 만들어야 하는데 그 또한 경영의 묘미일 것이다. 쉽지 않지만 그런 판을 짜고 지속적으로 혁신하고 발전할 수 있어야 한다.

유기물은 발효와 숙성이라는 단계를 거치지 않으면 빨리 상하고 썩는다. 어차피 썩고 분해되어 사라질 운명이지만 발효와 숙성을 거쳐 생명을 연장하고 다른 유기물에 이로운 역할을 하고 사라진다. 발효 과정을 위해서는 건강한 요소를 갖추어야 하고 적당한 환경이 주어져야 한다. 때로는 거기에 우연히 겹쳐서 다양성이 나타나기도 한다. 그런 요소들이 결핍되거나 다양성이 사라질 때 상하고 썩거나 멸종되기도 한다. 그 어떤 경우도 거대한 우주와 자연의 입장에서 보면 좋고 나쁨의 개념은 없다. 그저 두 가지의 현상을 통해 무로 돌아갈 뿐이다. 인생도 비슷하다. 어떤 방식으로 살든 옳고 그름의 개념은 없다. 어차피 우주의 먼지로 사라질 인생이지만 스스로 발효와 숙성을 통해 오래 지속되면서 어떻게든 세상에 이로운 영향을 주고 다양한 가능성을 만들고 사라질 수 있다면 좋을 것이다.

"여보, 내가 회사를 그만두고 요리를 배우겠다고 할 때 반대하지 않고 따라 주었듯이 이번에는 당신이 내발을 따라 주면 좋겠어."

"그게 뭔데?"

"이제 우리 나이도 그렇고 지금까지 쉼 없이 앞만 보고 달려왔잖아. 나 이제 좀 쉬고 싶어. 몸도 예전 같지 않고 이렇게 일만하다가 늙는 건 싫어. 그러니 더 이상 일 벌이지 말고 이젠 조금씩 정리하고 시간을 낼 수 있는 방법을 찾자."

"아직 할 일이 많이 남았는데…."

아내는 나의 생에 어려운 생사의 고비를 같이 넘은 전우이자 평생 마음의 빚을 갚아야 하는 채권자이다. 아내의 지분이 반 이상이기에 경청해야 한다.

"우리 때를 놓치지 말자."

"이제 부모님도 연로하시고 우리도 많이 힘들었으니 더 늦기 전에 효도하고 우리도 숨을 돌릴 수 있도록 합시다."

새로운 방식의 삶과 일을 디자인하고 실행에 옮겨야 할 때가 왔다.

아내는 한번 결심하면 무섭도록 성실하고 포기하지 않고 꾸준하게 끝까지 밀고 나가는 성격이다. 새벽마다 기도하러 남산에 올라가다 무릎이 망가졌듯이. 새벽 요가를 시작하면 비가 오나 눈이 오나 한 번도 빠지지 않는다. 컴맹 수준에서 민정이의 잔소리를 들으며 시작한 블로그 활동이 어느덧 14년이 넘었고 거의 매일 일기를 쓰듯이 포스팅한다. 이젠 치즈플로의 모든 온라인 마케팅을 담당하고 있다. 사람의 겉모습을 보고 판단하지 않고 아니면 아니라고 솔직하게 말한다. 본인이 힘들어도 밝고 긍정적인 에너지를 전파하려고 노력한다. 그런 아내가 지치고 처져 보일 때 나는 세상의 종말을 보는 것 같다. 요즘 아내에게는 새로운 목표가 생겼다. 내가 하는 일을 옆에서 묵묵히 돕는 것에서 적극적으로 치즈에 대해 공부하고 교류하는 일이다. 매일 새벽에 일어나 치즈 관련 책을 읽고 영어 공부를 한다. 나에게 유럽으로 치즈 여행을 가자고 한다. 아내가 꿈을 꾸며 노력하는 모습을 볼 때 나도 기운이 난다. "카르페 디엠" 지금 놓쳐서는 안 되는 별과 같은 순간이다.

만약 후생이 있어 1000년이 지난 후 우연히 아내와 마주칠 기회가 생긴다면 그녀가 나를 못 본 체 얼굴을 돌릴 것 같다. 나는 반가운 마음에 손 내밀고 싶지만 어쩌면 그냥 놔줘야 할지도 모른다. 아직 이승에서 남은 시간 동안 열심히 만회해야겠다.

우연히 외국인 셰프들이 한국에 와서 한식을 만드는 내용의 방송 프로그램을 보았다. 흥미로운 것은 외국인 셰프에게 한식 재료를 주니 한국 사람은 쉽게 생각할 수 없는 맛의 조합으로 한식 요리를 만드는 것이었다. 이 상황을 반대로 하면 한국 사람에게 서양 식재료인 치즈를 주고 무엇이든 만들라고 한다면 서양 사람은 생각지도 못할 맛의 조합을 끌어낼 가능성이 높다는 것이다. 나는 여기에서 내가 가야 할 길을 본다. 서양의 아티장들 만큼 치즈를 잘 만드는 것이 우선의 목표라면 최종 목표는 한국인의 시각으로 만들 수 있는 치즈를 만드는 것이다. 거기에 더해 먹먹할 정도의 시간과 세월이 쌓여 있는 것을 느끼도록 하는 것이다. 조급해하지 말고 나만의 속도로 한걸음씩 나아갈 것이고 그 길의 끝에서 나 사신과 아내와 자식들에게 후회 없는 인생을 살았다고 말하고 싶다.

치즈와 살루미 알고 가기

치즈

고르곤졸라 롬바르디아와 피에몬테의 초원에서 방목한 소의 우유로 만드는데 요즘은 공장에서 살균 처리한 우유와 배양한 푸른곰팡이균을 이용해 대량 생산한다. 숙성되면 날카롭고 매운 맛에 풍부하고 크리미한 텍스처로 스틸턴 치즈보다 좀 더 크리미하고 단맛이 난다.

그뤼에르 스위스에서 가장 생산량이 많고 인기도 높은 치즈로 서부 지역의 그뤼에르 마을에서 이름을 따왔다. 스위스 서부, 프랑스 쥐라와 사부아 일대에서 만드는 하드 치즈를 그뤼에르 치즈라고 불렀는데 2001년 AOP 인증으로 그뤼에르라는 명칭을 보호하게 되었다.

로크포르 '세계 3대 블루 치즈' 가운데 하나로 푸른곰팡이 마블링이 들어간 양젖 치즈다. 로크포르-쉬르-술종 Roquefort-sur-Soulzon 의 캉발루 동굴에서 숙성시킨다. 치즈에 핀 푸른곰팡이를 페니실륨 로크포르티 Penipilium Roqueforti 라고 하며 다양한 블루 치즈의 균주로 사용된다.

르블로숑 '한번 더 착유한다'는 뜻이다. 14세기에 농가가 방목하던 산지는 대부분 빌린 땅으로 착유한 우유의 일부를 임차료로 지급했다. 그렇기 때문에 우유를 한번에 다 짜지 않고 저녁에 다시 착유해서 치즈를 만들었다고 한다. 치즈 위에는 두 종류의 스티커가 붙어 있는데 녹색은 같은 무리의 젖소 우유로 농장마다 독립적으로 만든 치즈이고 붉은색은 여러 목장에서 얻은 우유로 생산자 조합에서 공동으로 만든 치즈다.

마루알르 프랑스 북부의 마루알르 마을에서 이름이 유래되었다. 한 수도사가 처음으로 만들었다고 알려져 있는데 필리프 2세, 루이 9세, 샤를 6세 등 프랑스 왕들이 가장 좋아하는 치즈였다. 주황색-빨간색의 촉촉한 껍질과 강한 냄새가 나는 직사각형의 블록 모양으로 만들어진다.

모차렐라 이탈리아 남부의 물소젖으로 만들었으나 현재는 소젖으로도 만드는 프레시 치즈다. 주로 피자나 요리의 토핑용으로 사용되는데 이것은 유청을 많이 빼 단단하고 유통 기한을 늘린 것이다. 생모차렐라는 수분이 많고 부드러워서 주로 애피타이저나 샐러드에 사용하며 유통 기한도 짧다.

몽도르 9월 중순부터 다음 해 5월 중순까지만 판매하는 계절 치즈다. 가문비나무(스프루스나무) 껍질로 커드를 말아 고정시켜 숙성시킨다. 그 이유는 커드에 수분이 많아 무너져 내리기 때문이다. 나무 껍질을 끓는 물에 데친 후 마르 드 부르고뉴에 담갔다 빼서 사용한다. 질감이 묽어서 스푼으로 떠먹어야 한다.

뮌스터 수도원에 기원을 두고 있는 치즈로 제로메Gerome라고도 한다. 로렌 지방이나 알자스 지방의 소젖으로 만드는데 습도가 높은 저장고에서 이틀에 한 번씩 소금물로 껍질을 닦으며 숙성시킨다. 키슈Quiches나 오믈렛에 많이 사용한다.

부라타 모차렐라를 잘게 찢어 생크림과 섞어서 만든다. 이탈리아 남부의 풀리아 지역의 치즈인데 모차렐라의 쭉쭉 늘어나는 성질을 이용해 만두처럼 얇은 주머니를 만들어 스트라치아텔라(모차렐라와 생크림의 혼합물)로 속을 채워 버터처럼 부드러운 맛이 난다. 부라타는 이탈리아어로 '버터를 바른'이란 뜻이다.

보포르 아마천으로 된 주형틀에서 모양을 만든 후 너도밤나무 원통에 넣어 보관하는데 둘레가 오목한 모양의 치즈다. 최저 5개월 숙성을 하고 9개월 이상 숙성하면 맛이 훨씬 좋다. 알프스고원에서 방목해 6월부터 만들고 11월부터 마을에 도착하기 시작한다. 상큼한 허브향과 꽃향에 벌꿀처럼 부드러운 단맛과 나무 열매의 깊은 맛이 난다.

브라운치즈 우유의 10퍼센트만 치즈가 되고 90퍼센트는 유청으로 분리되어 버려지거나 돼지 사료로 사용된다. 버려지는 유청을 가열하여 수분을 증발시키면 유당이 캐러멜라이즈되어 덩어리로 남는다. 수율을 높이기 위해 크림이나 우유를 추가하기도 하는데 치즈라기보다는 캐러멜 또는 밀크잼에 가깝다. 노르웨이에서는 Brunost(브루노스트) 스웨덴에서는 Mesost(메조스트)라고 한다.

브리 소젖으로 만드는 연성 치즈로 일 드 프랑스Ile-de-France 지방의 브리에서 유래된 치즈다. 직경 34센티미터 정도의 크기로 만들며 한두 달의 숙성 기간을 통해 외피는 회색으로 변하고 질감은 소프트하다.

브리야사바랭 1930년 앙리 앙두루에라는 치즈 장인이 프랑스의 유명한 미식가 브리야사바랭을 오마주했다. 8퍼센트 이상의 생크림을 첨가하여 지방 함량(75퍼센트)이 트리플크림 치즈와 같다. 텍스처가 매끄러운데 이는 저온 유산균 발효 때문이다. 숙성 정도에 따라 프레와 아피네로 나뉜다. 프레는 껍질에 흰곰팡이가 피기 전이고 신선한 맛으로 크림치즈처럼 즐긴다. 아피네는 흰곰팡이가 자라 부드럽고 크리미하여 과일 향의 화이트 와인이나 샴페인과 페어링하면 좋다.

블루 치즈 페니실륨 로크포르티에 의해 대리석처럼 푸른곰팡이가 피어난 반경질 치즈다. 영국의 스틸턴, 이탈리아의 고르곤졸라, 프랑스의 로크포르가 3대 치즈로 유명하다. 푸른곰팡이균이 자라기 위해서는 산소 공급이 필요하여 몰드로 성형 후 치즈에 구멍을 내준다. 균이 퍼지기 위해서는 커드 사이에 틈이 많을수록 좋고 부서지는crumble 텍스처를 만들어 주는 것도 중요하다. 숙성될수록 지방의 분해 과정이 푸른곰팡이균의 특성과 어우러져 특유의 톡 쏘는 맛이 난다.

생넥테르 프랑스 남중부 화산 지대의 오베르뉴에서 만들어지는 치즈로 유연하고 부드러운 페이스트를 가지고 있으며 루이 14세의 왕실 식탁에 오르기도 했다. 아티장이 만든 것은 껍질이 회색을 띠지만 공장에서 만든 것은 오렌지색을 띤다. 4~6주 숙성한다.

샤우르스 부르고뉴 오브Aube지방의 마을 이름을 딴 치즈로 부드럽고 연한 질감과 고소하고 짙은 크림 맛을 느낄 수 있다. 14일가량 숙성을 거쳐 순백색의 곰팡이 꽃이 피어오르고 껍질은 부드럽다. 더블 크림치즈이며 최소 FDM 50퍼센트(fat 함량)다. 유산균에 의한 발효 과정을 12시간 이상 길게 가져가며 소량의 레닛을 넣어 만든다.

셰부르 산양유로 만드는 치즈로 모양, 숙성 정도에 따라 매우 다양한데 프랑스의 루아르 지역이 가장 유명하다.

스트라키노(크레센자) 스트라키노Stracchino는 '피곤한'의 뜻이다. 늦가을 산에서 풀을 뜯다 내려온 피곤한 소에서 짠 우유로 만들면 매우 진한 우유가 나오는데 니기서 유래되었다. 프랑스의 프로마주 블랑처럼 신선하게 먹는 치즈로 빵에 발라 먹거나 샐러드, 애피타이저에 이용한다.

아봉당스 프랑스 오트사부아Haute-Savoie 지역에서 생산되는 반경질 치즈다. 호박색 껍질과 부드러운 상아색 페이스트의 10킬로그램(22lbs) 휠로 대부분 강한 허브향과 견과류, 과일 등 복잡한 풍미를 갖고 있다.

아시아고 고원plateau의 동음이의어로 두 가지 타입이 있는데 아시아고 프레사토Asiago Pressato는 저지대 목초를 먹인 우유로 만들어 반경질이며 맛은 마일드하다. 아시아고 달레보Asiago d'Allevo는 9개월 이상 숙성한 경질 치즈로 고지대 방목으로 만들어진다.

아펜젤러 스위스 아펜젤란트Appenzellerland 지역의 젖소로 만든 단단한 치즈로 껍질을 와인이나 사과주로 닦는다. 숙성 후의 치즈는 강한 냄새와 과일향, 견과류 향이 나며 껍질에는 작은 구멍이 있고 색깔은 황금색이다.

- 클래식(실버 라벨): 마일드하고 스파이시하며 3~4개월 숙성한다.
- 쉬르초아(Surchoix, 골드 라벨): 맛이 강하고 매콤하며 4~6개월 숙성한다.
- 엑스트라(블랙라벨): 엑스트라 스파이시 치즈는 6개월 이상 숙성된 제품이다.

에멘탈 스위스를 대표하는 치즈로 내부에 구멍이 뽕뽕 뚫려 있다. 스위스 베른 주의 동쪽 지방에 위치한 '에멘Emmen' 과 계곡을 의미하는 '달Tal'을 합친 이름이다. 특유의 구멍은 프로피오니박테리움에 의한 것으로 가스가 연성 질감의 커드를 밀어내면서 만들어진다. 주로 샌드위치나 퐁듀에 이용한다.

에푸아스 에푸아스라는 작은 마을에서 탄생한 소젖 치즈로 강한 향에 비해 맛은 그리 강하지 않고 균형 있다. 15세기경 시토 수도회의 수도사들이 처음 생산하여 지역 농민들에게 제조법을 전수했다. 포도주를 만들고 남은 찌꺼기로 만든 증류주인 마르 드 부르고뉴Marc de Bourgogne로 표면을 닦아 주며 리넨스균Linens에 의해 붉은 오렌지색을 띤다.

체더 체더의 역사는 로마 시대에 영국으로 치즈 기술이 전수되면서부터다. 영국 이외에 미국, 캐나다, 호주, 뉴질랜드 등 신대륙에서 영국 이민자에 의해 가장 많이 생산되는 치즈다. 짧게는 3~12개월, 18개월 이상도 숙성시킨다. 3~6개월 숙성하면 버터리하면서 질감이 부드럽고 맛은 마일드하다. 12개월 이상 숙성은 단단하면서 좀 더 농축된 맛이 상당히 매력적이다.

카망베르 프랑스 노르망디 지방의 연성 치즈로 흰곰팡이 치즈다. 카망베르 마을에서 처음 만들었다. 200~250그램의 크기로 만들어진다. 제조 초기의 단단한 페이스트는 숙성이 진행될수록 외피부터 부드럽게 변한다.

콩데 프랑스 쥐라 지역에서 몽벨리아드라 품종의 우유로 만든 치즈다. 비살균 우유로 만들며 8개월~2년 이상 숙성시킨다. AOP에 의해 보호된다. 쥐라산맥의 국경 너머 스위스 지역의 치즈는 그뤼에르라고 한다. 견과류의 맛이 두드러지며 프랑스의 국민 치즈라 할 정도로 가장 많이 소비된다.

크로탱 치즈를 담는 작은 바스켓 모양을 크로탱이라고 하는데 산양유로 만드는 셰부르 중 대표적인 치즈다. 10일 정도 숙성되면 프레시한 맛을 즐길 수 있다. 숙성이 될수록 호두, 견과류 맛과 버섯향이 나며 페이스트는 건조하고 단단해진다.

탈레지오 이탈리아 북부 베르가모 지역의 탈레지오계곡에서 만드는 외피세척 치즈다. 강한 향과 달리 맛은 부드럽다. 치즈 표면에 네 개의 잎이 표식으로 찍혀 있는데 투텔라 탈레지오라는 브랜드다. 테이블 치즈로 즐기기도 좋지만 파스타나 리소토, 오믈렛, 샐러드, 피자 등에 넣어 음식으로 응용해도 좋다.

페코리노 기원전 100년 로마의 집정관 마르쿠스 체렌티우스 바로는 페코리노 로마노 치즈는 전쟁 중인 로마 군인에게 지방, 단백질과 소금을 제공하는 중요한 식량이라고 했다. 이때는 양에서 추출한 레닛을 넣어 치즈를 만들었다. 그로 인해 전형적인 양유의 특성이 있어 단단하며 부서지는 질감과 약간 단맛이 난다. 만드는 지역에 따라 페코리노 뒤에 지방명이 붙는다.

페타 《오디세이》에 사이클롭스라는 외눈박이 거인이 농굴에서 치즈를 만들었다고 묘사했는데 이것이 페타 치즈의 기원이라고도 한다. 그리스의 일부 특정 지역에서는 양이나 염소의 젖으로 만든다. 페타는 단단하고 잘 부서지는 특징이 있다. 염소젖으로 만들면 매우 하얗고 껍질이 없지만 양젖으로 만들면 지방이 많아 좀 더 리치하고 크리미하며 상아빛 흰색을 띤다. 그리스에서는 매우 사랑받는 치즈다.

프로마주 블랑 유산균 저온 발효에 의해 커드가 만들어지는 가장 오래된 형태의 프레시 치즈다. 프랑스어로 '프로마주fromage'는 치즈, '블랑blanc'은 흰색이다. 꿀이나 잼, 과일을 곁들여 디저트로 먹거나 전채요리에 이용한다.

하바티 독일의 틸지터Tilsiter 이름을 따서 "Danish Tilsiter"라고 한 덴마크 치즈다. 하바티는 껍질이 없고 부드러우며 표면이 약간 밝은 숙성 치즈로 종류에 따라 크림색에서 노란색을 띤다. 작고 불규칙한 구멍이 곳곳에 분포되어 있다.

나라별 대표 치즈

프랑스 르블로숑, 로크포르, 브리, 생넥테르, 카망베르, 캉탈, 콩테, 퐁레베크

영국 더블 글로체스터, 랭카셔, 레드 레스터, 스틸톤, 웬스데일, 체더, 체셔

이탈리아 고르곤졸라, 그라나 파다노, 리코타, 모차렐라, 벨 파아제, 탈레지오, 파르미지아노 레지아노, 페코리노, 폰티나, 프로볼로네

스위스 그뤼에르, 라클레테, 슈브린츠, 아펜젤러, 에멘탈, 테트드무안

네덜란드 하우다, 라이덴, 마스담, 에덤

살루미

구안치알레 돼지의 목과 볼 사이의 살인 항정살을 소금, 후추, 향신료에 절여 매달아 건조 숙성한다. 판체타와 비슷하지만 맛이 더 강하다. 슬라이스해서 먹거나 카르보나라와 같은 파스타 요리에 자주 이용한다.

론자 돼지 등심 부위를 염장하고 건조 숙성시킨 것이다. 론지노라고도 하며 스페인에서는 로모라고 한다.

라르도 돼지 등지방을 염장하여 건조 숙성시킨 것이다. 1~2년 이상 키운 돼지의 등지방은 10~15센티미터까지 두꺼워지는데 단단하고 녹는점이 높다. 살라미나 소시지를 만들 때 사용하기도 한다.

브레사올라 소의 홍두깨(엉덩이 살, eye of round) 부위는 육질이 곱고 지방이 적다. 이 부위를 염장하여 숙성시켜 만든 이탈리아 햄으로 얇게 슬라이스해서 먹는다. 특이한 점은 돼지가 아닌 소를 이용해서 만든다.

살라미 이탈리아에서 즐겨 먹는 염장 건조 소시지로 소금, 향신료 등을 넣어 만든다. 살라미 제노아, 피노키오나, 소프레사타 등 다양한 종류가 있다.

살루미 돼지고기의 다양한 부위로 만든 생햄이나 익힌 햄을 통틀어서 살루미라고 한다. 소고기로 만든 브레사올라와 모르타델라 햄을 포함하기도 하며 프로슈

토, 스팔라, 판체타, 론자, 코파, 구안치알레, 살라미 등이 있다.

소시송 돼지고기를 갈아 지방, 소금, 향신료를 섞어 만든다. 소시지처럼 케이싱에 넣어 건조 숙성하여 생으로 먹는다. 이탈리아의 살라미와 같은 것으로 프랑스에서는 소시송이라고 한다.

스팔라 돼지 앞다리살의 뼈를 제거한 후 모양을 만든 뒤 염장한다. 일정 시간이 지나면 소금을 닦아내고 창자(케이싱)로 싸 실로 묶어 후추를 뿌린 뒤 숙성실에 매달아 말린다. 염장 후 익혀서 만든 햄을 스팔라 코타라고 한다.

판체타 돼지 삼겹살을 염장하여 건조 숙성시킨다. 베이컨과 달리 익히지 않고 생으로 먹거나 요리에 이용한다.

프로슈토 돼지 뒷다리를 소금에 절여 발효 숙성시긴 것으로 파르마햄, 산다니엘 햄이 유명하다. 스페인에서는 하몽, 프랑스에서는 잠봉이라고 한다.

코파 돼지의 목살을 염장하여 건조 숙성시킨다. 등심과 붙어 있지만 운동량이 많은 목 부위로 복합적인 맛이 난다. 카포콜로 혹은 카피콜라로도 불린다.

쿨라텔로 돼지 뒷다리살 중 뼈를 중심으로 엉덩이 쪽의 부피가 가장 큰 부위다. 뼈 반대쪽 부위를 피오코fiocco라고 한다. 이탈리아 에밀리아 로마냐 지역에서만 만들며 프로슈토보다 높은 가격에 팔린다. 천일염으로 염장하여 돼지 방광으로 싼 후 굵은 끈으로 묶어 적당한 온도와 습도에서 수개월~3년 건조 숙성시킨다.

하몽 돼지 뒷다리를 소금에 절여 건조 숙성시켜 만든 스페인의 대표적인 생햄이다. 프랑스에서는 잠봉, 이탈리아에서는 프로슈토라고 한다. 이베리코 품종으로 만든 하몽을 이베리코 하몽이라고 하며 등급에 따라 베요타, 세보데캄포, 세보로 나뉜다.

참고한 책

리처드 세넷 지음, 김홍식 옮김, 《장인》: 현대 문명이 잃어버린 생각하는 손, arte, 2022.

Max McCalman and David Gibbons, *Mastering Cheese*: Lessons for Connoisseurship from a Maître Fromager, 2009.

Paul Kindstedt, *American Farmstead Cheese*: TheComplete Guide To Making and Selling Artisan Cheeses, 2005.

Paul Kindstedt, *Cheese and Culture*: A History of Cheese and its Place in Western Civilization, 2012.

Patrick F. Fox, Timothy P. Guinee, *Fundamentals of Cheese Science*, 2016.